Robert Louis Stevenson (1850-1894) nació en Escocia. Su naturaleza enfermiza propició una infancia dedicada a la lectura y la invención de historias. Hijo y nieto de constructores de faros, estudió derecho en la Universidad de Edimburgo. A partir de los veintiséis años, empezó a viajar en busca de climas más benignos para su tuberculosis. Se casó con una mujer mayor que él, Fanny Osbourne, divorciada y con hijos. Entre sus textos más célebres hay que citar el inmortal *La isla del tesoro* (1881), *La Flecha Negra* (1883), «El extraño caso del doctor Jekyll y Mr. Hyde» (1886), *El señor de Ballantrae* (1889) o *Noches en la isla* (1893). También fue autor de sencillos y memorables versos. Pasó los últimos años de su breve vida navegando por el Pacífico Sur, hasta que recaló en Upolu, una de las islas Samoa, donde se construyó una casa en la que, a los cuarenta y cuatro años, murió de un ataque cerebral. Los aborígenes, que le habían bautizado con el nombre vernáculo de Tusitala («Cuentacuentos»), velaron su cuerpo durante toda la noche. Está enterrado en el monte Vaea, frente al mar.

John Andrew Sutherland (Reino Unido, 1938) es un reconocido escritor, columnista y catedrático emérito de literatura moderna inglesa en el University College de Londres. De entre su obra destacan el *Longman Companion to Victorian Fiction* (1989) y *Lives of the Novelists: A History of Fiction in 294 Lives* (2011).

Jordi Beltrán es el traductor de un buen número de obras y autores, entre los que se cuentan Roald Dahl, Patricia Highsmith, Robert Louis Stevenson y el Premio Nobel de Literatura V. S. Naipaul.

ROBERT LOUIS STEVENSON

La isla del tesoro

Introducción y apéndices de
JOHN SUTHERLAND

Traducción de
JORDI BELTRÁN

PENGUIN CLÁSICOS

Penguin
Random House
Grupo Editorial

Título original: *Treasure Island*
Primera edición: julio de 2015
Décima reimpresión: enero de 2022

Printed in Spain – Impreso en España

ISBN: 978-84-9105-088-9
Depósito legal: B-13.993-2015

Compuesto en Comptex & Ass., S. L.
Impreso en Liberdúplex
Sant Llorenç d'Hortons (Barcelona)

PG 5 0 8 8 A

Índice

INTRODUCCIÓN

> Que escriban sus puñeteras obras
> maestras para ellos y me dejen en paz...[1]

LOS PRIMEROS AÑOS DE STEVENSON Y LOS ANTECEDENTES DE *LA ISLA DEL TESORO*

Robert Louis Stevenson —«Louis» para sus amigos y familiares— ya no era un joven cuando finalmente se puso a escribir lo que más adelante proclamó como «mi primer libro», refiriéndose a su primera obra extensa de ficción. Era, en su opinión, su destino. «Tarde o temprano», recuerda,

> tenía que escribir una novela. Me parece vano preguntar el motivo. Los hombres nacen con distintas manías. Desde mi más tierna infancia, la mía fue convertir una serie de sucesos imaginarios en un juguete.[2]

Ese «juguete» sería, junto con «El extraño caso del doctor Jekyll y Mr. Hyde», el monumento literario de Stevenson.

Último descendiente de los «Stevenson de los faros», rehuyó la tradición familiar. Decidió no ser ingeniero naval, como su abuelo, su padre y sus tíos, cuyos monumentos siguen en pie, muchos en las peligrosas costas de Escocia (desgraciadamente, faros apagados en estos tiempos de navegación por satélite). Como era inteligente, enfermizo e hipersensible (todas sus biografías contienen la entrada «pesadilla» en sus índices temáticos), no estaba claro a qué se dedicaría una vez entrara en la edad adulta. Si había algo para lo que parecía estar hecho era para deambular. En el siglo XIX no hubo un novelista que anduviera más que él. Tenía un buen pretexto: desde niño, tenía una debilidad crónica en el pecho y los pulmones. Antes de la invención de los antibióticos, viajar era el tratamiento recomendado para los que podían permitírselo.

A los veintitantos años, Stevenson había atravesado las Cevenas francesas (a lomos de una burra llamada Modestine) y viajado a lugares tan remotos como Norteamérica. Siempre estaba en busca del clima que le proporcionase el aire puro que pudiera aplazar la sentencia de muerte que pesaba sobre él. La calavera estaba siempre en la mesa de Stevenson. (Obsérvese la gran cantidad de muertes descritas gráficamente en *La isla del tesoro*.)

Las primeras obras que publicó fueron relatos de viajes.[3] No eran sustento suficiente, pero agudizaron su capacidad de observación y le sirvieron de entrenamiento para las exitosas obras de ficción que escribiría más adelante. Su don para retratar escenas resulta manifiesto en todos sus textos, como ejemplifica a la perfección la realista descripción de la isla del Esqueleto en el capítulo 13.

En el extranjero, Stevenson no solo recobró el vigor de sus pulmones. En California, a los treinta años, se casó con una divorciada estadounidense (presentada decentemente como «viuda» en el certificado de matrimonio fechado en mayo de 1880), una mujer diez años mayor que él. No era lo que sus tutores y amigos le habrían aconsejado, y algunos se lo dijeron con franqueza. Pero si elegía bien, Fanny Osbourne (de soltera Vandegrift) sería una segunda madre, una enfermera y una compañera, y en ocasiones la más sagaz asesora literaria.

En este último aspecto, fracasó; no le gustó nada *La isla del tesoro* cuando la leyó por primera vez, considerándola una obra indigna del talento de su marido. Pero cuando la novela empezó a generar lo que Stevenson llamaba «monedas», cambió de opinión. Se tiene constancia de que Fanny (que había pasado una época instructiva en los pueblos mineros del oeste) sabía liar cigarrillos y era diestra con las pistolas. Tampoco era una insensata en lo tocante al dinero.

El matrimonio no tuvo descendencia, pero no careció de niños. Fanny tenía un pasado. Entre sus efectos personales había un hijo de trece años, Lloyd, vástago de su primer marido (el revoltoso ex soldado confederado Samuel Osbourne).[4] Lloyd y su padrastro escocés serían amigos de por vida y, con el tiempo, colaboradores literarios. De hecho, *La isla del tesoro* confirma que trabajaron conjuntamente, en cierto modo, desde el principio de la carrera de Louis como novelista.

El escritor regresó a su ciudad natal, Edimburgo, en septiembre de 1880, poco después de su boda furtiva en San Francisco. La relación con su severo padre (el último de los Stevenson de los faros, un hecho que le provocó una amarga decepción) había sido tensa. Los padres presbiterianos escoceses casi nunca ven con buenos ojos a los hijos bohemios aficionados a las chaquetas de terciopelo y las *belles lettres*, y menos cuando esos hijos siguen dependiendo económicamente de ellos pasados los treinta. Aun así, los padres de Louis se alegraron de ver que su hijo sentaba la cabeza, aunque fuera con una mujer extranjera de edad madura que llevaba pistola y fumaba cigarrillos. La vuelta a Edimburgo fue, en palabras de un biógrafo, «el regreso del hijo pródigo».[5] Pese a que Fanny casi compartía la misma edad que la señora Stevenson, las dos mujeres descubrieron su común preocupación por Louis y sus continuos achaques, y decidieron tratarse con cortesía, aunque era evidente que había una rivalidad maternal entre ambas por su afecto: «Debe de resultarle muy agradable —le dijo Fanny a su suegra— tener a este adulto de treinta años pegado todavía a sus faldas con su amor infantil».[6] Sus palabras desprenden cierta mordacidad, junto con la satisfacción implícita de que ella, Fanny, tenía ahora el «amor viril» de Louis.

De vuelta en su hogar, Stevenson escribió una obra de teatro con su amigo cojo W. E. Henley, sobre Deacon Brodie, un edimburgués que trabajaba de ebanista de día y robaba casas de noche, y que fue ahorcado (como alardea su descendiente ficticio, la señorita Jean Brodie, creada por Muriel Spark) en un patíbulo fabricado por él mismo y, tal vez, enterrado en uno de los ataúdes producidos por su empresa.[7] La obra no entusiasmó a la Royal Mile de Edimburgo, pero fue un indicio de la deriva irónicamente morbosa de la mente de Stevenson. Calaveras y mesas otra vez. Louis adoraba Edimburgo pero, como le gustaba decir, el aire de su tierra no compartía esos sentimientos. Y nunca fue tan evidente como en el funesto período histórico comprendido entre los años 1879 y 1882, cuyos desastrosos veranos sumieron todo el país en la miseria agrícola y en una década de pesadumbre hardyana. Todavía no se ha escrito el libro que analice el efecto del tiempo inclemente en las obras de ficción británica. *La isla del tesoro*, como *Frankenstein* de Mary Shelley, fue el producto de unas vacaciones de verano muy lluviosas en las que no se podía hacer otra cosa que quedarse en casa contando cuentos junto a un fuego bien caliente impropio de la estación.

Los meses de verano de 1881, cuando se gestó *La isla del tesoro*, fueron especialmente «atroces»; «peores que marzo» (el marzo escocés, habría que añadir). Fanny y Louis no tenían dinero para seguir viajando. Los médicos habían dictaminado que Edimburgo podía resultar peligrosa para los pulmones del enfermo. Alquilaron en Braemar la pequeña casa de una solterona recién fallecida el 1 de agosto. El aire de las Tierras Altas estaba libre de humo, y gracias al vecino castillo de Balmoral de la reina Victoria, la zona se había puesto muy de moda. Los Stevenson veían a la monarca de vez en cuando, acompañada de «damas con la nariz colorada».[8] Las comunicaciones por ferrocarril con Edimburgo, vía Aberdeen, eran excelentes, y los padres de Louis los visitaban con asiduidad. La casa era lo bastante espaciosa para que Lloyd pasara las vacaciones escolares con ellos e incluso tenía su propio cuarto, una estancia que, como aspirante a artista que era, llamaba su «estudio».

Podría haber sido idílico, pero no lo era. Según confesaba Louis en una carta, era un «infierno», en gran medida porque el tiempo era «absoluta y sistemáticamente infame». Encerrados en casa, él y Fanny (como los Shelley y Byron en la Villa Diodati en 1816) decidieron inventar cuentos de fantasmas (tal vez imaginaban que «la difunta señorita McGregor» se negaba a abandonar la finca y que «se paseaba» por su propiedad). Parece plausible que tuvieran a mano un volumen de Poe y que Stevenson retomase su afición al cuento *El escarabajo de oro*, del cual reaparecieron fragmentos indigestos en *La isla del tesoro*. Es igualmente plausible que Lloyd (a quien Fanny recuerda como «difícil») pasara los días lluviosos leyendo a Marryat, Ballantyne, Kingston y Henty, escritores de historias de aventuras para niños (en las que a menudo aparecen islas desiertas y piratas) que a Stevenson seguían gustándole.[9] Todo ello acabaría entretejiéndose de forma consistente en la estructura de *La isla del tesoro*.

Sin embargo, como más tarde recordaría él mismo, el dibujo era para Lloyd un pasatiempo tan agradable como la lectura. Con su lata de pinturas de un chelín pasaba las tardes lluviosas pintando cuadros para exponerlos en su «galería». Entre mediados y finales de agosto (según nuestros cálculos), cuando estaba cansado de escribir o de leer, Stevenson se unía a él:

A veces me relajaba un poco y me juntaba con el artista (por así decirlo) ante el caballete y pasaba la tarde con él en generosa emulación haciendo dibujos de colores. En una de esas ocasiones, dibujé el mapa de una isla. Estaba muy elaborado y (en mi opinión) bellamente pintado; su contorno me atrajo de una manera difícil de expresar; tenía unos puertos que me deleitaban como sonetos; y con la inconsciencia de lo predestinado, titulé mi creación *La isla del tesoro*. [...] Al detenerme en mi mapa de *La isla del tesoro*, el futuro personaje del libro empezó a aparecer visiblemente entre bosques imaginarios. [...] Cuando quise darme cuenta, tenía unos papeles delante y estaba escribiendo una lista de capítulos.[10]

El mapa, nos dice Stevenson (y, una vez dicho, no volveremos a verlo de otra forma), parecía «un dragón gordo y rampante». Aparece a modo de prefacio en muchas ediciones de *La isla del tesoro* y también en la presente, en la página 48 se puede ver una versión tardía del mapa de Flint. Louis se había criado en un entorno en el que los mapas eran algo tan cotidiano como los periódicos; podía interpretarlos sin problemas. Pero los mapas empleados por los Stevenson de los faros no se trazaban con fines náuticos; eran cartas de navegación. Contenían información posicional estática («rocas hundidas aquí»; «bancos de arena aquí», etc.). El paso al mapa del tesoro («pesos duros españoles enterrados aquí») no entrañó problemas para el autor de *La isla del tesoro* mientras jugaba a cartografía de salón con su hijastro.

El dragón gordo desató al novelista que llevaba dentro. Después de debatir largo y tendido sobre historias de piratas con Lloyd, un relato brotó sin esfuerzo de su pluma a un ritmo de capítulo por mañana. Otros proyectos de escritura más serios fueron aplazados. Él mismo nos cuenta que leía en voz alta a la familia el episodio del día «después de comer». La isla del tesoro era el postre. Más adelante, los capítulos se leyeron de noche, cuando se encendían las velas. Su voz, recordaba Fanny, era «extraordinariamente vibrante».[11] ¿Quería Stevenson, desde el inicio, vender y publicar *El cocinero de a bordo* (como se titulaba en un principio) a cambio de guineas contantes y sonantes? ¿O era un simple entretenimiento doméstico, recitado junto al fuego para pasar días y noches tediosos, efímero como los juegos de mímica o una partida de Scrabble?

Stevenson nos haría creer que inicialmente el relato no estaba escrito para ser puesto en venta. Aunque podemos tener dudas, como es mi caso.[12] Fuera como fuese, si en un principio el relato estaba pensado, como el autor afirmó, para que se quedara entre las cuatro paredes de la casa de la difunta señorita McGregor, eso explicaría el desmedido saqueo de material de otros escritores en los primeros capítulos de *La isla del tesoro*. «Rara vez el plagio —nos confiesa maliciosamente— se llevó tan lejos.» Cuando se narra un cuento alrededor de una fogata no hay en liza derechos de propiedad intelectual, ni la necesidad de observar las meticulosas leyes del mundo exterior sobre tales asuntos. Y Stevenson reconoce que saqueó a fondo en *La isla del tesoro*. La novela debería tener dos banderas pirata ondeando: una para John Silver el Largo y otra para su creador.[13]

La siguiente serie de hechos figura en el ensayo de Stevenson «Mi primer libro» (véase Apéndice A). La correspondencia relevante que llenaría los espacios en blanco o corregiría detalles de ese relato se ha perdido en su mayor parte. Lo que Stevenson recordó, trece años más tarde, es lo siguiente.

Como ya se expuso, probó con Lloyd los primeros capítulos de *El cocinero de a bordo* con gran éxito. Al chico, como a la mayoría de los muchachos, le entusiasmaban las calaveras y las tibias cruzadas. La familia (con la excepción de Fanny) quedó tan o más encantada cuando oyó leer en voz alta los capítulos iniciales de un texto muy tosco e inmediato, según Stevenson insinúa, lleno de improvisación y puede que incluso de propuestas de los presentes. Varios eminentes literatos que acudieron a Braemar le dieron ánimos: sobre todo Edmund Gosse y Sidney Colvin, más tarde celoso vigilante de la llama póstuma de Stevenson.[14] La leña que produjo esa llama la encendió el doctor Alexander Hay Japp,[15] un estudioso de Thoreau. Stevenson había escrito en esa época un artículo sobre el sabio estadounidense en la *Cornhill Magazine* (junio de 1880) y estaba meditando la publicación de su propio *Walden*, o mejor dicho, *Los colonos de Silverado*, como se titularía cuando se publicase finalmente en 1883. El diario registraba su luna de miel, Stevenson y Fanny recluidos en una choza en las montañas (con sus minas de plata) por encima de Santa Rosa, en el valle de Napa, en el verano de 1879.

Los dos seguidores escoceses de Thoreau habían mantenido correspondencia, y Stevenson invitó a Japp a alojarse en Braemar del 24 al 26 de agosto.[16] Allí, como había hecho con otros invitados, le dio a conocer *El cocinero de a bordo*. La historia fue «solemnemente relatada» desde el principio; leída en voz alta, se deduce, por el autor, en una sesión de sobremesa más larga de lo normal. O tal vez por la noche, con las velas encendidas. Japp (un «tipo curioso», pensaba Stevenson) era asesor literario de varias editoriales londinenses. Tenía un muy buen contacto en la persona de un compatriota (y «radical») escocés: James Henderson, dueño y editor de la exitosísima publicación semanal para niños *Young Folks*.[17] Según el autor, su visitante estaba buscando de forma activa nuevos talentos para Henderson. Japp lo negó mucho después de la muerte del novelista, y no mucho antes de la propia. La memoria del doctor pudo haberle traicionado en los detalles. Los ancianos se olvidan de las cosas... o adornan los recuerdos. Por ejemplo, Japp afirmó más adelante que se había llevado de Braemar «una parte considerable del manuscrito [...] con un esbozo del resto de la historia». Las pruebas documentales que han sobrevivido dejan claro que no podía tener más de tres de los treinta y cuatro capítulos, y a esas alturas Stevenson no tenía la más mínima idea de cómo evolucionaría la segunda parte de su relato.[18] El apoyo de Japp dio sus frutos: diez días más tarde, un contrato fue enviado de las oficinas de Henderson en Red Lion Square para la escritura de una novela por entregas que se publicaría en *Young Folks*, con una remuneración de doce chelines y seis peniques por columna impresa.[19] No era una suma espléndida, pero resultaba muy estimulante para una obra que había sido improvisada tan fácilmente como divertimento matutino.

Parece que un tercio de la narración pasó por las manos de Japp entre principios y mediados de septiembre de 1881, antes de llegar a Henderson, quien enseguida comenzó a preparar el texto para su publicación semanal, que debía iniciarse en octubre. La rotativa trabajaba a una velocidad de vértigo en Red Lion Square, donde Henderson tenía su sede en Londres. Esa primera remesa de capítulos (cada uno de los cuales se convertiría en un episodio semanal) llevaba al lector desde el prólogo de Billy Bones hasta la llegada de la *Hispaniola* a la inquietante costa de la isla del tesoro, pasando por la agresión a medianoche en la posada Almirante Benbow y el embarco de los héroes en Bristol rumbo a la isla en la dudosa compañía de Silver y sus antiguos compañeros del *Walrus*.

Según Stevenson, a mediados de 1881, en torno a ese punto de la narración, de los capítulos 15 al 19, el escritor se topó con un muro infranqueable. La familia se mudó, un factor que pudo ser determinante, sobre todo para un hombre que no estaba en plena forma física. Fanny y Louis finalmente abandonaron el clima atroz de la zona y se fueron a Edimburgo el 23 de septiembre, y de allí, tras una breve parada en Londres y Weybridge (durante la cual Stevenson conoció a su editor Henderson), a un pequeño chalé en Davos, Suiza. Esperaban que el aire de los Alpes ejerciera de tónico, como no habían hecho los inclementes vientos de la costa oriental de

Escocia. Como siempre, Thomas Stevenson pagaba los gastos, cada año mayores.

En esa delicada encrucijada, por más que lo intentaba, Stevenson no lograba hacer avanzar su narración. ¿Qué pasaría en la isla que se había inventado? En «Mi primer libro» se muestra elocuente sobre su bloqueo creativo:

> Tenía la boca vacía, de mi pecho no brotaba una sola palabra de la historia [...] Tenía treinta y un años, era el cabeza de familia, había perdido la salud; nunca había podido pagarme mis gastos, ni había ganado doscientas libras al año; hacía muy poco mi padre había comprado y destruido todos los ejemplares de un libro que había sido considerado un fracaso:[20] ¿sería ese el fiasco definitivo?

El «fiasco definitivo» podría haber sido una historia de aventuras a medio escribir, inacabada: prueba concluyente de que Robert Louis Stevenson nunca tendría éxito en el oficio de escritor, ni siquiera en el mercado infantil.

Mientras tanto, las pruebas de imprenta de los primeros capítulos viajaban por correo a dondequiera que estuviera el escritor. Henderson había instado sagazmente a Stevenson a que cambiase el título *El cocinero de a bordo* por *La isla del tesoro*, aunque el título original resulta interesante en cuanto indicador de lo que el autor consideraba el foco de interés. Henderson había decidido conceder a la historia de Stevenson una posición secundaria en la publicación, en medio de la revista, sin ilustraciones (a diferencia de la novela principal, ilustrada por W. H. Boucher), aparte de una representación inicial del feroz sablazo de Bones a Perro Negro. (El bucanero borracho falla y deja una marca en la muestra, el cartel, de la posada Almirante Benbow que «todavía puede verse hoy en día», nos dice Jim. Por una parte, no nos aclara qué significa «hoy en día». Por otra parte, como vuelve a la posada convertido en un joven enormemente rico, suponemos que debió de conservar el rótulo destrozado en el exterior por pura nostalgia.)

Evidentemente, la aprobación de Henderson animó al escritor. Tal vez el aire de los Alpes también contribuyó. En Davos, la llama se volvió a encender y la narración arrancó de nuevo con las aventuras de Jim en la isla, el asedio de la empalizada, Ben Gunn, múltiples asesinatos y matanzas, motín tras motín, traición tras traición, y el sangriento episodio final del foso del tesoro vacío. La segunda fase de *La isla del tesoro* se desarrolló, en palabras de Stevenson, con la soltura de la «cháchara». (Fanny la recuerda «intermitente», interrumpida por los achaques y hostigada por los plazos a cumplir.) Como otros novelistas por entregas, Stevenson descubrió que era capaz de corregir las pruebas de imprenta del episodio que se iba a publicar al mismo tiempo que escribía el episodio siguiente. Sería una habilidad muy útil. Y que nosotros sepamos, nunca volvió a sufrir otro bloqueo creativo.

Por increíble que parezca, dada su fama posterior, *La isla del tesoro* no tuvo un gran éxito en *Young Folks*. Según Robert Leighton, entonces ayudante de redacción en la publicación, *La isla del tesoro* no aumentó la tirada semanal ni un solo ejemplar. En opinión de este redactor, Stevenson todavía no dominaba por entero «la escritura por entregas». Se puede sostener que la historia de Stevenson era demasiado compleja desde el punto de vista psicológico para el lector de literatura barata, que en la revista no la hicieron destacar mucho, y que, tal vez lo más significativo, *La isla del tesoro* era demasiado perturbadora para los jóvenes. El asesinato de Tom Redruth, por ejemplo, va mucho más allá de la sangre derramada que los niños de la época victoriana apreciaban en los llamados *penny dreadfuls*.[21] Silver no ha conseguido captar al caballero Trelawney para la causa de los amotinados, y eso supone la sentencia de muerte de Tom:

Y así diciendo, aquel bravo individuo le volvió la espalda al cocinero y echó a andar hacia la playa. Pero estaba escrito que no iba a llegar muy lejos. Soltando una exclamación, John se asió a la rama de un árbol, se sacó la muleta de debajo del brazo y arrojó aquel improvisado proyectil a través del aire, alcanzando al pobre Tom con la puntera y golpeándole con gran violencia en mitad de la espalda, entre los omóplatos. Tom alzó las manos, profirió una especie de grito sofocado y cayó al suelo.

Resultaba difícil saber si estaba herido de gravedad o solo levemente. Aunque, a juzgar por el ruido del golpe, lo más probable era que se le hubiese partido el espinazo. Sea como fuere, no tuvo tiempo de reponerse. Silver, ágil como un mono aun careciendo de la muleta, cayó sobre él en un instante y hundió dos veces el cuchillo en su cuerpo hasta la empuñadura. Desde mi escondite de los zarzales le oí respirar pesadamente al descargar las dos puñaladas.[22] (p. 160)

Jim se desmaya al presenciar ese brutal homicidio. Al lector también le cuesta reprimir un escalofrío, sobre todo al pensar que Silver sobrevive, sin castigo por el despiadado crimen y premiado con oro ilícito, para partir los espinazos de otros que puedan despertar su ira. ¿Qué había sido de la justicia poética característica de la narrativa infantil?[23]

A pesar del moderado rendimiento de la obra, Henderson reconoció un talento inusual en su nuevo colaborador. Las cinco medias coronas «contantes y sonantes» que pagaba a Stevenson por columna eran una inversión segura para la revista. Se hace patente que Henderson comprendió que el autor, quien como a sus amigos les gustaba señalar no había «madurado», tenía una gran pericia con los protagonistas jóvenes y valientes y las tramas de criminalidad romántica, aunque a veces la sangre corría demasiado en sus páginas. Un relato posterior sobre salteadores de caminos fue cortésmente rechazado, pero se le encargó una narración sobre forajidos al estilo de Robin Hood. Con la precisión de uno de los proyectiles de Richard Shelton, *La Flecha Negra*, publicada en *Young Folks* de junio de 1883 a octubre de 1884, dio en la diana. A diferencia de *La isla del tesoro*, fue la novela principal de la publicación y contó con ilustraciones de Boucher, factores que contribuyeron a su éxito. De ese modo, una de las carreras más gloriosas de la literatura de ficción del siglo xix encontró su inesperada plataforma en una revista de narraciones escabrosas y hazañas juveniles.

Merece la pena señalar que durante todo ese tiempo a Fanny —«la crítica del hogar», como Louis la llamaba cariñosamente— le preocupaba que su marido malgastase su talento con los jóvenes. Puede que fuese la señora Stevenson quien le prohibiera usar su recién adquirido apellido. *La isla del tesoro* fue publicada en *Young Folks* bajo el seudónimo de «capitán George North», al igual que *La Flecha Negra*. Estaba claro que en esa fase inicial de su carrera el escritor obedecía más a los deseos y susceptibilidades de su familia. Como describe en «Mi primer libro», el año anterior su padre había prohibido la publicación de *El emigrante por gusto*, libro que desaprobaba (véase nota 20).

Stevenson envuelve la redacción del texto de *La isla del tesoro* de una atractiva historia. Y tan dignificado por la tradición está el mito de la «casita de la difunta señorita McGregor» que uno no se atreve a contradecirlo. Pero la versión de Stevenson flaquea en varios puntos decisivos. Concretamente, su enchufe en *Young Folks* puede que fuera más complicado de lo que «Mi primer libro» hace pensar. Emplazamos a las personas de mente recelosa a los «Enigmas y misterios» del Apéndice B. Los que prefieran la versión del autor sobre cómo se creó *La isla del tesoro* pueden ahorrarse el esfuerzo. La novela sigue siendo una maravilla independientemente de cómo se conciba su creación.

Stevenson es un novelista que incita a analizar su biografía desde el punto de vista psicológico. El lector no puede más que sentir curiosidad por el inquietante trasfondo que subyace a ese «cuento para niños». La novela empieza y termina con las pesadillas de Jim: el camino real, como Freud lo llamó, al subconsciente. Y el de Jim es un subconsciente muy turbulento. John Silver el Largo ha «asesinado el sueño», en palabras de Macbeth, para siempre. (A propósito, ¿algún héroe joven sueña tanto como Jim Hawkins?)

Al leer *La isla del tesoro* uno debe imaginarse esa inhóspita casa en el levante escocés, su lugar de nacimiento. El viento ruge y llueve a cántaros; un fuego impropio de la estación crepita. El salón que el narrador preside está lóbregamente iluminado. En el aire flotan cuentos de fantasmas. Con su vibrante voz Stevenson lee en voz alta la última entrega de *El cocinero de a bordo* a su padre, su madre, su esposa, su hijastro y cualquier amigo que pudiera haber pasado aquel día por Braemar.

A Louis le gustaba decir que en realidad contaba con «dos niños» entre su público: Lloyd y su padre (es decir, el de Louis). A Thomas Stevenson, recuerda su hijo, le entusiasmaban las historias de piratas y las leía a la hora de dormir. Sobre todo le gustaba la «expresividad» que Stevenson aportó, con gran fluidez y profusión, a su cuento para niños (por ejemplo, en el capítulo 2, la maravillosa evocación de la mañana helada, mucho más propia de Edimburgo con su frío cortante que de Devon). Tan cautivado estaba Thomas por la historia que se atrevió a darle algunas ideas a su hijo. Propuso[24] que Ben Gunn debía ser un fanático religioso en lugar de un simple individuo de pocas luces enloquecido por la soledad; se trata de una considerable mejora. Además, se le ocurrió cuál debía ser el contenido del cofre del muerto de Bones. El barco de Flint debía llamarse *Walrus*, decidió también Thomas. Fue él quien «falsificó» la firma de Flint en el mapa que acompaña las ediciones en libro de la novela (el mapa fue dibujado en su despacho). Y fue también a él a quien se le ocurrió una de las escenas más impactantes del relato: cuando Jim está escondido en el barril de manzanas casi vacío del barco y escucha, horrorizado, cómo Silver y Morgan traman asesinatos en masa.

Indudablemente, hubo otras contribuciones de las que jamás sabremos. Puede que no todas fueran bien recibidas. Después de todo, Louis no le dijo a su padre cómo tenía que construir faros. Pese a la felicidad del período entre 1881 y 1882, la reconciliación entre Louis y su padre durante la gestación de una historia de sobremesa con piratas estuvo impregnada de una inevitable tensión edípica. Los padres gozan de una extraña posición en las obras de ficción de Stevenson: son omnipresentes, amenazantes, a veces impotentes y otras —en los momentos críticos— todopoderosos. La obsesión paterna de Louis afloraría en toda su crudeza en la novela inacabada *El Weir de Hermiston*.[25] Si el novelista hubiera vivido para escribir los últimos capítulos de esa historia, la obra sin duda habría mostrado al padre como un «juez implacable» que condena a su hijo rebelde a la ejecución pública: la muestra de desaprobación paterna definitiva.

Los conflictos psicológicos de Stevenson con su padre, tal como aparecen plasmados en su obra de ficción, han enardecido demasiado a los críticos. Pero en *La isla del tesoro* hay motivos de sobra para la especulación. El propio autor dejó constancia de la existencia de oscuras «peleas» que contribuyeron al ambiente «infernal» de Braemar.[26] Dichas riñas parecen motivadas en parte por las fricciones con Thomas. El hijo vivía a costa del padre, una situación humillante para un hombre de treinta años. Louis podría haberse sentido perfectamente un fracasado a ojos de su padre.

En *La isla del tesoro*, el padre de Jim es el equivalente narrativo de un agujero negro. Es el posadero del Almirante Benbow, aunque no haya nada altivo en él. Hawkins sénior tiembla al pedirle a Billy Bones que pague su cuenta, y se siente tan humillado por el resoplido con el que es recibida su razonable petición que se retira escaleras arriba para no volver a aparecer en la narración y morir sin el más mínimo aspaviento. Jamás sabremos qué dolencia padeció, aparte de su fallido desempeño del papel de posadero; en realidad, el señor Hawkins a duras penas ha aparecido en la narración, y no se le echa en falta. Jim y su madre no parecen lamentar mucho su pérdida. Su hijo llora cuando muere el réprobo Bones, pero no se nos dice que derrame ninguna lágrima por su padre. A partir de entonces, casi todos los personajes masculinos principales —el caballero, el doctor, el cocinero de a bordo— son nombrados figuras paternas del joven Jim. Uno (el caballero Trelawney) manda a los hombres, otro (el doctor Livesey) los cura, y el otro (John Silver el Largo) los mata. Este trío de seudopadres podría inspirar numerosos análisis freudianos, y de hecho se ha escrito demasiado al respecto. Basta con decir que todos los lectores de *La isla del tesoro* percibirán que esta fascinante narración está impulsada por conflictos primarios.[27]

Redacción, publicación y recepción

Como antes se ha descrito, y en el ensayo de Stevenson «Mi primer libro» (véase Apéndice A), en 1881 Alexander Hay Japp llevó una muestra de *El cocinero de a bordo* al editor James Henderson, quien rápidamente la aceptó para publicarla en su revista infantil. *Young Folks* empezó a publicarse en 1871 en Manchester, pero la producción se trasladó a Londres en 1873. Aparecía en forma de gran tabloide, a medio penique el ejemplar semanal, con una gran ilustración de la novela por entregas principal en la portada; normalmente, durante la relación de Stevenson con la revista, obra de W. H. Boucher. Un número semanal alcanzaba dieciséis páginas impresas. *La isla del tesoro* no fue la pieza principal de la publicación y (aparte de su primer capítulo) no contó con ilustraciones.

James Henderson era el jefe de redacción y el dueño, con la ayuda de Robert Leighton, quien más adelante puso en circulación una crónica de la redacción de *La isla del tesoro* distinta en muchos aspectos de la de Stevenson.[28] Henderson, un «escocés astuto» (y un «radical», se dice), era una de las personas que habían advertido el creciente poder de los lectores jóvenes, y lo estaba explotando de forma rentable: algo a lo que Stevenson alude en el poema «Al comprador indeciso», escrito para la edición en libro de *La isla del tesoro* (véase p. 47).[29]

El papel central de los lectores jóvenes se puso claramente de manifiesto con *Boy's Own Paper* (*BOP*), lanzada en 1879, cuya tirada al cabo de unos años alcanzó el cuarto de millón de ejemplares. Publicada por la Sociedad Editora de Folletos Religiosos, *BOP* había sido concebida como un antídoto a los *penny dreadfuls*: relatos góticos que envenenaban la mente juvenil con violencia y terror. La misión de *BOP* era ofrecer «lecturas puras y entretenidas». Henderson mantuvo con destreza un equilibrio entre la pureza cristiana y el terror sangriento. Sus historias están empapadas en sangre (*La isla del tesoro* no es ninguna excepción), pero «sangre saludable», cabría añadir. El título completo de la publicación revela esa motivación provechosamente mixta: *Young Folks; A Boys' and Girls' Paper of Instructive and Entertaining Literature* («Jóvenes; una revista de literatura instructiva y entretenida para chicos y chicas»).

El mercado de publicaciones como *Young Folks* y *BOP*

nació, en gran medida, gracias a la Ley de Educación Universal de 1870, que garantizaba la educación mínima de todos los niños británicos, pero no un excesivo gusto literario.[30] Publicada en dieciocho entregas, del 1 de octubre de 1881 al 28 de enero de 1882, *La isla del tesoro o El motín de la Hispaniola* (el subtítulo folletinesco) debió de topar con unos lectores ávidos, aunque primitivos. Eran lectores que devoraban, más que leían, obras de ficción. Una publicación semanal como *Young Folks* iba dirigida, en resumidas cuentas, a los recién alfabetizados con medio penique en el bolsillo.

Henderson estaba claramente interesado en reclutar al prometedor joven escocés que el doctor Japp le había recomendado. Uno de los motivos, como arguyó el amigo de Stevenson, W. E. Henley, es que la plantilla habitual de escritores de Henderson no eran «en modo alguno ciudadanos modelo; tenían sus flaquezas, y eran adictos al consumo de alcohol, de modo que había que estar detrás de ellos para que entregasen sus textos».[31] La novela por entregas principal publicada antes de *La isla del tesoro* (*Sir Claude the Conqueror*, de Walter Villiers, seudónimo de Edward Henry Viles) había tenido un abrupto final. Henderson buscaba estrellas más formales —y más sobrias— para el universo de *Young Folks*.

Por mucho que pudiera haber agradecido la ayuda de Japp, es posible que a Stevenson no le interesase del todo andar en una compañía tan bohemia. Por el bien de su padre, también es posible que no le interesara en absoluto que circulara el apellido de su familia (famoso en lugares menos frecuentados por bebedores que Fleet Street). De modo que la novela recién titulada como *La isla del tesoro* se publicó por entregas bajo la autoría del capitán George North. (Obviamente, Stevenson procedía de un lugar muy al norte de Red Lion Square y, como descendiente de los Stevenson de los faros, estaba ligado al mar.) De acuerdo con Henderson en una carta contractual fechada el 24 de septiembre de 1881,

Stevenson recibiría doce chelines y seis peniques por columna de *La isla del tesoro*, que al final le reportaron trenta y cuatro libras, siete peniques y seis chelines en total. Él insistió en conservar los derechos de autor. Como se ha explicado antes, la novela fue escrita mediante dos impulsos principales a un ritmo de capítulo por día: los primeros 15 a 19 capítulos (de agosto a septiembre de 1881) escritos en Braemar y el resto en Davos. La parte inicial de la novela estaba en la imprenta cuando el final todavía se estaba escribiendo. Parece que la completó en algún momento de noviembre de 1881.[32]

Ya sabemos que *La isla del tesoro* no tuvo un éxito arrollador entre los jóvenes lectores de la publicación de Henderson. Leighton recordaría más adelante:

> A los lectores no les gustaba la historia. Como novela por entregas, era un fracaso. A los chicos les gusta sumergirse enseguida en la emoción, pero los prolegómenos de la posada se les hacían interminables una semana tras otra. Ellos querían llegar al mar, buscar el tesoro.[33]

«La tirada —añadió Leighton sin tapujos— no aumentó ni un solo ejemplar.» Sin embargo, el éxito de ventas llegó con la publicación de *La isla del tesoro* en libro. El amigo y confidente de Stevenson, W. E. Henley, negoció con Cassell un adelanto de cien libras, más un 20 por ciento de regalías por todos los ejemplares vendidos a partir de un total de cuatro mil.[34]

La edición de Cassell se publicó el 14 de noviembre de 1883 a un precio de cinco chelines con vistas al mercado navideño de libros infantiles. La portada identificaba a Robert Louis Stevenson, y no al capitán George North, como el autor y omitía el subtítulo «El motín de la *Hispaniola*», que llevaba en *Young Folks*. El texto no tenía ilustraciones. El material adicional consistía principalmente en el poema introductorio «Al comprador indeciso», la dedicatoria a Lloyd Osbourne y el mapa que (supuestamente) había dado comienzo a todo.

La recepción del libro, como Stevenson les contó a sus padres, fue «triunfal».[35] Y fue así en parte gracias a que sus amigos le echaron una mano. El siempre leal Henley, por ejemplo, escribió un elogio muy extenso en el *Saturday Review* (8 de diciembre de 1883) observando, sagazmente, que John Silver el Largo (personaje basado en él mismo) resultaba «fascinante». *Academy* (1 de diciembre de 1883) aplaudía la «frescura» de la novela y la consideraba fascinante tanto para mayores como para niños. También hubo críticas moderadas. *Athenaeum* (1 de diciembre de 1883), una publicación siempre severa, estimaba «la técnica demasiado evidente». Y *Graphic*, pese a sus muestras de entusiasmo, afirmaba: «No queremos del señor Stevenson más libros para niños»; su genio era demasiado excepcional para malgastarlo con los lectores jóvenes.

PRIMER PLAN DE STEVENSON PARA *LA ISLA DEL TESORO*

El primer esbozo que se conserva de *La isla del tesoro* figura en una carta enviada desde Braemar al confidente y colaborador de Stevenson, W. E. Henley. Escrita el 24 o el 25 de agosto de 1881, coincide con la visita del doctor Japp.[36] En esa carta entusiasta hallamos ciertos aspectos interesantes, en particular el hecho de que Stevenson iniciara la redacción no como un entretenimiento familiar, sino con el claro objetivo comercial («moneda») de vender la historia como su primera incursión en la literatura infantil. La carta deja abierta la posibilidad de que hubiera existido comunicación entre Stevenson y Henderson antes de ese momento (véase p. 25).

Si, como consta en los documentos, Japp estaba visitando Braemar al mismo tiempo, entre el 24 y el 26 de agosto, solo pudo llevarse una muestra muy incompleta de la obra en desarrollo en su «baúl de viaje» para enseñársela al editor de *Young Folks*. Ese detalle indica de nuevo que Stevenson recordaba el episodio de forma confusa cuando escribió «Mi primer libro». Allí se insinúa que Japp tenía una cantidad de material mucho mayor para mostrársela al editor londinense: algo que el propio Japp afirmaría más adelante. Aun así, está claro que Stevenson había esbozado la acción principal de *La isla del tesoro* (pero ¿quién era el segundo doctor al que se alude en la carta que se cita a continuación?). También está claro que el «cocinero de a bordo» del título descartado iba a ser, desde el principio, el personaje principal:

> De momento estoy ocupado con otra cosa; es una deuda que tengo con Sam [es decir, Lloyd], pero creo que me dará más monedas que numerosos proyectos más lentos. Te lo presento a continuación:
>
> *El cocinero de a bordo o La isla del tesoro*
> Un cuento para chicos.
>
> Si esto no les interesa a los niños es que se han echado a perder desde mi época. Te sorprenderá saber que aparecen bucaneros, que empieza en la posada Almirante Benbow en [la] costa de Devon, que trata de un mapa y un tesoro y un motín y un barco abandonado y una corriente y un caballero Trelawney (el auténtico Tre, purgado de la literatura y el pecado para proteger la mente infantil) y un doctor y otro doctor y un cocinero de a bordo con una pierna, y una canción de marineros con el estribillo «Oh, oh, oh, y una botella de ron» (al tercer «oh» hay que tirar de las barras del cabrestante), que es una canción de bucaneros auténtica, conocida solo por la tripulación del difunto capitán Flint (muerto por el exceso de ron en Cayo Hueso, muy llorado, se ruega a sus amigos que acudan al entierro). Y atención: hoy es el tercer día de redacción [25 de agosto], y ya he escrito y leído tres capítulos.[37]

«El mapa —nos dice Stevenson— era la parte principal de la trama.» Pero las versiones que sitúan el origen de esa parte principal en Braemar son contradictorias. Según el autor en «Mi primer libro», «dibujé el mapa de una isla» (véase Apéndice A). A continuación, inventó el cuento que ese mapa le sugirió para su ahijado.

Lloyd lo recordaría de forma distinta muchos años más tarde en su «nota» a la edición «Tusitala» de las obras de Stevenson. En Braemar, estaba «ocupado con una caja de pinturas»:

> Casualmente estaba pintando el mapa de una isla que había dibujado. Stevenson entró cuando lo estaba terminando, y con su afectuoso interés por todo lo que yo hacía, se inclinó por encima de mi hombro y pronto estaba desarrollando el mapa y poniéndole nombre. ¡Nunca olvidaré la emoción de la isla del Esqueleto, la colina de El Catalejo, ni el culmen de las tres cruces rojas! ¡Y el culmen todavía mayor cuando escribió las palabras «La isla del tesoro» en la esquina superior derecha! Además, parecía que supiera mucho del tema: los piratas, el tesoro enterrado, el hombre que había sido abandonado en la isla. «Hay material para un cuento», exclamé.

Lloyd añadió que después de haber hecho «mejoras» en la obra (de Lloyd), Stevenson se guardó el mapa en el bolsillo, y él (Lloyd) no volvió a verlo. Claro que los dos hombres estaban recordando el hecho con posterioridad a través de la bruma de los años.

El mapa no se reprodujo en la versión de *La isla del tesoro* publicada en *Young Folks*. Sin embargo, sí fue incorporado (como aparece en esta edición) en la edición en forma de libro de 1883. Según la versión de Stevenson que figura en

«Mi primer libro», envió el mapa original (ya fuera suyo o de Lloyd) a la editorial Cassell, junto con las pruebas de imprenta llenas de anotaciones, pero allí «no habían recibido el mapa» (por lo visto, las pruebas sí). Una nueva versión (la que recoge esta edición) se dibujó en el despacho de su padre. Thomas Stevenson «falsificó» el «puño» de Flint en el mapa, así como los derroteros escritos a mano (véase Apéndice A).

¿Existió realmente el mapa original? Y si fue dibujado en agosto de 1881, ¿se conservó a pesar de todos los viajes de Stevenson y Osbourne de tal forma que aún lo preservaban en 1883? En la descriptiva carta escrita a Henley (véase p. 29), Stevenson hace referencia a un mapa, pero no indica que fuera en ningún sentido el punto de partida de la novela. Revisando las pruebas, se puede suponer que Lloyd y su padrastro en efecto dibujasen un mapa como divertimento en Braemar. Lo desarrollaron mientras jugaban con las ideas para la consiguiente narración. Pero el mapa no se terminó, ni se consideró digno de ser conservado. No fue enviado a Cassell porque no existía o —tal vez— porque no existía en una forma apta para su publicación. Su «pérdida» puede constituir una de las muchas invenciones del escritor.

Los lectores curiosos pueden preguntarse por qué el capitán Flint, encallado en Savannah, donde decide beber hasta morir, necesita un mapa. ¿El ron le está deteriorando el cerebro tan rápido que duda de su memoria? Parece poco probable, además de las oportunidades de que le robasen el tesoro que ofrecería un mapa. Pero, en cualquier caso, Flint sí dibuja un mapa y luego lo identifica como «isla del tesoro» (ahí no hay ningún ofuscamiento). Escribe en el mapa las iniciales «J. F.», lo fecha en «agosto de 1750» y lo certifica con su marca personal, un ballestrinque. El mapa también tiene una inscripción testimonial de su segundo de a bordo, William Bones, quien añade servicialmente la longitud y latitud exactas de la isla. También están las tres cruces rojas y la posdata: «El grueso del tesoro aquí». La copia real del mapa, como dejan claro los adornos pictóricos, fue encargada a un cartógrafo profesional de Savannah. ¿Mató Flint al pobre infeliz para proteger el secreto, como mató a los seis miembros de la expedición para enterrar el tesoro? Y un misterio dentro de otro: ¿por qué languidece Flint en una mugrienta taberna del muelle cuando podría ser el hombre más rico del Caribe? Tom Morgan recuerda que vio el cadáver de Flint con peniques (no doblones) en los ojos. Aparentemente, una fosa común para Flint. ¿Y qué pretende hacer Billy Bones cuando huye con el mapa de Flint, que al parecer robó del pecho del muerto? Aparte, claro está, de mantenerlo bien envuelto en una tela engrasada en su pecho mientras él también bebe hasta la muerte en una taberna de Devon.

¿En realidad Bones robó el mapa? ¿Acaso Flint ordenó a su «segundo de a bordo» que emprendiera un viaje a la isla del tesoro para conseguir dinero para ron? ¿No sabía Bones qué hacer cuando Flint murió, y el segundo de a bordo huyó, motivo por el cual el resto de la tripulación deseó vengarse de él y darle caza hasta el sangriento final en Devon? ¿Por qué, siguiendo con el tema, están Silver y muchos tripulantes del *Walrus* (poniendo en peligro sus vidas) en Bristol, y no a salvo en Savannah, Madagascar u otro refugio de piratas? Si Stevenson nos hubiera dado más información...

El mapa es bastante revelador en cuanto a la geografía de la isla del tesoro, pero muy poco respecto a su ubicación geográfica, hasta el punto de resultar desesperante. Él mismo comenta con timidez en el primer párrafo que a Jim se le ha prohibido explícitamente divulgar dónde se encuentra la isla. Como consta en el mapa, es Jim quien ha tachado la ubicación.

Al serle negada una ubicación precisa, el lector supone que la isla del tesoro se encuentra en algún lugar del mar de las

Antillas. Después de todo, Silver y su tripulación son «piratas del Caribe». Y toda una serie de referencias apoyan esa teoría. Se puede elaborar una lista con ellas:

1. El énfasis, a lo largo de la narración, en el ron, la bebida de las Antillas.
2. Un énfasis similar en los bucaneros.[38]
3. El nombre *Hispaniola*.[39]
4. Una serie de referencias en los recuerdos de Silver (y de su loro), de sus terribles peripecias en el Caribe (p. 128).[40]
5. Referencias parecidas en los recuerdos de Billy Bones.
6. El hecho de que la tripulación del *Walrus* acabe encallada en Savannah (o, en la versión de la novela publicada en *Young Folks*, en Cayo Hueso), ambas junto al golfo de México.
7. El hecho de que cuando la *Hispaniola* regresa tome puerto primero en un lugar donde se vieron «rodeados de barcas cargadas de negros e indios mejicanos, y mestizos» (p. 321). La Habana, cabe suponer.

Lo que más impresiona son todos esos datos combinados. ¿Cómo explicamos entonces la serpiente de cascabel que da a Jim la bienvenida a tierra en el capítulo 14 (p. 156)? ¿O las frondosas hileras de robles de Virginia? ¿O —lo que es más significativo— lo que Jim ve en el capítulo 24 («La excursión del *coracle*»)?

> Arrastrándose en grupo sobre las mesetas de roca, o dejándose caer en el mar con gran estruendo, vi unos monstruos enormes y viscosos, una especie de babosas de increíble tamaño, dos o tres veintenas de ellos en total, que hacían resonar las peñas con sus ladridos.
> Luego he sabido que se trataba de leones marinos [...].

Son los famosos leones marinos que Stevenson admiró en su visita a la península de Monterey, frente a la neblinosa costa del norte de California, un par de años antes.[41] Las probabilidades de ver un león marino en una isla del mar de las Antillas serían las mismas que las de encontrarse un oso polar. Tampoco es probable ver allí una serpiente de cascabel de la costa del Pacífico, ni los característicos robles de Virginia que crecen en el oeste de Estados Unidos. A la isla del tesoro se podría llegar, pues, zarpando tanto de la costa atlántica como de la costa pacífica de Norteamérica. Stevenson suponía —con cierta razón— que los jóvenes no se calentaban sus tiernas cabezas con esos detalles geográficos. En una carta de mayo de 1884 reconoció que el escenario de la isla era «en parte californiano y en parte *chic*».[42] Por mucho que ofenda a los geógrafos, la combinación funciona muy bien.

EL LEGADO DE *LA ISLA DEL TESORO*

Cualquiera que tenga la más mínima noción de literatura de ficción británica clásica conoce *La isla del tesoro*, incluso quienes no han leído el original ni han estado expuestos a ninguna de las múltiples versiones para cine o teatro. Se ha convertido en un elemento del folclore y en parte de la cultura popular. La atracción Piratas del Caribe de Disneyland, por ejemplo, siempre ha sido una de las favoritas del parque temático. Por supuesto, es un derivado de *La isla del tesoro* filtrado por el Capitán Garfio de *Peter Pan*, un héroe canallesco inspirado en el John Silver el Largo de Stevenson, como J. M. Barrie reconoció con franqueza.[43]

Otros escritores han tomado préstamos del libro de Stevenson con la misma alegría y ligereza. Se han hecho numerosas secuelas, precuelas y fantasías inspiradas en *La isla del tesoro*. Y se siguen haciendo. En marzo de 2010, por ejemplo, se anunció que el antiguo poeta laureado británico, sir Andrew Motion, estaba trabajando en una novela que se publicaría en 2012 titulada *Regreso a la isla del tesoro*. El resumen provisional que se difundió decía lo siguiente:

> Jim Hawkins vive con su hijo, Jim junior, en un pub a orillas del Támesis, a las afueras de Londres. Jim junior recibe la visita de una mujer que resulta ser la hija de John Silver el Largo. La mujer convence a Jim junior para que robe el mapa original de la isla del tesoro a su padre y emprenda un viaje organizado por Silver para encontrar el resto del tesoro.[44]

Soy lo bastante viejo para haber visto el clásico retrato de John el Largo interpretado por Robert Newton en la gran pantalla,[45] y para haberme reído a carcajadas con la muletilla del cómico de la radio británica Tony Hancock, «¡Jim, muchacho!». Innumerables ejemplos ilustran lo profundamente instalada en la conciencia popular que está *La isla del tesoro* y cómo la novela de Stevenson sigue entreteniendo e inspirando. Pero ¿por qué es tan famosa? Probablemente Louis y Fanny habrían elegido *Aventuras y desventuras del príncipe Otto* como la tarjeta de presentación del primero para la posteridad. Pero pocos, aparte de los stevensonianos, leen hoy día esa trabajadísima novela.

El crítico que ha dado la explicación más convincente al duradero encanto de *La isla del tesoro* es G. K. Chesterton. En su monografía sobre Stevenson, publicada en 1906 y poco leída en la actualidad, Chesterton sostiene que la clave de la perdurable popularidad de la novela es que *La isla del tesoro* es «por encima de todo, una reacción al pesimismo».[46] Chesterton tuvo el privilegio, vedado a nosotros, de leer la obra antes de que hubiera sido colocada en la vitrina de la historia de la literatura. Para él, *La isla del tesoro* estaba «viva»: trascendente en su vida y en su época, y jubilosamente vital.

Como dijo en otro texto, «Thackeray es nuestra juventud, y Stevenson es nuestra infancia».[47] Chesterton insinúa que es la «impaciente cordura» (una expresión maravillosa) de Stevenson la que otorga a la novela su validez universal y atemporal. En un *fin de siècle* cuya idea recurrente fue la «decadencia», Stevenson se negó a celebrar el decaimiento del mismo modo que tampoco aceptaba la debilidad de su cuerpo, como sí habrían hecho quizá enfermos o minusválidos menos graves. En última instancia, robándole la fórmula a D. H. Lawrence, podría afirmarse que *La isla del tesoro* está del lado de la vida. A pesar de sus pesares, Stevenson creó una obra maestra. Y una obra maestra de nuestra época —de todas las épocas, en realidad— tanto como de la suya.

Notas

1. Stevenson a su amigo W. E. Henley, cojo de una pierna y en quien se inspiró para crear a John Silver, Bradford A. Booth y Ernest Mehew, *The Letters of Robert Louis Stevenson*, 7 vols., Yale UP, New Haven y Londres, 4.129; citado en adelante como *Letters*.

2. Véase Apéndice A.

3. *Viajes con una burra*, 1879.

4. Lloyd —conocido por la familia como «Sam»— aparece descrito a menudo como un niño de doce años, pero su cumpleaños era en abril, y en el momento de la gestación de *La isla del tesoro* tenía trece años y unos meses.

5. Ian Bell, *Dreams of Exile, Robert Louis Stevenson*, Headline Publishing, Londres, 1993.

6. Margaret Mackay, *The Violent Friend: The Story of Mrs Robert Louis Stevenson*, Doubleday, Nueva York, 1968, p. 147.

7. El villano con una sola pierna de *La isla del tesoro* estaba inspirado, según confesó Stevenson, en su amigo William Ernest Henley (1849-1903), un hombre de letras victoriano que perdió una pierna debido a una infección de tuberculosis a finales de la década de 1860. En 1875, dejó constancia de su victoria sobre su cuerpo en su poema más conocido, «Invictus». Él y Stevenson se conocieron en el hospital y se hicieron íntimos amigos. A pesar

de que afirmó que Silver está «totalmente basado en ti», es probable que en algún lugar de su mente conservara recuerdos del capitán Ahab de Herman Melville (en *Moby Dick*, 1851). El título de la obra de teatro es *Deacon Brodie; or, The Double Life*, publicada de forma privada en 1880.

8. Fanny ofrece un testimonio irónico y divertido de esas semanas frías y lluviosas en su «Prefatory Note» a *La isla del tesoro*, en el volumen 5 de la edición «Tusitala» de las obras completas de Louis Stevenson (Scribners, Nueva York, 1922).

9. Frederick Marryat (1792-1848); R. M. Ballantyne (1825-1894); W. H. G. Kingston (1814-1880); G. A. Henty (1832-1902). Para leer una referencia ingeniosa de Stevenson a esos queridos escritores de su infancia, véase el poema introductorio «Al comprador indeciso» (p. 47).

10. «Mi primer libro», donde Stevenson fecha el episodio erróneamente en «septiembre». Para una versión distinta del suceso original, véase p. 28.

11. *Letters 3.226.* El comentario de Fanny sobre la voz de Louis aparece en la edición «Tusitala», p. 13.

12. Véase «Primer plan de Stevenson para *La isla del tesoro*», p. 28.

13. Stevenson fue sincero respecto al material que tomó prestado para *La isla del tesoro*. Sin embargo, en el extenso catálogo de «plagios» confesos de Washington Irving, Frederick Marryat, Edgar Allan Poe, James Fenimore Cooper, R. M. Ballantyne y otros, falta un nombre. Fue Robert Leighton (1858-1934) quien llamó la atención sobre ese nombre. Futuro novelista respetado y redactor literario del *Daily Mail*, en 1881 Leighton trabajaba de ayudante de redacción de James Henderson en *Young Folks*.

Escribiendo en *The Academy* en marzo de 1900, Leighton recordó que a principios de 1881 —supuestamente, en algún momento antes de finales de agosto— James Henderson se había ofrecido a aceptar una narración de Stevenson y, «para indicar el tipo de relato que deseaba para *Young Folks*, le dio a Stevenson unos ejemplares de la revista que contenían una novela por entregas de Charles E. Pearce titulada *Billy Bo'swain*». La novela, como Leighton señala, tenía un mapa y un tesoro escondido: «Su esquema y construcción eran parecidos». Esta afirmación contradice la opinión heredada según la cual la historia se había originado por completo en Braemar, dentro de la familia, con el dibujo del famoso mapa en el caballete de Lloyd y sin pensar en el mercado de Londres. A partir de lo que él sabía, Leighton mantuvo que «siempre he creído que Stevenson escribió *La isla del tesoro* con los ojos puestos en *Young Folks*».

Leighton lanzó la bomba tras la muerte de Stevenson y seis años después de que «Mi primer libro» hubiera dejado constancia de una versión radicalmente distinta del origen de *La isla del tesoro*. Ello desencadenó una acalorada discusión en las columnas de *The Academy* sobre si *La isla del tesoro* contenía también un plagio, no mencionado, de *Billy Bo'swain*.

14. Sir Edmund Gosse (1849-1928) fue un poeta inglés; Sidney Colvin (1845-1927) fue un crítico de arte y literatura inglés. Véase Frank McLynn, *Robert Louis Stevenson*, Random House, Nueva York, 1994, p. 197.

15. Escritor escocés (1839-1905). El doctor Japp se hospedó en Braemar con los Stevenson y quedó cautivado por *El cocinero de a bordo*. Se llevó lo que Stevenson llama «el manuscrito» a Londres. El motivo de su visita a Braemar, afirma Stevenson en «Mi primer libro», era que «había recibido el encargo [...] del señor Henderson de descubrir a nuevos escritores para *Young Folks*» (véase Apéndice A). Posteriormente, Japp negó cualquier intención aparte de un interés mutuo por Thoreau.

16. Las fechas aparecen registradas en el diario de la madre de Stevenson. Su diario sin publicar es una fuente esencial de información sobre este interesante período de la vida de Stevenson y ha sido usado por varios biógrafos del escritor. Más adelante, y mucho después de la muerte de Stevenson, Japp puso por escrito sus recuerdos (no del todo precisos) sobre su visita en el segundo capítulo («*Treasure Island* and some Reminiscences») de *Robert Louis Stevenson: A Record, an Estimate, and a Memorial* (Scribner's, Nueva York, 1905). Un cuarto de siglo más tarde, confesaba haber olvidado las fechas exactas de su visita. En cambio, sí recordaba que la madre de Stevenson estaba presente.

17. Para más información sobre Henderson y su publicación, véase «Redacción, publicación y recepción», p. 24.

18. Véase el capítulo 21 de la remembranza de Japp citada más arriba («Mr Gosse and the Manuscript of *Treasure Island*»); y *Letters*, 3.226.

19. Véase nota 33.

20. El libro era *El emigrante por gusto*. Narraba las experiencias de Stevenson en su primer viaje a la costa oriental de Estados Unidos, entre 1879 y 1880, poco antes de escribir *La isla del tesoro*. Al padre de Stevenson le horrorizaron los pasajes sobre los bajos fondos que el libro contenía y compró todos los ejemplares que encontró con el fin de destruirlos y proteger la reputación de la familia en Edimburgo. El texto completo no se reeditó hasta después de la muerte de Stevenson en 1895. Véase también *Letters*, 3.97.

21. Se llamaban *penny dreadfuls* («revistas horripilantes a un penique») por su bajo precio y contenido altamente escabroso. La alarma sobre su efecto en los susceptibles lectores jóvenes inspiró la publicación de cómics decorosos como *Boy's Own Paper*. Véase la sección dedicada a la redacción y publicación de la novela (p. 24).

22. Stevenson cambió ligeramente este pasaje respecto a la versión de *Young Folks*, que dice así: «John se asió a la rama de un árbol, se sacó la muleta de debajo del brazo y, desprovisto de apoyo, cayó de bruces al suelo; pero en ese mismo instante, aquel improvisado proyectil, volando a través del aire, alcanzó al pobre Tom...».

23. Véase Apéndice B, apartado 3.

24. Véase Apéndice A.

25. Para más información sobre los posibles finales de esta amarga novela, publicada póstumamente en 1896, sobre el implacable odio entre un padre y su hijo, véase J. A. Sutherland, ed., *El Weir de Hermiston*, Everyman Books, Londres, 1992.

26. Frank McLynn, *Robert Louis Stevenson: A Biography*, Hutchinson, Londres, 1993, p. 197.

27. La versión más meditada del conflicto edípico entre Louis y su padre la ofrece Frank McLynn, *op. cit.* La fría indiferencia de Jim a la muerte de su padre resulta extraña. Véase p. 76.

28. Véase nota 13.

29. El retrato más completo de Henderson y sus tratos con Stevenson figura en G. F. McCleary, «Stevenson in *Young Folks*», *Fortnightly* (n.s.), 171, febrero de 1949, pp. 125-130.

30. Conocida también como Ley de Educación Elemental y como Ley Foster (por el diputado liberal William Forster, quien propuso el proyecto de ley), esta medida aumentó espectacularmente el nivel de la educación en las islas británicas y, después de 1880, obligó a todos los niños a asistir a la escuela entre los cinco y los doce años.

31. J. A. Hammerton, *Stevensonia: An Anecdotal Life and Appreciation of Robert Louis Stevenson*, John Grant, Londres, 1910, p. 54.

32. *Letters*, 3.234 y 4.39.

33. John A. Steuart, *Robert Louis Stevenson: A Critical Biography*, 2 vols., Little, Brown, Boston, 1924, 1.382.

34. *Letters*, 4.119-4.120.

35. *Letters*, 4.218.

36. En «Mi primer libro», Stevenson señala erróneamente septiembre de 1881 como la fecha en que empezó a escribir. Véase Apéndice A.

37. *Letters*, 3.224-3.225.

38. Véase el poema introductorio «Al comprador indeciso», p. 47.

39. Un nombre sumamente extraño dadas las circunstancias. La isla de Hispaniola, actualmente compartida por Haití y República Dominicana, era un lugar frecuentado por piratas.

40. En ese pasaje, Stevenson plagia las crónicas del capitán Charles John-

son *Historia general de los robos y asesinatos de los más famosos piratas* (1724), obra atribuida durante mucho tiempo a Daniel Defoe. En ella, se relata cómo el capitán pirata Edward England causó estragos en el Caribe de 1717 a 1720 y supuestamente inventó la bandera pirata con las tibias y la calavera. Al final fue abandonado por su tripulación (como Ben Gunn) en 1720. Madagascar (donde England murió) es una isla situada frente a la costa de India; Surinam está en el litoral de Sudamérica; Providencia es una isla de las Bahamas; y Portobelo, un puerto del Caribe del que zarpaban los galeones españoles. Los «barcos naufragados» formaban parte de una flota de galeones repletos de monedas de plata que se hundieron durante una tormenta en 1714. Parte del cargamento fue extraído un par de años más tarde. Como Johnson explica, 350.000 reales de a ocho que habían sido rescatados cayeron posteriormente en manos de piratas británicos. Se trataba del capitán pirata John Taylor y la antigua tripulación de England, cuyo barco, el *Victory*, capturó en abril de 1721 el navío portugués *Nossa Senhora do Cabo*. A bordo se encontraba el ex virrey de Goa (una colonia portuguesa en India). El dignatario llevaba a bordo una valiosa colección de diamantes.

41. Mientras esperaba a que Fanny obtuviera el divorcio, en octubre de 1879, Stevenson vivió y recorrió a pie Point Lobos, en Monterey, famoso por sus leones marinos. Escribió con entusiasmo sobre las maravillas del lugar a Henley.

42. *Letters*, 4.300.

43. Véase J. M. Barrie, *Peter Pan* (versión en novela, 1911), donde el Capitán Garfio aparece descrito como «el único hombre al que el cocinero de a bordo [es decir, Silver] temía» (capítulo 5).

44. Sitio web de la BBC, 26 de marzo de 2010: http://news.bbc.co.uk/2/hi/entertainment/arts_and_culture/8588371.stm.

45. La película de Walt Disney en Technicolor se estrenó en 1950, protagonizada por Bobbie Driscoll en el papel de Jim. Los carteles que la anunciaban estaban dominados por la pérfida imagen de Newton como Silver. La película es hoy recordada ante todo por su interpretación. *La isla del tesoro*, de Byron Haskin (Walt Disney Productions, 1950).

46. G.K. Chesterton y W. Robertson Nicoll, *Robert Louis Stevenson*, James Pott & Co., Nueva York, 1906, p. 16 El primer capítulo, «The Characteristics of Robert Louis Stevenson», trata de forma extensa y con grandilocuencia del tema el optimismo de Stevenson.

47. G.K. Chesterton, *The Victorian Age in Literature*, Henry Holt, Nueva York, 1913, p. 245.

CRONOLOGÍA

1850 El 13 de noviembre nace en Edimburgo Robert Louis Stevenson, hijo de Thomas Stevenson y Margaret Isabella Balfour.

1866 Los padres de Stevenson imprimen cien copias de su primera obra, *The Pentland Rising*.

1867 Después de ser educado en casa por sus problemas de salud, ingresa en la Universidad de Edimburgo para estudiar ingeniería.

1871 Cambia la carrera de ingeniería por la de derecho y al final estudia para ser abogado.

1873 Viaja al sur de Francia.

1875 Conoce a W. E. Henley en Edimburgo; ingresa en la abogacía, pero no ejerce.

1876 Conoce a Fanny Osbourne en Francia.

1878 Fanny regresa con su marido a Estados Unidos. Stevenson viaja a las Cevenas. Publica en mayo *Un viaje al continente*; y en diciembre, *Edimburgo: notas pintorescas*.

1879 Viaja a California para estar con Fanny, ya divorciada, y su familia. Publica *Viajes con una burra*.

1880 En mayo se casa con Fanny en San Francisco; regresa a Edimburgo en septiembre. Colabora con Henley en *Deacon Brodie; or, The Double Life*.

1881 En abril sale a la venta *Virginibus Puerisque*. Empieza *La isla del tesoro* en Braemar y la termina en Davos, Suiza; la novela se publica por entregas en *Young Folks* de octubre a enero de 1882.

1882 Se muda a Francia. Publica *Las nuevas mil y una noches* y *Estudios familiares de hombres y libros*.

1883 *La isla del tesoro* se publica en formato libro. *La Flecha Negra* se publica por entregas en *Young Folks* de junio a octubre de 1884.

1884 Se muda a Bournemouth. Publica *Los colonos de Silverado*.

1885 Se traslada a «Skerryvore», en Bournemouth, una casa comprada por su padre. Publica *Jardín de versos para niños*, *Más mil y una noches* y *Aventuras y desventuras del príncipe Otto*.

1886 En enero sale a la venta *El extraño caso del doctor Jekyll y Mr. Hyde*; y en julio, *Secuestrado*.

1887 En mayo muere Thomas Stevenson. Se muda a Sarinac, en Nueva York. Publica *Memorias y retratos*, *Los hombres dichosos*, y *Monte bajo*.

1888 Primer viaje a los Mares del Sur. *La Flecha Negra* se publica en formato libro.

1889 Viaje a Samoa. Salen a la venta *El señor de Ballantrae*, y *Aventuras de un cadáver* (con Lloyd Osbourne).

1890 Se muda a Vailima, en Samoa.

1891 En diciembre publica *Baladas*.

1892 Publica *De praderas y bosques*, *Una nota al pie de la historia*, y *Los traficantes de naufragios* (con Lloyd Osbourne).

1893 Publica *Catriona [David Balfour]*, y *Noches en la isla*.

1894 Sale a la venta *Bajamar* (con Lloyd Osbourne). El 3 de diciembre muere de una hemorragia cerebral.

1896 Se publica póstumamente *El Weir de Hermiston*.

1897 Se publica *St. Ives* (completado por Arthur Quiller-Couch).

La isla del tesoro

Al comprador indeciso

Si los cuentos y las tonadas marineras,
tempestades y aventuras, calor y frío,
si goletas, islas y el destierro en el océano
y bucaneros y oro enterrado,
y todos los romances de antaño contados nuevamente,
exactamente como antes se contaban,
pueden complacer como otrora a mí me complacieron
a los jóvenes más sabios de hogaño:
    así sea y ¡adelante! Si no,
si la estudiosa juventud ya no anhela,
si sus viejos apetitos ha olvidado,
Kingston o Ballantyne el bravo,
o Cooper el de los bosques y las olas:
    ¡así sea también! ¡Y ojalá yo
y todos mis piratas compartamos la sepultura
donde yacen estos y sus creaciones!

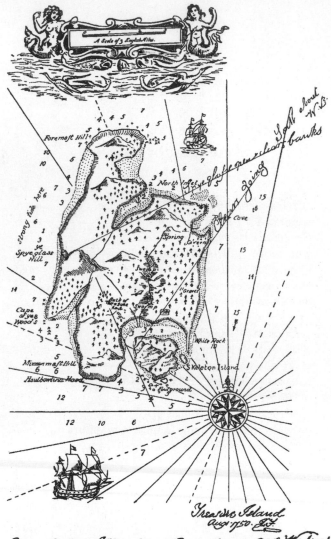

A Scale of 3 English Miles

Foremast Hill

10

10

7

4

strong tide here

6

3

1

3

7

ye Spye glass Hill

7

2

14

7

Cape af ye Wood's

4
2
3

Mizzan mast Hill

Hawlbowline Head

12

12   10   6

5   4   5

North Inlet

Spring Caverns

Graves

Path of ye bones

Sword

White Rock
10

Skeleton Island

Anchorage

Foul ground

Look out
W. B.

the globe ye clear bank

Bones going

Cove

15

16

15

15

11

15

Treasure Island
Aug.ᵗ 1750.

Given above by J. F. & M.ʳ W Bones Maite of ye Walrus
Savannah this twenty July 1754 W. B.

Facsimile of Chart; latitude and
long-itudes struck out by J. Hawkins

PRIMERA PARTE

EL VIEJO BUCANERO

I

El viejo lobo de mar
en el Almirante Benbow

Habiéndome pedido el caballero Trelawney, el doctor Livesey y los demás caballeros que escribiera, desde el principio hasta el fin, toda la historia de la isla del tesoro, sin omitir nada salvo la posición de la misma, y eso solo porque todavía queda allí algún tesoro no descubierto, tomo la pluma en el año de gracia de 17... y retrocedo al tiempo en que mi padre regentaba la posada Almirante Benbow y en que el viejo y atezado marinero, con la cicatriz causada por un sablazo, por primera vez se alojó bajo nuestro techo.

Le recuerdo como si hubiese sido ayer mismo. Entró en la posada con paso cansino, seguido por una carretilla de mano en la que iba su cofre de marinero. Era un hombre alto, fuerte, macizo, tostado; su embreada coleta caía sobre las hombreras de su sucia casaca azul; las manos eran rugosas y estaban llenas de cicatrices; las uñas, negras y quebradas, y el sablazo que le cruzaba una mejilla de parte a parte era de un blanco lívido y sucio. Recuerdo cómo echó una mirada a su alrededor, silbando mientras lo hacía, y luego entonó la vieja canción marinera que tan a menudo cantaría después:

> *Quince hombres tras el cofre del muerto,*
> *¡oh, oh, oh y una botella de ron!*

Cantaba con voz aguda y vacilante que parecía haber sido afinada y quebrada en las barras del cabrestante. Luego llamó a la puerta con un trozo de bastón que llevaba en la mano y que parecía un espeque y, al aparecer mi padre, pidió ásperamente un vaso de ron. Cuando se lo trajeron, se lo bebió lentamente, como un buen catador, saboreándolo bien, sin dejar de examinar los acantilados de la caleta y la muestra de nuestro establecimiento.

—Esta caleta me viene de perilla —dijo por fin—; y lo mismo digo de esta taberna. ¿Mucha parroquia, compañero?

Mi padre le dijo que no, que los parroquianos eran escasos y que ello era una lástima.

—Bien, pues —dijo el hombre—; este será mi amarradero. ¡Eh, tú, compañero! —añadió, gritando y dirigiéndose al hombre que empujaba la carretilla—. Acércate aquí y ayuda a subir el cofre. Me quedaré aquí una temporadita —prosiguió diciendo—. Soy hombre sencillo: ron y tocino y huevos es lo que quiero, y esa cabeza mía para ver zarpar los buques. ¿Que cómo han de llamarme? Pues pueden llamarme capitán. ¡Ah, ya veo por dónde va usted!... Tome —agregó, arrojando tres o cuatro monedas de oro en el umbral—. Ya me avisarán cuando estas se terminen —dijo con aspecto fiero y autoritario.

Y en verdad que a pesar de la pobreza de sus vestimentas, y a su tosco modo de hablar, no se parecía en nada a un simple marinero, sino más bien tenía aspecto de ser oficial o patrón acostumbrado a ser obedecido o a soltar algún que otro golpe en caso contrario. El hombre que empujaba la carretilla nos dijo que la diligencia le había dejado ante la posada del Royal George el día antes por la mañana; que había preguntado qué posadas había por aquella parte de la costa y, habiendo recibido buenas referencias de la nuestra, la cual, supongo yo, le había sido descrita como solitaria, la había elegido entre todas para fijar en ella su residencia. Y eso fue todo lo que pudimos averiguar de nuestro huésped.

Era hombre de pocas palabras. Se pasaba el día entero merodeando por la caleta o subiendo a los acantilados con un catalejo de latón; por la noche se sentaba cerca del fuego en la sala de estar, y bebía una fuerte mezcla de ron y agua. Casi nunca contestaba cuando le hablaban, limitándose a alzar la vista bruscamente y a resoplar por la nariz haciendo un ruido que recordaba al de una sirena; y nosotros, así como las demás personas que frecuentaban nuestra casa, no tardamos en aprender que lo mejor era dejarle en paz. Cada día, al regresar de su paseo, preguntaba si por el camino había pasado algún marinero. Al principio creímos que lo que le impulsaba a preguntarlo era el deseo de gozar de la compañía de gentes de su propia condición; pero a la larga nos dimos cuenta de que lo que quería era evitar a tales personas. Cuando algún marinero se hospedaba en el Almirante Benbow (cosa que de vez en cuando hacían algunos que iban de paso para Bristol, siguiendo el camino de la costa), él le espiaba desde detrás de las cortinas de la puerta antes de entrar en la estancia; e, invariablemente, permanecía mudo como un muerto cuando alguno de tales marineros se hallaba presente. Para mí, al menos, en su conducta no había ningún secreto, pues, en cierto modo, yo compartía su inquietud. Un día me había llamado aparte para prometerme una moneda de plata el primer día de cada mes si mantenía los ojos bien abiertos, por si se presentaba algún marinero con una pata de palo, en cuyo caso debía avisarle a él sin perder un segundo. A menudo, al llegar el primer día del mes y acudir yo en busca de mi sueldo, por toda respuesta recibía uno de sus resoplidos, acompañado por una mirada despreciativa; mas, antes de que hubiese transcurrido una semana, a buen seguro se lo pensaba mejor y me traía mi moneda de cuatro peniques, repitiéndome sus órdenes de vigilar si venía «el marinero de la pata de palo».

No hace falta que os diga de qué modo ese personaje me perseguía en mis sueños. En las noches de tormenta, cuando el viento sacudía la casa por sus cuatro lados, y el mar rugía en la caleta, estrellándose contra los acantilados, le veía de mil formas distintas y con un millar de expresiones diabólicas. Ora la pierna estaba cortada a la altura de la rodilla; ora por la cadera; a veces era una criatura monstruosa que nunca había tenido más de una pierna, y esta en la mitad del cuerpo. Verle saltar y correr, persiguiéndome a campo traviesa, saltando setos y zanjas, era la peor de las pesadillas. Y, bien mirado, con todas estas fantasías abominables, me ganaba mi moneda mensual de cuatro peniques.

Pero, si bien me causaba gran pavor la idea del navegante de la pata de palo, lo cierto es que, en lo que al propio capitán se refería, a mí me infundía mucho menos miedo que al resto de las personas que le conocían. Había noches en que tomaba mucho más ron con agua del que su cabeza era capaz de soportar; y entonces, algunas veces, se sentaba en un rincón y entonaba sus viejas canciones marineras, picarescas y salvajes, sin hacer caso de nadie; pero otras veces pedía una ronda para todos y obligaba a los temblorosos presentes a escuchar sus historias o a corear sus canciones. A menudo he oído estremecerse toda la casa con el «¡oh, oh, oh, y una botella de ron!» al unir todos los parroquianos sus voces para salvar el pellejo, temerosos por su vida y para no hacerse notar, tratando cada uno de cantar más fuerte que el vecino. Pues hay que decir que, cuando le daba uno de esos arrebatos, el capitán era uno de los peores déspotas que jamás se han visto; descargaba fuertes golpes sobre la mesa, con la palma de la mano, para imponer silencio; montaba en cólera cuando le hacían alguna pregunta, o a veces porque no le hacían ninguna, lo cual, a su entender, era señal de que los demás no prestaban atención a lo que les decía. Ni tampoco permitía que nadie abandonase la posada hasta que él, a fuerza de beber, se sentía soñoliento y se dirigía tambaleándose a la cama.

Sus historias eran lo que más aterraba a la gente. Historias de las más horribles eran las suyas; acerca de ahorcamientos; del castigo consistente en hacer que el condenado camine sobre un tablón atravesado sobre la borda, hasta caer al mar; de tempestades en alta mar y en el estrecho de la Tortuga; de hechos descabellados y lugares salvajes en las costas de Venezuela y Colombia. A juzgar por lo que decía, debía de haberse pasado la vida entre los hombres más malvados a quienes haya permitido Dios surcar los mares; y el lenguaje que empleaba para contar sus historias escandalizaba a nuestras sencillas gentes campesinas casi tanto como los crímenes que narraba. Mi padre iba siempre diciendo que aquello acabaría por causar la ruina de la posada, pues la gente no tardaría en dejar de acudir a ella para verse tiranizados y vejados y luego, estremeciéndose de terror, regresar a dormir a sus casas; pero yo creo que, en realidad, su presencia nos favorecía. En el momento la gente se asustaba, pero después, ya en sus casas, se alegraban de haber estado presentes, ya que todo aquello era una excelente fuente de emociones en sus plácidas vidas de campesinos, y había incluso un grupo de jóvenes que decían admirarle, llamándole «verdadero lobo de mar», y cosas parecidas, y diciendo que eran los hombres como él los que habían hecho que Inglaterra fuese temida en los mares.

En cierto modo, eso es cierto, estuvo a punto de arruinarnos, pues permaneció hospedado en nuestra casa una semana tras otra, y después un mes y otro mes y otro más, de tal manera que hacía ya mucho tiempo que el dinero del hospedaje se había agotado y mi padre todavía no había sido capaz de hacer de tripas corazón e insistir en que nos pagase más. Si alguna vez mencionaba el asunto, el capitán resoplaba tan fuerte que, más que un resoplido, aquello era un verdadero rugido, y luego se quedaba mirando fijamente a mi pobre padre hasta que este, cohibido, abandonaba la habitación. Le he visto retorcerse las manos después de algunas de tales negativas airadas, y estoy seguro de que la preocupación y el terror en que vivía debieron de acelerar en gran medida su prematura y desgraciada muerte.

Durante todo el tiempo que vivió con nosotros el capitán no hizo cambio alguno en su atavío, salvo algunas medias que compró a un buhonero. Un día se le cayó una de las alas del sombrero, y a partir de entonces la llevó colgando pese a que le molestaba mucho cuando soplaba viento. Me acuerdo del aspecto de su casaca, que él mismo remendaba en su habitación del piso de arriba y que terminó por ser una colección de remiendos y nada más. Jamás escribía cartas ni las recibía; ni hablaba con nadie salvo con los vecinos, y aun con estos solo cuando estaba ebrio de ron. En cuanto al enorme cofre de marinero, ninguno de nosotros lo había visto abierto jamás.

Solo una vez alguien se atrevió a llevarle la contraria, eso fue hacia el final, cuando ya mi pobre padre estaba muy decaído a causa de la enfermedad que se nos lo llevó. Un día el doctor Livesey vino a media tarde para ver al paciente, cenó lo que le preparó mi madre y luego se instaló en la sala de estar para fumarse una pipa, en espera de que le trajesen el caballo desde la aldea, pues en la vieja posada no teníamos establos. Yo fui tras él y recuerdo el contraste que había entre el pulcro doctor, hombre alegre, de peluca blanca como la nieve, ojos negros y brillantes, modales agradables, y la tosca gente campesina y, sobre todo, aquel sucio y pesado espantajo de pirata que teníamos en casa y que en aquellos momentos, ya medio bebido, se hallaba sentado con los brazos sobre la mesa. De repente él, es decir, el capitán empezó a cantar su eterna canción:

> *Quince hombres tras el cofre del muerto,*
> *¡oh, oh, oh, y una botella de ron!*
> *La bebida y el diablo se llevaron al resto,*
> *¡oh, oh, oh, y una botella de ron!*

Al principio yo creía que el «cofre del muerto» no era ni más ni menos que el enorme cofre que el capitán tenía arriba en su habitación, y en mis pesadillas esa creencia se mezclaba con la idea del marinero de la pata de palo. Pero hacía ya tiempo que habíamos dejado de prestar atención a la canción, la cual, aquella noche, no era ninguna novedad para nadie salvo para el doctor Livesey, en quien, según pude observar, no producía ningún efecto agradable, ya que alzó brevemente la mirada, con expresión de enojo, antes de seguir conversando con el viejo Taylor, el jardinero, acerca de una nueva cura para el reumatismo. Mientras tanto, el capitán se fue animando con su propia música, hasta que, finalmente, dio una fuerte palmada sobre la mesa que todos sabíamos que significaba:

—¡Silencio!

Las voces enmudecieron inmediatamente; es decir, todas menos la del doctor Livesey, que siguió igual que antes, hablando con voz clara y amable, y dando rápidas chupadas a su pipa entre palabra y palabra. Durante unos instantes, el capitán lo fulminó con la mirada, descargó otra palmada sobre la mesa y endureció su expresión aún más, hasta que por fin prorrumpió con un juramento y exclamó:

—¡Silencio, allí, entrepuentes!

—¿Se dirige usted a mí, señor? —preguntó el doctor; y cuando el rudo capitán, tras un nuevo juramento, le respondió que así era, agregó—: Solo tengo que decirle una cosa: que si sigue usted bebiendo ron ¡el mundo se verá pronto libre de un cochino bribón!

La furia del viejo fue terrible. Se puso en pie de un salto, abrió una navaja de muelles de las que usan los marineros y, blandiéndola en la palma de la mano, amenazó con clavar al doctor en la pared.

El doctor ni siquiera se movió. Le habló igual que antes, por encima del hombro y en el mismo tono de voz, algo fuerte, para que pudieran oírle todos cuantos estaban en la habitación, pero con una calma y una firmeza perfectas:

—Si no se guarda esa navaja en el bolsillo ahora mismo, le prometo por mi honor que le ahorcarán la próxima vez que se reúna el tribunal del condado.

Acto seguido se entabló una batalla de miradas entre los dos hombres: mas el capitán no tardó en ceder, guardó su arma y volvió a sentarse gruñendo como un perro apaleado.

—Y ahora, señor —prosiguió el doctor—, como ahora sé que en mi distrito hay un tipo de tal catadura, puede contar con que lo tendré vigilado día y noche. No soy solamente médico; sino que también soy magistrado; y como llegue a mis oídos la menor queja contra usted, aunque sea solamente por un rasgo de grosería como el de esta noche, tomaré medidas para que lo busquen y lo expulsen de estos pagos. Con eso está dicho todo.

Poco después llegó el caballo del doctor, y este se marchó; pero aquella velada el capitán, al igual que en muchas veladas sucesivas, no volvió a dar guerra.

II

Perro Negro aparece y desaparece

No había transcurrido mucho tiempo desde aquello cuando se produjo el primero de los misteriosos acontecimientos que por fin nos libraron del capitán, aunque no, como veréis, de sus asuntos. Era un invierno crudo y frío, con largas y fuertes heladas y tremendas galernas; y de buen principio se vio claramente que era poco probable que mi pobre padre viese la primavera. Cada día se hundía más, y mi madre y yo teníamos que pechar con todo el trabajo de la posada, por lo que estábamos más que ocupados y a duras penas prestábamos atención a nuestro desagradable huésped.

Fue una mañana de enero, muy temprano; una mañana helada, de frío cortante, en que la caleta aparecía grisácea a causa de la escarcha y las olas lamían suavemente las piedras del muelle, mientras el sol, que apenas acababa de salir, rozaba levemente las cimas de las colinas y lanzaba sus rayos hacia el mar. El capitán se había levantado más temprano que de costumbre, salió luego hacia la playa, con su sable de abordaje balanceándose bajo los amplios faldones de su vieja casaca azul, el catalejo de latón bajo el brazo y el sombrero echado hacia atrás. Recuerdo que su aliento quedaba suspendido en el aire, como si fuera humo, detrás de él, y lo último que de él oí, al dar la vuelta a una gran peña, fue un fuerte bufido de indignación, como si su mente siguiera ocupándose del doctor Livesey.

Bien; mi madre estaba arriba con papá, y yo estaba poniendo la mesa del desayuno para cuando regresara el capitán, cuando se abrió la puerta de la sala de estar y entró un hombre al que jamás le había puesto la vista encima. Era un tipo pálido y grasiento al que le faltaban dos dedos de la mano izquierda; y, aunque llevaba un sable de abordaje, no tenía aspecto de ser hombre de lucha. Yo estaba siempre ojo avizor cuando se trataba de navegantes, tuviesen una o dos piernas, y recuerdo que aquel me dejó perplejo. No tenía facha de marinero, y con todo había en su persona algo que hacía pensar en el mar.

Le pregunté qué deseaba tomar, y me dijo que ron; pero, cuando salía de la estancia en busca de la bebida, el hombre se sentó sobre una mesa y me hizo señas de que me acercase. Me detuve donde me hallaba, con la servilleta en la mano.

—Ven aquí, hijito —dijo—. Acércate más.

Di un paso hacia él.

—¿Es esa mesa de ahí para mi compañero Bill? —preguntó con una especie de expresión maligna.

Le dije que no conocía a su compañero Bill, y que aquella mesa era para una persona que se alojaba en nuestra casa y a la que llamábamos el capitán.

—Pues bien —dijo él—, así es como llamarían a mi compañero Bill. Tiene un corte en una mejilla, y es de lo más agradable, especialmente cuando ha bebido. Sí, señor, así es mi compañero Bill. Digamos, por decir algo, que vuestro capitán tiene un corte en una mejilla... y digamos, también por decir algo, que la mejilla en cuestión es la derecha. ¡Ah, bueno! Ya te lo dije. Vamos a ver, ¿está mi compañero Bill en esta casa?

Le dije que había salido a dar un paseo.

—¿En qué dirección, hijito? ¿En qué dirección se ha marchado?

Y cuando le hube señalado la peña, diciéndole que el capitán regresaría, y que no tardaría, y contestándole a unas cuantas preguntas más, él dijo:

—¡Ah, eso le va a gustar tanto como la bebida a mi compañero Bill!

La expresión de su rostro mientras pronunciaba aquellas palabras no tenía nada de agradable, y yo abrigaba mis propias razones para pensar que el desconocido andaba equivocado, aun suponiendo que hablase en serio. Pero no era asunto mío, decidí al fin, y, además, era difícil saber lo que debía hacer. El desconocido no se movía de delante de la puerta de la posada, atisbando por la esquina, igual que un gato que acecha a un ratón. Yo mismo salí una vez a la calle, pero él me ordenó inmediatamente que regresara adentro y, como no le obedecí con suficiente prontitud para su gusto, en su rostro grasiento se produjo un cambio de lo más horrible, al tiempo que me ordenaba que volviese a entrar, profiriendo un juramento que me hizo pegar un bote. En cuanto hube entrado otra vez en la casa, recobró su talante de antes, medio adulador y medio despreciativo y, dándome unas palmaditas en la espalda, me dijo que yo era un buen chico y que le había caído bien.

—Tengo un hijo que se parece a ti como una gota de agua a otra —dijo—; y es el orgullo de mi vida. Pero la mejor cualidad de los chicos es la disciplina, hijito, la disciplina. Ahora bien, si hubieras navegado con Bill, no hubiese tenido que decirte dos veces que entrases. Puedes estar seguro, hijito. A Bill no se le puede ir con esas, y los que han navegado con él lo saben muy bien. ¡Ea, ahí viene, con su catalejo bajo el brazo! ¡Bendito sea! Tú y yo nos vamos a ir a la sala de estar, hijito, a escondernos detrás de la puerta para darle a Bill una pequeña sorpresa... ¡Bendito sea otra vez!

Y así diciendo, el desconocido entró conmigo en la sala y me situó detrás suyo, en un rincón, de tal guisa que ambos quedábamos ocultos tras la puerta abierta. Yo me sentía muy inquieto y alarmado, como os podréis figurar, y mis temores se acrecentaron al observar que el propio desconocido daba muestras evidentes de hallarse asustado. Desembarazó la empuñadura de su sable de abordaje, de modo que la hoja del mismo se moviera con soltura dentro de la vaina, y durante todo el rato que permanecimos aguardando estuvo tragando saliva como si tuviera lo que suele llamarse un nudo en la garganta.

Por fin entró el capitán, cerró bruscamente la puerta tras de sí y, sin mirar ni a derecha ni a izquierda, atravesó la estancia en línea recta hacia el sitio donde le esperaba el desayuno.

—Bill —dijo el extraño con una voz que me pareció que trataba de aparentar valor y firmeza.

El capitán giró sobre sus talones y se nos quedó mirando; su rostro estaba completamente blanco, e incluso tenía la nariz azulada; tenía todo el aspecto del hombre que ve un fantasma, al diablo o algo peor, suponiendo que pueda haberla; y os juro que me dio pena ver cómo en unos instantes cobraba aquella apariencia de hombre viejo y enfermo.

—Ven, Bill, que ya sabes quién soy. Seguro que reconocerás a un viejo compañero de a bordo, Bill —dijo el desconocido.

El capitán lanzó una especie de grito sofocado.

—¡Perro Negro! —exclamó.

—¿Quién si no? —contestó el otro, ya más tranquilo—. Perro Negro en persona, que ha venido a visitar a su viejo compañero Billy en la posada Almirante Benbow. ¡Ah, Bill, Bill, cuánto tiempo hemos visto pasar los dos desde que perdí las dos pezuñas! —añadió, alzando su mano mutilada.

—Bien, oye —dijo el capitán—; me has seguido los pasos y has dado conmigo. Heme aquí, pues. Vamos, habla. ¿De qué se trata?

—Ese eres tú, Bill —contestó Perro Negro—. Así se habla, Billy. Me tomaré un vaso de ron, que me servirá ese simpático niño, al que tanto afecto le he tomado, y nos sentaremos, si te parece bien, a hablar de hombre a hombre, como corresponde a viejos compañeros de a bordo.

Cuando regresé con el ron ya se habían sentado, con la mesa del capitán de por medio. Perro Negro cerca de la puerta, un poco ladeado, como queriendo observar a su antiguo compañero con un ojo y, según me pareció, la salida de escape con el otro.

Me indicó que me marchase y dejase la puerta abierta de par en par.

—Nada de espiar por el ojo de la cerradura, hijito —me dijo.

Los dejé juntos y me retiré hacia el bar.

Aunque ciertamente hice cuanto pude por escuchar, transcurrió un largo rato sin que pudiera oír nada salvo un parloteo en tono muy bajo; pero al fin las voces subieron de tono y pude captar una o dos palabras, blasfemias más que nada, del capitán.

—¡No, no, no y no! ¡Y basta ya! —exclamó una vez, agregando luego—: Si se trata de ahorcar, hay que ahorcarlos a todos. ¡Eso es lo que digo yo!

Hubo entonces una tremenda explosión de blasfemias y otros ruidos: la silla y la mesa que se volcaban, un entrechocar de aceros, luego un grito de dolor y al instante vi a Perro Negro en plena huida, seguido por el capitán, ambos con los sables desenvainados y la sangre chorreando del hombro del primero. Justo en el momento de llegar a la puerta, el capitán lanzó un último y tremendo mandoble al fugitivo, al que sin duda alguna hubiese partido en dos de no haberse interpuesto la muestra del Almirante Benbow. Todavía puede verse, hoy en día, la señal del sablazo en el borde inferior del marco.

Aquel fue el último mandoble de la batalla. Una vez consiguió alcanzar la calle, Perro Negro, a pesar de su herida, demostró poseer un magnífico par de piernas, pues en medio minuto desapareció detrás de la colina. Por su parte, el capitán se quedó mirando fijamente la muestra de la posada como si estuviera aturdido. Luego se pasó varias veces la mano por los ojos y finalmente dio media vuelta para entrar de nuevo en la casa.

—Dame ron, Jim —dijo, tambaleándose un poco al hablar, por lo que tuvo que apoyarse en la pared con una mano.

—¿Está usted herido? —le pregunté.

—Ron —repitió—. Debo irme de aquí. ¡Ron, ron!

Me fui corriendo a buscarlo; pero me sentía algo trastornado por lo sucedido y rompí un vaso y estropeé el grifo del barril, y mientras seguía en ello, oí el golpe fuerte de algo que caía al suelo en la sala de estar; regresé allí corriendo y vi al capitán tendido cuan largo era en el suelo. En aquel mismo instante mi madre, alarmada por los gritos y el ruido de la lucha, bajó corriendo a ayudarme. Entre los dos le levantamos la cabeza. Respiraba ruidosamente, con dificultad, pero tenía los ojos cerrados y el color de su rostro era horrible.

—¡Pobre de mí! —exclamó mi madre—. ¡Qué desgracia para esta casa! ¡Y con tu pobre padre enfermo!

Entretanto, no teníamos ninguna idea de lo que debíamos hacer para ayudar al capitán, y estábamos convencidos de que había resultado herido de muerte en la lucha con el desconocido. Cogí el ron, por supuesto, y traté de hacérselo beber; pero sus dientes estaban firmemente apretados y tenía unas mandíbulas fuertes como el hierro. Fue un gran alivio para nosotros cuando se abrió la puerta y el doctor Livesey penetró en la estancia, pues venía a visitar a mi padre.

—¡Oh, doctor! —exclamamos los dos—. ¿Qué debemos hacer? ¿Dónde le han herido?

—¿Herido? ¡Qué tontería! —respondió el doctor—. Está tan herido como ustedes o como yo. Lo que le pasa a ese hombre es que le ha dado un ataque, como ya se lo advertí. Vamos a ver, señora Hawkins, suba enseguida a ver a su esposo y, si es posible, no le diga nada de lo ocurrido aquí. En cuanto a mí, debo hacer cuanto esté en mi mano por salvar la vida de ese hombre, aunque no valga nada. Tráeme una palangana, Jim.

Cuando regresé con la palangana, el doctor ya había rasgado la manga de la casaca del capitán, dejando al descubierto su enorme y nervudo brazo, que mostraba varios tatuajes. «¡Que haya suerte!», «Buen viento», y «¡Viva Billy Bones!» eran las inscripciones, pulcra y claramente tatuadas en el antebrazo; y más arriba, cerca del hombro, había el dibujo de un hombre ahorcado en el patíbulo; dibujo que a mí me pareció muy bien hecho.

—Profético —dijo el doctor, tocando con el dedo ese dibujo—. Y ahora, capitán Billy Bones, si así es como se llama usted, le echaremos un vistazo al color de su sangre. ¿Te da miedo la sangre, Jim?

—No, señor —contesté.

—Pues entonces —dijo él—, sujeta la palangana.

Y tomando la lanceta, le abrió una vena. Fue mucha la sangre que manó de la herida antes de que el capitán abriera los ojos y mirase vagamente a su alrededor. Primero reconoció al doctor, ya que frunció el ceño de un modo inconfundible; luego su mirada fue a caer sobre mí y en su rostro se pintó una expresión de alivio. Pero, de pronto, su color cambió y trató de levantarse mientras exclamaba:

—¿Dónde está Perro Negro?

—Aquí no hay ningún perro negro —dijo el doctor—, salvo ese que tiene tatuado usted en la espalda. Ha estado usted dándole al ron, y ha tenido un ataque, exactamente como le dije. Y justo ahora, muy a pesar mío, acabo de sacarle de la tumba. Veamos, señor Bones...

—No me llamo así —le interrumpió el capitán.

—Me da igual —replicó el doctor—. Ese es el nombre de un bucanero que conozco, y, para abreviar, así le llamaré a usted. Mire, lo que he de decirle es esto: un vaso de ron no le matará, pero si se toma uno, luego se tomará otro, y otro, y apuesto mi peluca a que, si no se modera usted, morirá sin remedio. ¿Me entiende? Morirá e irá a parar al sitio que le corresponde, como dice la Biblia. Vamos, haga un esfuerzo. Por esta vez, le ayudaré a acostarse.

Entre los dos, con grandes dificultades, nos las arreglamos para llevarlo arriba y acostarlo en su lecho, donde recostó la cabeza en la almohada, como si hubiese perdido el conocimiento.

—Y ahora, óigame bien: para usted el ron es la muerte. Con esta advertencia, mi conciencia queda tranquila.

Y, tras decir esto, el doctor se fue a ver a mi padre, llevándome con él, cogido del brazo.

—Esto no es nada —dijo, en cuanto hubo cerrado la puerta—. Le he sacado suficiente sangre como para que se quede tranquilo bastante tiempo; seguramente permanecerá toda una semana donde lo hemos dejado, y eso es lo mejor para él y para vosotros. De todos modos, otro ataque y sanseacabó.

III

La señal negra

Sobre el mediodía entré en la habitación del capitán con algunas bebidas refrescantes y medicinas. Seguía acostado tal como le habíamos dejado, solo que se había incorporado un poco y parecía a la vez débil y excitado.

—Jim —me dijo—, eres la única persona de aquí que vale algo, y ya sabes que siempre he sido bueno contigo. Todos los meses, sin fallar uno, te he dado cuatro peniques de plata para ti. Y ahora, como puedes ver, compañero, estoy enfermo y me han abandonado todos. Y, escúchame, Jim, me traerás una copita de ron, ¿verdad, compañero?

—El doctor... —empecé a decir.

Pero él, con voz débil, se puso a maldecir al doctor de todo corazón.

—Son todos unos matasanos —dijo—. Y ese que ha estado aquí, ¿qué sabe él de los que hemos navegado? Yo he estado en sitios tan calurosos como el infierno; he visto caer a la gente como moscas a causa de la fiebre amarilla; y he visto a la bendita tierra agitarse como el mar debido a los terremotos... ¿Qué sabe el doctor de sitios semejantes...? Y viví gracias al ron, te lo digo yo. Para mí ha sido la carne y la bebida, y como una esposa, eso ha sido para mí; y si ahora no se me permite tomarme mi ron, me quedaré convertido en un cascarón inservible varado en la costa de sotavento, y mi sangre caerá sobre tu conciencia, Jim, y sobre la de ese charlatán del doctor. —Y durante unos instantes estuvo profiriendo una retahíla de improperios—. Mira cómo me tiemblan los dedos, Jim —prosiguió con tono implorante—. No puedo tenerlos quietos. No he probado ni gota en todo el santo día. Ese doctor es un imbécil, te lo digo yo. Si no me tomo un poquitín de ron, Jim, empezaré a tener alucinaciones; de hecho, ya las tengo. Allí, en aquel rincón, justo detrás de ti, he visto al viejo Flint, con tanta claridad como te veo a ti; y si me vuelvo loco, como soy hombre que ha llevado una vida turbulenta, armaré las de Caín. ¡Pero si ese mismo doctor tuyo dijo que un vaso no me haría ningún daño! Te daré una guinea de oro por una copita, Jim.

Cada vez estaba más excitado, lo cual me alarmó, pues mi padre estaba muy decaído aquel día y necesitaba tranquilidad; además, me sentía apoyado por las palabras del doctor, que el capitán acababa de citar, y más bien ofendido ante aquel intento de sobornarme.

—No quiero ningún dinero de usted —le dije—, salvo el que le debe a mi padre. Le traeré un vaso, pero nada más.

Cuando se lo llevé, lo cogió con ansia y se lo bebió de un trago.

—¡Ah, ah, eso está mejor, desde luego que sí! —dijo—. Y ahora, compañero, ¿dijo ese doctor cuánto tiempo tendría que pasarme en este viejo camarote?

—Una semana, cuando menos —dije.

—¡Rayos y truenos! —exclamó—. ¡Una semana! ¡No puede ser! Para entonces ya me habrán mandado la carta negra. Pero ¡si en este mismo momento los muy canallas ya se habrán olido mi posición! Sí, esos canallas incapaces de conservar lo suyo y deseosos de hacerse con lo ajeno. ¿Es esa forma de comportarse unos marineros, digo yo? Pero yo soy un alma ahorrativa. Jamás malgasté mi dinero, ni lo perdí; y volveré a engañarles. No les tengo miedo. Soltaré trapo, compañero, y volveré a dejarles con un palmo de narices.

Mientras así hablaba, se había levantado del lecho con gran dificultad, apoyándose en mi hombro con tal fuerza que casi lancé un grito de dolor, y moviendo las piernas como si fueran pesos muertos. Sus palabras, por la viveza de lo que querían decir, contrastaban tristemente con la debilidad de la voz con que eran pronunciadas. Se calló un instante en cuanto se hubo sentado al borde de la cama.

—Ese doctor ha acabado conmigo —murmuró—. Me silban los oídos. Ayúdame a echarme otra vez.

Antes de que pudiera ayudarle, cayó de espaldas y quedó igual que antes, permaneciendo callado unos instantes.

—Jim —dijo al cabo de un rato—, ¿has visto hoy al navegante?

—¿A Perro Negro? —pregunté.

—¡Ah, Perro Negro! —exclamó—. Ese sí que es una mala pieza, pero los hay aún peores. Veamos, si no puedo escaparme de ningún modo, y me mandan la señal negra... Tenlo por seguro, muchacho: lo que andan buscando es mi cofre de marinero; monta a caballo... sabes montar, ¿no? Bueno, pues monta a caballo y ve a... sí, ¡eso! Ve a ver a ese matasanos del demonio y dile que reúna a todo el mundo... magistrados y tal, y los traiga al Almirante Benbow... a toda la tripulación del viejo Flint, marineros y grumetes, a todos los que queden. Yo era el primer oficial, sí, eso era yo, el primer oficial del viejo Flint, y soy el único que conoce el lugar. Me lo reveló en Savannah, cuando estaba agonizando, como yo lo estoy ahora, ¿comprendes? Pero no hagas nada de eso a no ser que me manden la carta negra o a menos que veas otra vez a Perro Negro, o al marinero de la pata de palo, Jim... a ese sobre todo.

—Pero ¿qué es la señal negra, capitán? —pregunté.

—Pues una advertencia, compañero. Ya te la enseñaré si llegan a mandármela. Pero ten siempre la vista bien abierta, muchacho, y te juro por mi honor que iremos siempre a partes iguales.

Siguió divagando un tiempo, la voz cada vez más débil; pero poco después de que le hubiese administrado su medicina, que tomó como si fuera un niño pequeño, comentó:

—Si alguna vez un marinero necesitó drogas, ese soy yo.

Poco después de aquello, como decía, cayó en un pesado sueño, que más que sueño parecía un desvanecimiento, y así le dejé. No sé qué hubiera hecho yo de haber ido todo bien. Probablemente le habría contado toda la historia al doctor, pues tenía un miedo atroz de que el capitán se arrepintiera de sus confesiones y acabase conmigo. Pero sucedió que mi pobre padre falleció repentinamente aquella misma noche, por lo cual dejé de lado todo lo demás. Nuestra natural aflicción, las visitas de los vecinos, los preparativos para el entierro y todo el trabajo de la posada, que no podía abandonarse, me tuvieron tan ocupado que apenas tuve tiempo para pensar en el capitán, y mucho menos para temerle.

Ciertamente, al día siguiente salió de su habitación y bajó a comer como de costumbre, aunque comió poco y me temo que se tomó una dosis de ron superior a la habitual, pues él mismo se sirvió en el mostrador, refunfuñando y resoplando por la nariz, sin que nadie se atreviera a meterse con él. La víspera del entierro estaba tan bebido como siempre, y resultaba lastimoso, en aquella casa donde reinaba el duelo, oírle cantar su desagradable canción marinera; pero, aunque estuviera débil, todos le temíamos; además, el doctor tuvo que atender a un paciente a muchas millas de distancia, de manera que no se acercó a nuestra casa después de la muerte de mi padre. He dicho que el capitán estaba débil, y, a decir verdad, antes parecía debilitarse aún más que recobrar sus fuerzas. Subía y bajaba a gatas las escaleras; iba de la sala de estar al mostrador y viceversa con paso vacilante, y a veces sacaba la nariz por la puerta para olfatear el mar, apoyándose en la pared y respirando entrecortadamente, como si estuviera escalando una empinada montaña. En ningún momento se dirigió a mí de un modo especial, y estoy convencido de que prácticamente se había olvidado de las confidencias que me hiciera; pero su temperamento era más volátil y, teniendo en cuenta la debilidad de su cuerpo, más violento que nunca. Había adquirido la alarmante costumbre de desenvainar el sable y colocarlo sobre la mesa cuando estaba borracho. Pero, pese a todo, parecía fijarse menos en la gente y permanecer ensimismado en sus propios pensamientos, divagando. En cierta ocasión, por ejemplo, ante nuestro indescriptible pasmo, entonó una cancioncilla distinta a la de siempre, una especie de canción de amor campesina que seguramente aprendería en su juventud, antes de hacerse a la mar.

Así fueron las cosas hasta que el día después del entierro, sobre las tres de una tarde cruda, brumosa y helada, hallándome yo en la puerta unos instantes, lleno de tristes pensamientos acerca de mi padre, vi que alguien se acercaba despacio por el camino. No había duda alguna de que se trataba de un ciego, pues iba tanteando el camino con un bastón y llevaba una especie de visera verde, de gran tamaño, que le cubría los ojos y la nariz; andaba encorvado, ya fuese por el peso de los años o por la debilidad, y vestía una holgada casaca de marinero, vieja y harapienta, y una capucha que le daba un aspecto deforme. En toda mi vida he visto una figura más horrible. Se detuvo a poca distancia de la posada y, alzando la voz en tono de extraño sonsonete, se dirigió al aire que había ante él:

—¿Querrá algún alma buena informar a este pobre ciego, que ha perdido la preciosa vista de sus ojos en defensa de su patria, Inglaterra, y del rey Jorge, ¡Dios le bendiga!... de dónde o en qué parte del país se halla en este momento?

—Está usted en el Almirante Benbow, en la caleta de la Colina Negra, buen hombre —le dije.

—He oído una voz —dijo él—, una voz joven. ¿Quieres darme la mano, mi joven y bondadoso amigo, y conducirme adentro?

Le tendí la mano y al instante la horrible criatura ciega y de hablar suave la agarró como unas tenazas. Me llevé tal sobresalto que forcejeé para librarme, pero el ciego me atrajo hacia sí con un simple movimiento de su brazo.

—Vamos, muchacho —dijo—, llévame ante el capitán.

—Señor —dije yo—, le doy mi palabra de que no me atrevo a hacerlo.

—¡Ah! —exclamó él con desprecio—. ¡Eso es! ¡Llévame ahora mismo o te rompo el brazo!

Y al decirlo me lo retorció de tal modo que grité de dolor.

—Señor —dije—, lo digo por su bien. El capitán no es el que solía ser. Tiene siempre el sable de abordaje desenvainado sobre la mesa. Otro caballero...

—¡Vamos, andando! —Me interrumpió él.

Y lo cierto es que jamás oí una voz tan cruel, tan fría y tan desagradable como la de aquel ciego. Me acobardó más que el propio dolor, así que le obedecí sin perder un segundo y eché a andar hacia la puerta, luego hacia la sala de estar, donde nuestro viejo y enfermo bucanero se hallaba sentado, medio inconsciente a causa del ron. El ciego no se apartaba de mi lado, sujetándome con mano de hierro, y apoyando su peso en mí, hasta tal punto que apenas podía soportarlo.

—Llévame directamente ante él, y cuando lleguemos cerca de donde esté, dile: «Ha venido a verte un amigo, Bill». Si no me obedeces, te haré esto:

Y me dio tal pellizco que casi creí que iba a desmayarme. Entre una cosa y otra, me sentía tan aterrorizado por el ciego que me olvidé del terror que en mí infundía el capitán, y al abrir la puerta de la sala de estar, con voz temblorosa, pronuncié las palabras que el ciego me había indicado.

El pobre capitán alzó los ojos, y le bastó una mirada para

que los efectos del ron se desvanecieran, dejándole completamente sobrio. La expresión de su rostro no era tanto de terror como de enfermedad mortal. Hizo un movimiento para levantarse, pero no creo que le quedase en el cuerpo suficiente fuerza para ello.

—¡Ea, Bill, quédate sentado donde estás! —dijo el mendigo—. Aunque no pueda ver, soy capaz de oír cómo se mueve un dedo. El negocio es el negocio. Extiende tu mano izquierda. Muchacho, cógele la mano izquierda por la muñeca y acércala a mi derecha.

Ambos obedecimos sus órdenes al pie de la letra, y vi que pasaba a la palma de la mano del capitán algo que ocultaba en el hueco de la mano con que empuñaba el bastón. El capitán cerró la mano al instante.

—¡Bueno, ya está hecho!

Y así diciendo, me soltó de repente y, con una destreza y agilidad increíbles, abandonó la habitación y luego salió a la calle, mientras yo, que me había quedado completamente inmóvil, oía el tac-tac-tac de su bastón que se alejaba.

Transcurrió cierto tiempo antes de que yo o el capitán lográsemos sobreponernos, cosa que, a la larga, hicimos casi simultáneamente; entonces le solté la muñeca, que seguía sujetando con mi mano, y él acercó esta a sus ojos y miró atentamente lo que había en la palma.

—¡Las diez! —exclamó—. Seis horas. Aún tengo tiempo.

Se puso en pie de un salto.

Al hacerlo se tambaleó un poco, se llevó una mano a la garganta y durante unos instantes pareció a punto de caerse; luego, con un ruido que me resultaba muy conocido, cayó al suelo de narices y cuan largo era.

Corrí enseguida hacia él, llamando a gritos a mi madre. Pero toda prisa era en vano. El capitán había sido abatido por una apoplejía terrible y estaba muerto. Resulta curioso y difícil de entender, pues jamás me había caído bien aquel hom-

bre, aunque últimamente había empezado a sentir cierta lástima por él; pero lo cierto es que, cuando vi que estaba muerto,
comencé a derramar un verdadero torrente de lágrimas. Era
la segunda muerte que presenciaba en mi vida, y el dolor de la
primera seguía vivo en mi corazón.

IV

El cofre del marinero

No perdí un instante, por supuesto, e informé a mi madre de todo cuanto sabía, y tal vez hubiese debido decírselo mucho antes; enseguida comprendimos que nos hallábamos en una situación difícil y peligrosa. Parte del dinero del muerto, suponiendo que tuviera alguno, era ciertamente nuestra, pues estaba en deuda con nosotros; pero era poco probable que los compañeros de nuestro capitán, sobre todo los dos ejemplares que hasta entonces llevaba yo vistos, Perro Negro y el mendigo ciego, se sintiesen inclinados a renunciar a su botín para saldar las deudas del muerto. De haber cumplido la orden del capitán, montando a caballo y partiendo inmediatamente en busca del doctor Livesey, mi madre se hubiese quedado sola y desamparada, lo cual no había ni que pensarlo. A decir verdad, parecía imposible que ella o yo permaneciéramos en la casa mucho tiempo más, ya que el ruido de los carbones al caer en el horno de la cocina, el mismo tic-tac del reloj, nos llenaban de espanto. De guiarnos por lo que oíamos, los alrededores estaban llenos de pasos que se aproximaban; y entre el cadáver del capitán en el suelo de la sala de estar y el pensar que aquel detestable mendigo ciego merodeaba por allí cerca, dispuesto a volver, había momentos en que, como reza el dicho, el miedo me hacía pegar botes. Había que tomar rápidamente una decisión, y finalmente se nos ocurrió salir los dos juntos en busca de ayuda en la cercana aldea. Dicho y hecho. Con la cabeza descubierta, tal como estábamos, salimos corriendo enseguida bajo la oscuridad y la helada niebla.

Aunque no se veía desde casa, la aldea estaba a pocos centenares de yardas de ella, al otro lado de la caleta contigua y lo que mayor ánimo me daba es que se hallaba en dirección contraria a aquella de la que había venido el ciego y a la que, seguramente, habría vuelto a dirigirse al salir. No pasamos mucho tiempo en el camino, aunque de vez en cuando nos deteníamos y, cogiéndonos de la mano, aguzábamos el oído. Pero no se oía nada fuera de lo normal, nada salvo el sordo rumor que hacía el mar en la playa y el graznar de los grajos en el bosque.

Cuando llegamos a la aldea era ya la hora en que las velas están encendidas, y jamás olvidaré cómo me alegré al ver el resplandor amarillento de puertas y ventanas; pero, como se vio más tarde, poca ayuda aparte de aquella íbamos a obtener en aquel lugar. Pues (diríase que los hombres sentirían vergüenza de sí mismos) no hubo quien se aviniera a regresar con nosotros al Almirante Benbow. Cuanto más les contábamos acerca de nuestros problemas, más se aferraban todos, hombres, mujeres y niños, al refugio de sus hogares. El nombre del capitán Flint, aunque desconocido para mí, era de sobra conocido para algunas de aquellas gentes, a las que inspiraba gran terror. Además, algunos de los hombres, que habían estado labrando sus campos a cierta distancia del Almirante Benbow, recordaban haber visto a varios desconocidos en la carretera y, creyéndolos contrabandistas, se habían alejado de ellos; y, al menos, uno de ellos había visto un pequeño lugre en el lugar llamado el Agujero de Kitt. Así, pues, cualquier camarada del capitán bastaba para dejarles muertos de miedo. En resumidas cuentas, aunque algunos se mostraron dispuestos a partir a caballo en busca del doctor Lisevey, que vivía en otra dirección, nadie quiso venir con nosotros para defender la posada.

Dicen que la cobardía es contagiosa; pero, por otro lado, los razonamientos poseen un gran poder de convicción; así que, cuando cada uno hubo desembuchado su opinión, mi madre les echó un discursito. Les dijo que no iba a renunciar a un dinero que le pertenecía a su hijo, huérfano de padre.

—Si ninguno de ustedes se atreve —dijo—, Jim y yo, sí. Regresaremos por donde hemos venido, tras darles las gracias a ustedes, gigantes con corazón de gallina. Abriremos ese cofre aunque ello nos cueste la vida. Y le agradeceré a usted, señora Crossley, que me preste esa bolsa de ahí, para volver luego aquí con el dinero que legalmente nos pertenece.

Como es natural, dije que iría con mi madre; y, como también es natural, todos expresaron inquietud ante nuestra temeridad; pero ni siquiera eso sirvió para que alguno de los hombres nos acompañase. Lo más que hicieron fue darme una pistola cargada, no fuese el caso de que nos atacasen, y prometernos tener unos caballos ensillados por si nos perseguían al regresar; asimismo, un muchacho iba a adelantársenos en busca del doctor y de gente armada que nos ayudase.

Mi corazón latía de lo lindo cuando emprendimos la marcha y nos adentramos en la noche fría, en pos de tan peligrosa aventura. La luna llena empezaba a asomar su disco rojizo por encima de los bordes superiores de la niebla, cosa que nos hizo apretar el paso, pues no había duda de que antes de que regresáramos otra vez al pueblo ya habría tanta luz como en pleno día, de manera que nuestra partida sería advertida por quien estuviera vigilándonos. Nos deslizamos siguiendo los setos, sin hacer ruido, con presteza, y nada vimos ni oímos que aumentase nuestros terrores. Finalmente, con gran alivio por nuestra parte, la puerta del Almirante Benbow se cerró a nuestras espaldas.

En el acto eché el pestillo, y durante unos momentos permanecimos en la oscuridad, jadeando, sin otra compañía en la casa que el cadáver del capitán. Entonces mi madre agarró una bujía del mostrador y, cogidos de la mano, entramos en la sala de estar. El muerto yacía tal como lo habíamos dejado, boca arriba, con los ojos abiertos y, un brazo extendido.

—Baja la persiana —susurró mi madre—. Podrían venir y espiarnos desde fuera. Y ahora —agregó, en cuanto la hube bajado— tenemos que sacarle la llave a eso. ¡Me gustaría saber quién será capaz de tocarle! —dijo con una especie de sollozo.

Al instante me arrodillé. En el suelo, cerca de la mano del muerto, había un papelito redondo, ennegrecido por una cara. No me cupo duda de que se trataba de la «señal negra», así que, tras cogerlo, vi que en la otra cara había un breve mensaje, escrito con letra muy pulcra y clara, que rezaba:

«Tienes tiempo hasta las diez de esta noche».

—Tenía tiempo hasta las diez, madre —dije, y justo en el momento de decirlo, nuestro viejo reloj comenzó a dar la hora.

Aquel ruido inesperado nos sobresaltó; pero la noticia era buena, ya que eran solamente las seis.

—Venga, Jim —dijo mi madre—... esa llave.

Hurgué en sus bolsillos, uno tras otro. Unas pocas monedas de escaso valor, un dedal, algo de hilo y varias agujas grandes, un pedazo de tabaco mordisqueado por un extremo, la navaja de mango curvo, una brújula de bolsillo y un yesquero; eso era todo lo que contenían. Empecé a perder la esperanza.

—Puede que la lleve alrededor del cuello —sugirió mi madre.

Sobreponiéndome a una fuerte repugnancia, le abrí la camisa por el cuello, de un tirón, y allí estaba la llave, colgando de un pedazo de cordel embreado, que corté con su propia navaja. Nuestro triunfo nos llenó de esperanza y sin perder

tiempo subimos corriendo arriba, hacia la habitación pequeña donde había dormido durante tanto tiempo y donde se
hallaba depositado el cofre desde el mismo día de su llegada.

Por fuera era igual que cualquier otro cofre de marinero;
con un hierro candente había marcado su inicial en la tapa,
una «B»; las esquinas estaban algo maltrechas, como si el
cofre hubiese sido utilizado durante muchos años y sin demasiados miramientos.

—Dame la llave —dijo mi madre.

Y, aunque el cerrojo estaba muy duro, lo abrió y alzó la
tapa en un decir Jesús.

Del interior surgió un fuerte olor a tabaco y a brea, pero
arriba no había nada a excepción de un traje de excelente
paño, cepillado y doblado con mucho cuidado. Mi madre dijo
que jamás había sido usado. Debajo del traje comenzaba la
mezcla de cosas: un cuadrante, una cajita de lata, varias barri-
tas de tabaco, dos pares de hermosas pistolas, un trozo de
lingote de plata, un viejo reloj español y algunas otras baratijas de escaso valor y, en su mayor parte, de fabricación extranjera, un par de brújulas con montura de latón, y cinco
o seis conchas de las Indias Occidentales, muy curiosas. Muchas veces he pensado, después de aquel día, por qué llevaría
aquellas conchas consigo en el transcurso de su errabunda,
culpable y azarosa vida.

Mientras tanto, nada de valor habíamos encontrado salvo
la plata y las baratijas, y nada de eso era lo que buscábamos.
En el fondo había un viejo impermeable emblanquecido por
la sal del mar. Mi madre lo sacó del cofre con impaciencia, y
ante nosotros aparecieron las últimas cosas que contenía el
cofre: un fardo envuelto en hule y que, al parecer, contenía
papeles, y un saco de lona que, al tocarlo, emitió un tintineo
de oro.

—Les demostraré a esos bribones que soy una mujer
honrada —dijo mi madre—. Me cobraré lo que se me adeu-

da, ni un penique más. Sujeta la bolsa de la señora Crossley.

Y se puso a contar el importe de la deuda del capitán, sacando las monedas del saco de este y echándolas en la bolsa que yo sostenía.

Resultó una tarea larga y difícil, pues las monedas eran de todos los tamaños y países: doblones y luises de oro, y guineas, y pesos duros españoles, y no sé qué más, todo mezclado de cualquier forma. Por si fuera poco, las guineas eran las que más escaseaban, y eran precisamente estas las únicas monedas con que mi madre sabía sacar sus cuentas.

Llevábamos hecha la mitad del trabajo cuando, de pronto, puse mi mano sobre el brazo de mi madre, pues, en el aire frío y silencioso acababa de oír un ruido que me puso la piel de gallina: el tac-tac del bastón del ciego golpeando la escarcha que cubría el camino. Iba acercándose más y más, mientras nosotros permanecíamos sentados, conteniendo la respiración. Luego sonó con fuerza contra la puerta de la posada, y entonces oímos que giraba el tirador y repiqueteaba el pestillo al tratar de penetrar en la casa, aquel desgraciado; seguidamente se produjo un largo silencio, así dentro como fuera de la casa. Por fin volvimos a oír el golpear del bastón, que, con indescriptible alegría y agradecimiento por nuestra parte, lentamente se fue apagando hasta que dejó de oírse por completo

—Madre —dije—, cójalo todo y vámonos de aquí.

Estaba seguro de que el hecho de que la puerta estuviera cerrada por dentro habría despertado las sospechas del mendigo y no tardaría en caernos encima toda la banda; aunque lo cierto es que nadie que jamás haya conocido a aquel terrible ciego es capaz de hacerse una idea de cuán contento me sentía de haber echado el pestillo. Pero mi madre, pese a lo muy asustada que estaba, no quiso coger ni un penique más de lo que se le adeudaba; y tampoco se conformaba con menos. Me dijo que aún faltaba mucho rato para las siete, que conocía cuáles eran sus derechos y no pensaba renunciar a ellos; y seguía discutiendo conmigo cuando a lo lejos, en la cima de la colina, se oyó un silbidito bajo. Aquello fue suficiente, más que suficiente para los dos.

—Me llevaré lo que ya he cogido —dijo mi madre, poniéndose en pie de un salto.

—Y yo me llevaré esto para redondear la cuenta —dije, cogiendo el paquete de hule.

Instantes después bajábamos las escaleras tanteando en la penumbra, pues la bujía encendida la habíamos dejado arriba, junto al cofre vacío; poco después abrimos la puerta y emprendimos una veloz retirada. La verdad es que no nos habíamos precipitado, pues la niebla comenzaba a disiparse rápidamente, y la luna iluminaba ya las elevaciones del terreno a ambos lados del camino, y solo en el fondo exacto de la hondonada quedaba un tenue velo de niebla que, rodeando la puerta de la taberna, ocultó los primeros pasos de nuestra huida. A mucho menos de la mitad del recorrido hasta la aldea, un poco más allá del pie de la colina, llegaríamos a un sitio en el que la luz de la luna nos iluminaría claramente. Y eso no era todo, pues a nuestros oídos llegaba ya el ruido de pisadas de varios hombres que corrían, y, al mirar en aquella dirección, una luz que se agitaba de un lado a otro, sin dejar de avanzar rápidamente, nos indicó que uno de los recién llegados iba provisto de un farol.

—Hijo querido —dijo mi madre—, coge el dinero y sigue corriendo. Yo me voy a desmayar.

Pensé que sin duda aquello iba a ser el fin de los dos. ¡Cómo maldije la cobardía de nuestros vecinos; cómo le eché a mi pobre madre la culpa por su honradez y por su codicia, por su temeridad de antes y por su debilidad de ahora! Por suerte habíamos alcanzado ya el puentecito, y la ayudé a alcanzar tambaleándose la orilla opuesta, donde, como había anunciado momentos antes, lanzó un suspiro y se desplomó sobre mi hombro. No sé cómo tuve fuerzas para hacerlo todo, y me temo que lo hice con cierta brusquedad; pero lo cierto es que me las compuse para arrastrarla hasta la parte baja de la ribera, casi debajo del arco del puentecito. Más lejos no podía moverla, ya que el puentecito era demasiado bajo para que yo pudiera hacer algo más que reptar y ocultarme allí. Así que tuvimos que quedarnos allí: mi madre fuera, claramente visible, y los dos lo suficientemente cerca de la posada como para oír lo que en ella se dijera.

V

El fin del ciego

Mi curiosidad, en cierto sentido, resultó más fuerte que mi temor, pues me fue imposible quedarme quieto donde estaba y, reptando, regresé a la ribera, desde donde, ocultando la cabeza detrás de unos matorrales, podía dominar la parte del camino que había delante de nuestra puerta. Apenas acababa de instalarme en mi puesto de observación cuando empezaron a llegar mis enemigos, unos siete u ocho hombres, corriendo desacompasadamente por el camino, precedidos por el hombre que llevaba el farol. Tres de ellos corrían juntos, cogidos de la mano, y pude distinguir, a pesar de la niebla, que el que ocupaba el lugar central del trío era el mendigo ciego. Su voz me confirmó en el acto que de él se trataba.

—¡Echad la puerta abajo! —gritó.

—¡Bien, bien, señor! —respondieron dos o tres de ellos.

Y se lanzaron contra el Almirante Benbow, seguidos por el hombre del farol; y entonces pude ver cómo se detenían y a mis oídos llegaron retazos de conversación en voz baja, como si se hubiesen sorprendido al encontrar la puerta abierta. Mas la pausa fue breve, pues de nuevo el ciego se puso a dar órdenes. Su voz sonaba más fuerte y aguda, como si estuviera lleno de impaciencia y rabia.

—¡Adentro, adentro, adentro! —gritó, maldiciendo a los otros por su lentitud.

Cuatro o cinco de ellos le obedecieron enseguida, mientras otros dos se quedaban en el camino junto al terrible mendigo. Hubo una pausa, luego una exclamación de sorpresa y después se oyó una voz que gritaba desde la casa:

—¡Bill está muerto!

Pero el ciego volvió a increparles por su lentitud.

—¡Registradle, gandules, y subid a por el cofre! —exclamó.

Pude oír sus pasos subiendo las viejas escaleras, con tal apresuramiento que toda la casa debía de estar estremeciéndose. A poco volvieron a oírse exclamaciones de pasmo; la ventana del cuarto del capitán se abrió violentamente con un golpe y ruido de cristales rotos, y un hombre se asomó afuera, iluminado por la luz de la luna y dirigiéndose al ciego, que seguía en el camino, justo debajo de la ventana.

—Pew —dijo—, se nos han adelantado. Alguien ha revuelto el cofre de arriba abajo.

—¿Sigue allí? —preguntó Pew con un rugido.

—El dinero, sí.

El ciego maldijo el dinero.

—¡Me refiero a la escritura de Flint! —exclamó.

—Pues no la vemos por ninguna parte —contestó el otro.

—¡Eh, los de ahí abajo! ¿Está en el cadáver de Bill? —preguntó el ciego.

Ante aquella pregunta, otro individuo, probablemente el que se había quedado en la planta baja para registrar el cadáver del capitán, se acercó a la puerta de la posada.

—A Bill ya le han dado un buen repaso —dijo—; no queda nada.

—Ha sido esa gente de la posada... ese muchacho. ¡Ojalá le hubiese arrancado los ojos! —exclamó el ciego, Pew—. Estaban aquí hace unos instantes... habían echado el pestillo a la puerta; lo vi cuando traté de abrirla. Desplegaos, muchachos, y buscadles.

—No hay duda de ello: aquí han dejado la bujía —dijo el tipo que estaba asomado a la ventana.

—¡Desplegaos y dad con ellos! ¡Revolved toda la casa! —repitió Pew, golpeando el suelo con su bastón.

Seguidamente se produjo un gran alboroto por toda la vieja posada: fuertes pisadas que iban de un lado para otro, ruido de muebles lanzados patas arriba, puertas derribadas a puntapiés, hasta que las mismísimas rocas devolvieron el eco y los hombres salieron de la posada, uno tras otro y manifestaron que no estábamos en ninguna parte de la casa. Y justamente en aquel momento se oyó una vez más, claramente, el mismo silbidito que nos había sobresaltado a mí y a mi madre cuando nos hallábamos contando el dinero del capitán muerto, solo que esta vez se repitió dos veces. Yo había creído que se trataba de la trompetilla del ciego, por llamarla así, que convocaba a la banda con el fin de lanzarse al asalto; pero ahora pude comprobar que se trataba de una señal procedente de la ladera de la colina cercana a la aldea y, a juzgar por el efecto que surtió entre los bucaneros, debía de tratarse de una señal que les advertía de algún peligro inminente.

—Ese vuelve a ser Dirk —dijo uno de ellos—. ¡Dos señales! Tendremos que largarnos, compañeros.

—¡Lárgate tú, cobarde! —exclamó Pew—. Dirk ha sido siempre un imbécil y un miedoso... no hay que hacerle caso. Deben de estar cerca, no pueden estar muy lejos. Manos a la obra, ya que estáis en ello. ¡Buscadlos, perros! ¡Ah, maldita sea! —agregó—. ¡Si pudiera ver!

Su apelación pareció producir cierto efecto, pues dos de los individuos se pusieron a buscar entre la leña, aunque sin mucho empeño, según me pareció, y atentos en todo momento al peligro que se cernía sobre ellos, en tanto que el resto seguía en el camino, indecisos.

—¡Qué imbéciles sois! ¡Tenéis montones de dinero al alcance de la mano y os quedáis parados! Seríais ricos como reyes si dierais con él! Sabéis perfectamente que está aquí y os quedáis parados como pasmarotes. Ninguno de vosotros se atrevía a plantarle cara a Bill, pero yo sí... ¡yo, un ciego! ¡Y voy a dejar que se me escape la oportunidad por vuestra culpa! ¡Voy a quedarme en mendigo ciego y rastrero, mendigando un poco de ron, cuando podría ir en coche de caballos! ¡Pero si daríais con ello aunque tuvierais ojos de hormiga...!

—¡Cierra el pico, Pew! —gruñó uno de ellos—. ¡Tenemos ya los doblones!

—Puede que hayan escondido los benditos papeles —dijo otro. ¡Coge el dinero, Pew, y no te quedes ahí chillando!

Chillar era la palabra exacta, ya que la ira de Pew aumentó poderosamente ante tantas quejas; hasta que por fin, dejándose dominar del todo por su enojo, se puso a dar palos a ciegas, oyendo yo desde mi escondrijo el ruido que hacía el bastón al alcanzar a más de uno de sus compinches.

Estos, a su vez, respondieron con maldiciones al ciego bribón, haciéndole objeto de horribles amenazas y tratando en vano de coger el bastón para arrebatárselo.

Aquella pelea fue nuestra salvación; pues mientras seguía desarrollándose con gran violencia, se oyó otro sonido procedente de la cima de la colina, al lado de la aldea: el ruido de cascos de caballos al galope. Casi al mismo tiempo, por el lado del seto, hicieron un disparo de pistola; vi el fogonazo y oí la detonación. Y, evidentemente, aquella fue la última señal de peligro, pues los bucaneros se apresuraron a dar media vuelta y a salir de estampida en todas direcciones, uno hacia el mar, siguiendo la caleta, otro a través de la colina, y así sucesivamente, de tal modo que en cosa de medio minuto no quedó ni rastro de ellos, salvo Pew. Le habían abandonado, ya fuera a causa del pánico o para vengarse de sus imprecaciones y bastonazos; no sabría decíroslo con seguridad. Pero lo cierto es que allí se quedó, golpeando frenéticamente el camino con su bastón, arriba y abajo, buscando a tientas y llamando a sus camaradas. Finalmente, giró sobre sus talones y emprendió la marcha en dirección equivocada, hacia la aldea, y pasó corriendo a corta distancia de donde yo estaba, exclamando al correr:

—¡Johnny, Perro Negro, Dirk...! ¡No vais a abandonar al viejo Pew, compañeros! ¡No!

Justo en aquel instante los caballos alcanzaron la cima de la colina y cuatro o cinco jinetes se hicieron visibles bajo la luz de la luna, y descendieron seguidamente al galope por la ladera.

Pew comprendió entonces su error y, lanzando un grito, dio media vuelta y echó a correr en línea recta hacia la zanja, en la que cayó rodando sobre sí mismo. Pero en cuestión de segundos volvió a levantarse y de nuevo trató de escapar, ya del todo desorientado, lanzándose directamente al paso del más cercano de los caballos que se aproximaban.

El jinete trató de esquivarle, pero fue en vano. Pew cayó con un grito que resonó en la noche, y los cuatro cascos de la cabalgadura le pisotearon de mala manera, dejándolo tendido en el suelo, de costado; luego, suavemente, cayó boca abajo y dejó de moverse.

Me levanté de un salto y llamé a los jinetes, que, de todos modos, horrorizados por el accidente, refrenaban ya sus cabalgaduras, y enseguida vi quiénes eran. Uno, el que iba a la cola del grupo, era el muchacho que desde la aldea había partido en busca del doctor Livesey; los demás eran aduaneros, con los cuales el muchacho se había cruzado por el camino y con los que, gracias a su inteligencia, había vuelto grupas sin perder un instante. A oídos del inspector de aduanas Dance había llegado la noticia del lugre avistado en el llamado Agujero de Kitt, lo cual le había hecho partir aquella misma noche en dirección a nuestra casa, y a esa circunstancia debíamos mi madre y yo el haber escapado de la muerte.

Pew estaba muerto, bien muerto. En cuanto a mi madre, cuando la llevamos a la aldea, bastó un poco de agua fría y de sales para hacerla recobrar el conocimiento y, aunque sus terrores parecían haberse esfumado, no dejó de lamentarse por no haber podido resarcirse por completo de su deuda. Mientras tanto, el inspector Dance siguió cabalgando, tan velozmente como pudo, en dirección al Agujero de Kitt; pero sus hombres tuvieron que desmontar y bajar a tientas por la cañada, llevando de las riendas a sus caballos, a los que a veces tenían que sujetar para evitar que cayesen, y temiendo en todo instante ser víctimas de una emboscada; así que no fue cosa de sorprenderse cuando, al llegar al punto de destino, comprobaron que el lugre había zarpado ya, aunque se hallaba aún a corta distancia de la costa. Dance le dio el alto y una voz le contestó que se quitase de la luz de la luna, pues de lo contrario lo iban a llenar de plomo, y en el mismo instante una bala pasó silbando cerca de su brazo. Poco después, el lugre dio la vuelta a la punta de la caleta y se perdió de vista. El señor Dance se quedó allí, «igual que un pez fuera del agua», como él mismo dijo, y no pudo hacer otra cosa que enviar un hombre a Bristol para poner sobre aviso al cúter guardacostas.

—Y eso —dijo— no servirá prácticamente de nada. Se nos han adelantado y no hay nada que hacer. Solo que —añadió—, me alegro de haberle pisado los callos al amigo Pew.

Pues hay que decir que para entonces yo ya le había contado lo sucedido.

Regresé con él al Almirante Benbow, y no podríais imaginaros una casa donde reinara mayor desorden; incluso el reloj había sido arrancado de la pared por aquellos individuos cuando furiosamente nos buscaban a mi madre y a mí; y, aunque de hecho no se habían llevado nada, salvo el saco de dinero del capitán y un poco de dinero de la gaveta de la posada, al instante me di cuenta de que estábamos arruinados. El señor Dance no pudo hacer nada al respecto.

—¿Dices que se llevaron el dinero? Entonces ¿qué otra

fortuna andaban buscando? Supongo que más dinero, ¿no?

—No, señor; dinero, no, me parece —le contesté—. De hecho, señor, creo que lo que buscaban lo tengo en el bolsillo de mi casaca; y, si quiere que le diga la verdad, me gustaría ponerlo a buen recaudo.

—Claro, muchacho; no faltaría más —dijo él—. Yo me encargaré de ello, si te parece bien.

—Pensaba que tal vez el doctor Livesey... —comencé a decir.

—Me parece de perlas —me interrumpió alegremente—. Sí, señor, de perlas... todo un caballero, y además magistrado. Y, ahora que lo pienso, convendría que también yo fuese a verle para darle cuenta de lo sucedido. El viejo Pew ha muerto; no es que yo lo lamente, pero ha muerto, ¿comprendes? Y la gente, si puede, se lo echará en cara a un agente de la Aduana de Su Majestad. Bien, mira lo que te digo, Hawkins: si te parece bien, iremos los dos juntos.

Le di las gracias de todo corazón por su ofrecimiento, y regresamos andando a la aldea en busca de los caballos, los cuales, cuando le hube contado mi propósito a mi madre, se hallaban ya ensillados.

—Dogger —dijo el señor Dance—, tú que tienes un buen caballo: lleva a ese muchacho en la grupa.

En cuanto hube montado y agarrado el cinturón de Dogger, el inspector dio la señal y la partida emprendió la marcha al trote camino de la casa del doctor Livesey.

VI

Los papeles del capitán

Cabalgamos sin parar hasta llegar ante la puerta del doctor Livesey. La casa se hallaba a oscuras.

El señor Dance me dijo que desmontase y llamase a la puerta, y Dogger me prestó el estribo para que pudiera descabalgar. Una doncella abrió casi enseguida.

—¿Está en casa el doctor Livesey? —pregunté.

—No —contestó ella, añadiendo que había regresado al mediodía, pero después se había marchado a la casa señorial, donde cenaría y pasaría la velada con el caballero Trelawney.

—Pues ahí es adonde vamos, muchachos —dijo el señor Dance.

Esta vez, como la distancia era corta, no monté a caballo, sino que corrí asido a la correa del estribo de Dogger, hasta llegar a la verja de la mansión y luego por la larga avenida, a cuyos lados no había árboles y que estaba bañada por la luz de la luna, hacia la línea blanca de edificios que constituían la mansión y que se hallaban rodeados de grandes jardines. Al llegar ante la puerta, el señor Dance se apeó y, llevándome consigo, penetró en la casa enseguida.

El sirviente nos condujo por un pasillo alfombrado y nos introdujo en una inmensa biblioteca que había al final del mismo; la estancia tenía las paredes llenas de estanterías repletas de libros y rematadas por una serie de bustos; en ella se hallaban sentados el caballero y el doctor Livesey, a ambos lados de la chimenea encendida, con la pipa en la mano.

Nunca había visto al caballero tan de cerca. Era un hombre alto, de más de un metro ochenta, robusto y bien proporcionado, de rostro franco y decidido, curtido y atezado por sus largos viajes. Sus cejas eran negrísimas y se movían con gran expresividad, cosa que le daba aspecto de ser hombre de temperamento vivo y fuerte, aunque no malo.

—Pase usted, señor Dance —dijo el caballero, con gran majestuosidad y condescendencia.

—Buenas noches, Dance —dijo el doctor, saludándole con la cabeza—. Y buenas noches a ti también, amigo Jim. ¿Qué buen viento os trae por aquí?

El inspector permanecía erguido y rígido, y recitó su historia como un escolar su lección; y deberíais haber visto de qué forma los dos caballeros se inclinaron hacia delante y cruzaron sus miradas, olvidándose de fumar sus pipas a causa de la sorpresa y el interés de lo que oían. Cuando oyeron lo de que mi madre había regresado a la posada, el doctor Livesey se dio una fuerte palmada en el muslo, mientras el caballero exclamó:

—¡Bravo!

Y quebró su larga pipa contra la rejilla de la chimenea. Mucho antes de que la narración concluyera, el señor Trelawney (es decir, el caballero) se levantó de su asiento y empezó a recorrer la habitación a grandes pasos, en tanto que el doctor, como si quisiera oír mejor, se quitó la empolvada peluca y permaneció sentado, con un aspecto de lo más raro a causa de su negro pelo, cortado casi al rape.

Por fin el señor Dance terminó su relato.

—Señor Dance —dijo el caballero—, es usted un hombre muy noble. Y en cuanto a lo de arrollar a aquel maldito bribón, eso lo considero un acto digno de elogio, señor, igual que el aplastar una cucaracha con el pie. Ese muchacho Hawkins es un gran chico, por lo que puedo ver. Hawkins, ¿quieres hacerme el favor de tirar del cordón de esa campanilla? El señor Dance se merece una buena jarra de cerveza.

—Así que tienes lo que andaban buscando, ¿verdad, Jim? —dijo el doctor.

—Helo aquí, señor —dije, entregándole el paquete de hule.

El doctor lo examinó por todos lados, como si sintiera cosquillas en los dedos, impacientes por abrirlo; mas, en lugar de hacer eso, se lo guardó sin decir palabra en el bolsillo de la casaca.

—Caballero Trelawney —dijo—, cuando Dance haya terminado su cerveza debe, como es natural, regresar a cumplir su misión al servicio de Su Majestad; pero deseo que Jim Hawkins se quede aquí y duerma en mi casa, y, con permiso de usted, propongo que hagamos subir el pastel frío y le demos de cenar.

—Como usted diga, Livesey —dijo el caballero—; Hawkins se ha ganado algo mejor que un pedazo de pastel frío.

De manera que me subieron un gran pastel de pichón, que dejaron sobre una mesita auxiliar, y pude cenar opíparamente, ya que tenía un hambre atroz, mientras el señor Dance era objeto de más cumplidos hasta que, finalmente, le despidieron.

—Y ahora, caballero... —dijo el doctor.

—Y ahora, Livesey... —dijo el caballero, al mismo tiempo.

—Cada uno a su vez, cada uno a su vez —dijo riendo el doctor Livesey—. Supongo que habrá oído hablar de ese Flint, ¿verdad?

—¡Que si he oído hablar de él! —exclamó el caballero—. ¡Qué pregunta! Si fue el más sangriento de los bucaneros que jamás surcaron los mares... Barbanegra era un crío a su lado. Los españoles le tenían tanto miedo, señor, que, se lo digo yo, a veces me sentí orgulloso de que Flint fuese inglés. He visto sus gavias con mis propios ojos, a la altura de Trinidad, y el cobarde capitán con el que yo navegaba regresó... regresó, señor, a Puerto de España.

—Pues también yo he oído hablar de él, en Inglaterra —dijo el doctor—. Pero lo que interesa es esto: ¿tenía dinero?

—¡Dinero! —exclamó el caballero—. ¿No ha oído el relato de Dance? ¿Qué andarían buscando esos villanos si no era dinero? ¿Qué les importa salvo el dinero? ¿Por qué otra cosa arriesgarían sus pellejos de bandido?

—Eso lo sabremos pronto —replicó el doctor—. Pero tiene usted esa manía enojosa de acalorarse y prorrumpir en exclamaciones y no me deja meter baza en la conversación. Lo que deseo saber es esto: suponiendo que tenga ahora en mi bolsillo alguna pista acerca de dónde Flint enterró su tesoro, ¿sería este muy valioso?

—¡Valioso, señor! —exclamó el caballero—. Pues esto le dará una idea: si resulta cierto que tiene usted una pista, estoy dispuesto a armar un buque en el puerto de Bristol y, en compañía de usted y del joven Hawkins, zarpar en busca del tal tesoro, aunque tenga que pasarme un año en el mar.

—Muy bien —dijo el doctor—. ¡Ea, pues! Si Jim está de acuerdo, abriremos el paquete.

Lo colocó ante él, sobre la mesa.

El hule estaba cosido, y el doctor tuvo que echar mano de su maletín de instrumentos y cortar las puntadas con sus tijeras de médico. El paquete contenía dos cosas: un libro y un papel lacrado.

—Antes que nada, probaremos el libro —comentó el doctor.

El caballero y yo observábamos por encima del hombro del doctor mientras este abría el libro, pues el doctor Livesey, amablemente, me había indicado por señas que me acercase a ellos y abandonara la mesa donde había estado comiendo, para disfrutar del deporte de la investigación. En la primera página había solo unos cuantos garabatos, como los que un hombre, pluma en mano, hace para matar el ocio o para practicar. Uno de ellos rezaba lo mismo que uno de los tatuajes del capitán: «¡Viva Billy Bones!»; otro decía «Señor W. Bones, capitán». «Se acabó el ron», «A la altura del Cayo de las Palmas se llevó lo suyo», y unas cuantas inscripciones más, palabras sueltas e ininteligibles en su mayoría. No pude evitar preguntarme quién se habría «llevado lo suyo», y en qué consistiría «lo suyo». Una cuchillada por la espalda era lo más probable.

—Eso no nos dice nada —dijo el doctor Livesey, pasando la página.

Seguían diez o doce páginas llenas de curiosas anotaciones. En un extremo de cada renglón había una fecha, y en el otro, una suma de dinero, como suele suceder en los libros de contabilidad; pero, en vez de una explicación escrita, entre ambas cosas había solamente un número variable de cruces. El 12 de junio de 1745, por ejemplo, resultaba claro que a alguien se le adeudaba la suma de setenta libras, y nada salvo seis cruces indicaba el motivo de la deuda. Cierto que en un reducido número de casos se había agregado el nombre de algún lugar, por ejemplo: «A la altura de Caracas»; o una simple anotación de la latitud y la longitud, como, por ejemplo, «62° 17' 20", 10° 2' 40"».

El registro abarcaba casi más de veinte años, y el importe de las anotaciones iba aumentando a medida que pasaba el tiempo, y al final constaba una suma total, calculada tras efectuar cinco o seis operaciones equivocadas, a las que se agregaban estas palabras: «La parte de Bones».

—Todo esto no tiene ni pies ni cabeza —dijo el doctor Livesey.

—La cosa está tan clara como la luz del día —dijo el caballero—. Este es el libro de cuentas de ese miserable. Estas cruces representan los nombres de los buques hundidos o de las ciudades saqueadas. Las sumas de dinero corresponden a la parte del bandido, y allí donde temía que la anotación pecase de ambigua añadía, como puede usted ver, alguna aclaración. «A la altura de Caracas», por ejemplo; verá, eso quiere decir que algún infortunado buque fue abordado a la altura de aquella costa. ¡Dios tenga en su gloria a las almas que lo tripulaban... tiempo hará que están en el fondo del mar!

—¡Eso es! —dijo el doctor—. Hay que ver cuán útil es el haber viajado. ¡Ha dado usted en el clavo! Y las sumas van aumentando, ¿ve?, a medida que subía la categoría del pirata.

Poco más había en el libro, con la salvedad de la posición geográfica de unos cuantos lugares, anotada en las páginas en blanco del final del volumen, así como una tabla que servía para reducir a un valor común las monedas francesas, inglesas y españolas.

—¡Qué diligente era el sujeto! —exclamó el doctor—. A ese no había quien pudiera hacerle trampas.

—Y ahora —dijo el caballero—, veamos lo demás.

El papel estaba lacrado por diversos lugares, utilizando para ello un dedal a modo de sello; el mismo dedal, posiblemente, que hallara yo en el bolsillo del capitán. El doctor rompió los sellos con gran cuidado, y sobre la mesa cayó el mapa de una isla, con indicaciones de su latitud y longitud, profundidades, el nombre de diversas colinas, bahías y ensenadas, así como todos los pormenores necesarios para dejar un buque anclado sano y salvo junto a sus costas. Medía unas nueve millas de largo y cinco de lado a lado, y su forma se parecía a la de un dragón gordo y rampante; tenía asimismo dos estupendos puertos naturales y, en la parte central, una colina marcada con el nombre de «El Catalejo». Había varias anotaciones más, hechas en fecha posterior; pero, sobre todo, tres cruces trazadas con tinta roja: dos en la parte norte de la isla, una en el sudoeste y, al lado de esta última, escritas con la misma tinta roja, aunque con letra pequeña y pulcra, muy distinta de los vacilantes caracteres del capitán, estas palabras: «El grueso del tesoro aquí».

Al dorso, la misma mano había escrito esta información suplementaria:

> Un árbol grande en el saliente de El Catalejo, un punto en dirección N hacia N.NE.
> Isla del Esqueleto, E.SE. hacia E.
> Diez pies.
> La plata en lingotes está en el escondrijo del Norte; podréis localizarla siguiendo la dirección del montecillo del Este, diez brazas al Sur del despeñadero negro, visto de frente.
> Las armas se encontrarán fácilmente, en la loma de arena, punto N de la lengua de tierra de la ensenada del Norte, dirección E y un cuarto al N.
>
> J. F.

Eso era todo, pero aunque breve y, para mí, incomprensible, llenó de gozo al caballero y al doctor Livesey.

—Livesey —dijo el caballero—, deje usted inmediatamente su mísera parroquia. Mañana parto para Bristol. Dentro de tres semanas... ¡tres semanas!... dos semanas... diez días... tendremos el mejor de los buques, señor, y la tripulación más escogida de Inglaterra. Hawkins vendrá en calidad de grumete. Serás un grumete famoso, Hawkins. Usted, Livesey, será el médico de a bordo; yo, el almirante. Nos llevaremos a Redruth, Joyce y Hunter. Tendremos vientos favorables, una travesía rápida y ni la mínima dificultad para localizar el lugar, así como dinero para comérnoslo, si así nos place, o revolcarnos en él o para pasarnos el resto de nuestras vidas tirándolo al mar, moneda a moneda.

—Trelawney —dijo el doctor—. Iré con usted, y respondo del éxito de la expedición, y Jim igualmente, y seremos una honra para la empresa. Solo hay un hombre al que temo.

—¿Y puede saberse quién es? —preguntó el caballero—. ¡Nómbreme a ese perro, señor!

—Usted —replicó el doctor—, pues es usted incapaz de tener la lengua quieta. No somos los únicos que están al tanto de la existencia de este papel. Esos sujetos que atacaron la posada esta noche... individuos valientes y desesperados, sin duda... y los que se quedaron a bordo del lugre y me atrevo a decir que más aún, no muy lejos de aquí... y todos confabulados, pase lo que pase confabulados y empeñados en hacerse con ese dinero. Ninguno de nosotros debe andar a solas hasta que nos hayamos hecho a la mar. Jim y yo no nos separaremos hasta entonces; usted se llevará a Joyce y a Hunter cuando parta para Bristol y, desde el principio hasta el fin, ninguno de nosotros debe decir una sola palabra acerca de lo que hemos encontrado.

—Livesey —repuso el caballero—, está usted siempre al tanto de todo. Guardaré un silencio sepulcral.

SEGUNDA PARTE

EL COCINERO DE A BORDO

VII

Parto para Bristol

Transcurrió más tiempo del imaginado por el caballero antes
de que estuviéramos listos para zarpar, y ninguno de nuestros
planes iniciales (ni siquiera el del doctor Livesey de tenerme
a su lado) pudo llevarse a término como era de desear. El doctor tuvo que trasladarse a Londres en busca de algún médico
que quisiera hacerse cargo de su clientela; el caballero estuvo muy atareado en Bristol; y yo seguí viviendo en la casa
señorial, a cargo del viejo Redruth, el guardabosques, convertido casi en un prisionero, pero lleno de sueños de aventuras en el mar y de islas extrañas. Me pasaba horas enteras
estudiando el mapa, del cual recordaba bien todos los detalles. Sentado junto al fuego, en la habitación del guardián de
la casa, me acercaba a aquella isla, en sueños, desde todas las
direcciones imaginables; exploraba toda su superficie, acre
por acre; subía un millar de veces a la cima de la colina que
llamaban El Catalejo, y desde allí arriba disfrutaba de las más
maravillosas y cambiantes perspectivas. A veces la isla se hallaba atiborrada de salvajes, con los que trabábamos batalla;
otras veces, llena de animales peligrosos que nos perseguían;
pero en ninguna de mis fantasías se me ocurrió nada que fuese
tan extraño y trágico como las que serían nuestras aventuras
reales.

Así fueron pasando las semanas, hasta que un buen día

llegó una carta dirigida al doctor Livesey, con la siguiente inscripción: «Para ser abierta, en ausencia del doctor, por Tom Redruth o por el joven Hawkins». Obedeciendo tal indicación, hallamos, o mejor dicho, hallé —pues el guardabosques tenía poca habilidad para leer cualquier cosa que no estuviera impresa— las siguientes e importantes noticias:

Posada de la Vieja Ancora
1 de marzo de 17...

Querido Livesey:
Como no sé si sigue usted en mi casa o en Londres, mando la presente por partida doble a ambos sitios.
El buque ya ha sido adquirido y armado. Está anclado en espera de hacerse a la mar. No podría usted imaginar una goleta más bella —un niño sería capaz de gobernarla—; desplaza doscientas toneladas y se llama *Hispaniola.*
La obtuve por mediación de mi viejo amigo Blandly, que en todo momento ha demostrado ser una excelente persona. Ese admirable amigo se convirtió literalmente en un esclavo por atender a mis intereses, y lo mismo, me cabe decir, hicieron todos en Bristol en cuanto tuvieron noticia del puerto para el que zarparíamos... en busca de un tesoro, es lo que quiero decir.

—Redruth —dije, interrumpiendo la lectura de la carta—; al doctor Livesey no le va a gustar eso. Por lo visto, el caballero ha estado hablando más de la cuenta.
—Bueno, ¿y quién tiene más derecho a ello? —gruñó el guardabosque—. Estaría bueno que el caballero no pudiera hablar porque el doctor Livesey se lo prohíbe... me parece a mí.
Ante aquello, abandoné toda idea de hacer comentarios y seguí leyendo la carta:

El mismo Blandly en persona encontró la *Hispaniola,* y con una habilidad de lo más admirable se la agenció por una miseria. Hay cierta clase de hombres en Bristol que sienten unos monstruosos prejuicios en contra de Blandly. Llegan hasta el extremo de afirmar que ese honrado caballero haría cualquier cosa por dinero, que la *Hispaniola* era de su propiedad y que me la vendió por un precio absurdamente elevado, todo lo cual no son más que calumnias; eso está bien claro. Ninguno de ellos, sin embargo, se atreve a negar los méritos del buque.

Hasta el momento no ha habido ninguna dificultad. Los obreros —aparejadores y demás— trabajaron, como de costumbre, a un ritmo desesperadamente lento; pero el tiempo puso remedio a eso. La tripulación es lo que me preocupaba.

Deseaba enrolar a una veintena completa de hombres, por si teníamos algún tropiezo con los nativos, los bucaneros o los odiosos franceses; y solo hallar media docena me costó ya un trabajo de mil demonios, hasta que, gracias a un notable golpe de suerte, me encontré justo con el hombre que necesitaba.

Me hallaba en el muelle cuando, de forma totalmente accidental, entablé conversación con él. Averigüé que se trataba de un ex marinero, que actualmente regenta una taberna y que conoce a todos los hombres de mar que hay en Bristol, y que, habiendo perdido la salud en tierra, deseaba obtener el puesto de cocinero con el objeto de hacerse a la mar de nuevo. Según me dijo, aquella mañana había bajado al puerto para respirar un poco de aire marino.

Me sentí terriblemente conmovido —lo mismo que le hubiese sucedido a usted—; así que, por simple lástima, le contraté allí mismo para que hiciese de cocinero a bordo de nuestro buque. John Silver el Largo se llama, y solo tiene una pierna; pero eso lo considero una buena recomendación, ya que la perdió al servicio de su patria bajo las órdenes del inmortal Hawke. No cobra ninguna pensión, Livesey. ¡Imagínese cuán abominable es la época en que vivimos!

Bien, señor, creí haber hallado solo un cocinero, pero en realidad lo que había descubierto era una tripulación completa. Entre Silver y yo, en pocos días, reunimos una dotación de viejos lobos de mar de los más curtidos que imaginarse quepa; no son un espectáculo agradable de ver, pero, a juzgar por sus rostros, son sujetos de un espíritu sumamente indomable. Le aseguro que podríamos presentarle batalla a una fragata.

John el Largo incluso se libró de dos de los seis o siete ya contratados por mí. En un periquete me demostró que eran de esos marineros de agua dulce a los que hay que temer cuando se emprende una aventura de importancia.

Mi salud y mis ánimos son ambos excelentes, como como un toro, duermo como un leño y, con todo, no me daré por satisfecho hasta que oiga a mis viejos lobos de mar dándole vueltas al cabrestante. ¡A la mar! ¡A por el tesoro! La gloria del mar es lo que me ha trastornado la cabeza. Así, pues, Livesey, venga en la primera diligencia; no pierda una hora, si quiere seguir siendo mi amigo.

Haga que el joven Hawkins vaya a ver a su madre enseguida, llevando a Redruth como guardián; y luego vengan corriendo los dos a Bristol.

JOHN TRELAWNEY

Posdata: Olvidé decirle que Blandly, que, por cierto, mandará un buque para rescatarnos si no hemos vuelto para fines de agosto, ha encontrado a un individuo admirable para capitán de nuestra goleta... un hombre muy estirado, cosa que lamento, pero un tesoro en todo lo demás. John Silver el Largo descubrió a un individuo muy competente para el puesto de segundo de a bordo, un tal Arrow. Tengo un contramaestre que hace primores con el silbato, de modo que, amigo Livesey, a bordo de la excelente *Hispaniola* las cosas irán como en un buque de guerra.

Olvidaba decirle que Silver es hombre de posibles; sé de buena tinta que tiene cuenta en un banco y que jamás ha estado en descubierto. Deja a su esposa a cargo de la posada; y, como se trata de una mujer de color, a un par de viejos solterones como nosotros dos se les podrá perdonar que sospechen que es la esposa, tanto como el deseo de mejorar la salud, lo que le impulsa a embarcarse de nuevo.

J. T.

P. D.: Hawkins puede quedarse una noche en casa de su madre.

J. T.

Podéis imaginaros la excitación en que me sumió aquella carta. Estaba medio loco de alegría, y si alguna vez desprecié a un hombre, fue al viejo Tom Redruth, que no supo hacer más que gruñir y lamentarse. Cualquiera de sus subordinados hubiese cambiado gustosamente su puesto por el del viejo Redruth; pero no era eso lo que le placía al caballero, y lo que le placía al caballero era, entre todos ellos, casi ley. Nadie que no fuera el viejo Redruth se hubiese atrevido siquiera a refunfuñar.

A la mañana siguiente emprendimos la marcha, a pie, con destino al Almirante Benbow, donde encontré a mi madre en buen estado de salud y de ánimo. El capitán, que durante tanto tiempo tantas molestias había causado, había partido hacia el lugar donde los malvados dejan de incordiar. El caballero había ordenado repintarlo todo, incluyendo el interior de la taberna y la muestra de la entrada; añadiendo también algunos muebles, sobre todo una hermosa butaca para mi madre, junto al mostrador. Se había encargado, asimismo, de procurarle un muchacho que la ayudase en calidad de aprendiz, con el objeto de que no le faltase nada mientras yo estuviera ausente.

Fue al ver a aquel muchacho cuando, por primera vez, comprendí cuál era mi situación. Hasta entonces había pensado solamente en las aventuras que me esperaban, sin dedicar un solo pensamiento al hogar que iba a abandonar; y en aquel momento, al ver al torpe desconocido que iba a ocupar mi lugar al lado de mi madre, sufrí el primer acceso de lágrimas. Me temo que le di una vida de perro a aquel muchacho, pues, como era novato en aquella clase de trabajo, yo tenía un centenar de oportunidades para llamarle la atención y echarle broncas, y debo decir que no las desaprovechaba.

Transcurrió la noche y al día siguiente, después de comer, Redruth y yo volvimos a encontrarnos andando por el camino. Me despedí de mi madre y de la caleta donde había vivido desde mi nacimiento, así como del viejo y querido Almirante Benbow, que, como había sido pintado de nuevo, ya no me parecía tan querido. Uno de mis últimos pensamientos fue para el capitán, que tan a menudo paseara por la playa, con el sombrero inclinado, la mejilla con la cicatriz del sablazo y su viejo catalejo de latón. Un instante después, doblamos un recodo y perdí de vista mi hogar.

La diligencia nos recogió en el Royal George al anochecer. Me vi metido entre Redruth y un caballero anciano y robusto y, a pesar del aire vivo y frío de la noche, debí de amodorrarme desde buen principio, durmiéndome después como un tronco mientras el carruaje subía y bajaba colinas, atravesaba hondonadas e iba dejando postas tras de sí... Cuando por fin desperté, fue a causa de un codazo en las costillas, y, al abrir los ojos, vi que nos habíamos detenido ante un gran edificio que se alzaba en la calle de una ciudad, y que hacía ya rato que era de día.

—¿Dónde estamos? —pregunté.

—En Bristol —dijo Tom—. Apéate.

El señor Trelawney había fijado su residencia en una posada muy próxima a los muelles, ya que deseaba supervisar el trabajo que se llevaba a cabo a bordo de la goleta. Hacia allí tuvimos que ir andando y, para mi gozo, el camino nos llevó a través de los muelles y ante multitud de navíos de todos los calados, arboladuras y nacionalidades. En uno de ellos, los marineros cantaban mientras trabajaban; en otro, había hombres encaramados en el aparejo, muy por encima de mi cabeza, suspendidos de hilos que me parecieron tan delgados como los que tejen las arañas. Aunque había pasado toda mi vida junto al mar, me pareció que hasta aquel momento jamás había estado cerca de él. El olor de la brea y de la sal me resultaba nuevo. Vi mascarones de proa que eran verdaderas maravillas, y que en su totalidad habían navegado por lejanos océanos. Vi, además, gran número de viejos marineros, con anillas en las orejas, patillas rizadas y coletas embreadas, y observé su característica forma de andar, torpe y vacilante; y, de haber visto otros tantos reyes o arzobispos, no hubiese podido sentirme más entusiasmado.

Y también yo iba a embarcarme, a zarpar a bordo de una goleta, con un contramaestre que tocaba el silbato y marineros que cantaban y usaban coleta; a embarcarme, con rumbo a una isla desconocida, en busca de tesoros enterrados...

Seguía sumido en tan deliciosos sueños cuando de pronto llegamos ante una espaciosa posada y nos encontramos con el caballero Trelawney, vestido de pies a cabeza como un oficial de barco, de recio paño azul, que salía del edificio con el rostro sonriente y haciendo una magnífica imitación del modo de andar peculiar de los marineros.

—¡Ya habéis llegado! —dijo—. Y el doctor llegó anoche de Londres. ¡Bravo! ¡La tripulación ya está al completo!

—¡Oh, señor! —exclamé—. ¿Cuándo zarpamos?

—¡Zarpar! —dijo él—. ¡Zarpamos mañana!

VIII

En la muestra de El Catalejo

Cuando acabé de desayunar, el caballero me dio una nota dirigida a John Silver, en la muestra de El Catalejo, y me dijo que encontraría fácilmente dicho lugar si seguía la línea de los muelles, hasta dar con una pequeña taberna cuya muestra era un gran catalejo de latón. Me puse en marcha, lleno de gozo ante aquella oportunidad de ver más de cerca los buques y las gentes de mar, y me abrí paso entre una gran multitud que circulaba por los muelles, en medio de gran número de carros y fardos de mercancía, pues a aquella hora reinaba gran actividad en el puerto. Finalmente di con la taberna en cuestión.

Se trataba de un establecimiento pequeño y de agradable aspecto. La muestra había sido pintada recientemente; en las ventanas había pulcras cortinas; la arena que cubría el suelo estaba limpia. Había una calle por cada lado y sendas puertas abiertas en cada una, lo cual permitía ver claramente, a pesar de las nubes de humo de tabaco, el interior de la estancia, espaciosa y de techo bajo.

Los parroquianos eran en su mayoría gentes de mar, y hablaban en voz tan alta que me quedé indeciso en el umbral, temeroso casi de entrar.

Mientras esperaba, salió un hombre de una habitación contigua y me bastó una mirada para quedar convencido de que se trataba de John el Largo. Tenía la pierna izquierda amputada cerca de la cadera y se apoyaba en una muleta, colocada debajo del hombro izquierdo, que manejaba con maravillosa destreza, moviéndose ágilmente, a saltitos, de un lado a otro, igual que un pájaro. Era muy alto y fuerte, de rostro grande como un jamón, sencillo y pálido, pero también inteligente y risueño. A decir verdad, parecía estar de un humor inmejorable, pues iba silbando mientras circulaba entre las mesas, dedicando una palabra alegre o dando una palmadita en la espalda a los más favorecidos de entre sus parroquianos.

Ahora bien, si queréis que os diga la verdad, desde la primera vez que oí hablar de John el Largo, en la carta del caballero Trelawney, había concebido en mi mente el temor de que el tal John fuese el mismísimo marinero de pata de palo que durante tanto tiempo había estado aguardando en el viejo Almirante Benbow. Mas para mí fue suficiente una sola ojeada al hombre que se hallaba ante mí. Habiendo visto al capitán, a Perro Negro y al ciego Pew, me creía capaz de reconocer a un bucanero en cuanto le pusiera la vista encima, pues, por lo que yo suponía, sería una persona de aspecto muy distinto al de aquel tabernero limpio y de buen carácter.

Sin perder un instante hice acopio de valor, crucé el umbral y me dirigí directamente hacia el sitio donde se hallaba aquel hombre, apoyado en la muleta y charlando con un cliente.

—¿Señor Silver, señor? —pregunté, enseñándole la nota.

—Sí, muchacho —dijo él—; ese es mi nombre. ¿Y quién eres tú, si puede saberse?

Y en aquel momento, al ver la carta del caballero, me pareció que se sobresaltaba.

—¡Oh! —exclamó en voz alta, tendiéndome la mano—. Ya entiendo; eres nuestro nuevo grumete. Encantado de conocerte.

Y me estrechó la mano firmemente entre las suyas. En

aquel preciso instante uno de los parroquianos, que se hallaba en el extremo opuesto de la estancia, se puso súbitamente
en pie y echó a andar hacia la puerta; y, como esta estaba cerca de él, en un momento ganó la calle. Pero su apresuramiento me había llamado la atención, y le reconocí de un vistazo.
Era el individuo de rostro grasiento y al que le faltaban dos
dedos de la mano; el mismo que otrora se había presentado
en el Almirante Benbow.

—¡Eh! —grité—. ¡Detenedle! ¡Es Perro Negro!

—Me importa dos pepinos quién sea —dijo Silver—. Pero
no ha pagado su consumición. Oye, Harry, ve tras él y échale
el guante.

Uno de los clientes que se encontraba más cerca de la puerta se levantó rápidamente y emprendió la persecución.

—Ese me pagará lo que se ha bebido... aunque fuese el
mismo almirante Hawke —dijo John Silver, y acto seguido,
soltándome la mano, agregó—: ¿Quién dijiste que era? Algo
negro, ¿no?

—Perro... Perro Negro, señor —dije—. ¿Es que el señor
Trelawney no le ha hablado de los bucaneros? Ese es uno de
ellos.

—¿De veras? —dijo Silver—. ¡Y en mi casa! Ben, corre a
ayudar a Harry. Conque uno de esos bribones, ¿eh? Eras tú
el que estaba bebiendo en su compañía, Morgan. Acércate.

El hombre al que llamara Morgan, viejo marinero de rostro de caoba y pelo canoso, se acercó con cierto aire borre-
guil, enrollando una mascada de tabaco.

—Vamos a ver, Morgan —dijo John el Largo con voz muy
severa—. Nunca le habías echado la vista encima a ese Perro... Perro Negro, ¿no es verdad?

—Nunca, señor —dijo Morgan, saludando.

—Tampoco sabías cómo se llamaba, ¿no es así?

—En efecto, señor.

—¡Voto a bríos, Tom Morgan, que estás de suerte! —exclamó el patrón—. De haberte hallado mezclado con gente de esa calaña, jamás hubieses vuelto a poner los pies en mi casa; eso tenlo por seguro. ¿Y qué es lo que te ha estado diciendo?

—No lo sé con certeza, señor —respondió Morgan.

—¿Y le llamas cabeza a eso que llevas sobre los hombros, o es simplemente un tarugo de madera? —preguntó enojado John el Largo—. ¡No lo sabes con certeza! ¡Vaya con el hombre! Tal vez no sepas con certeza con quién estabas hablando, ¿eh? ¡Ea! ¿De qué estaba parloteando: viajes, capitanes, buques? ¡Habla! ¿Qué te decía?

—Hablábamos de pasar por la quilla* —contestó Morgan.

—Conque de pasar por la quilla, ¿eh? ¡Vaya, vaya... bonito tema, diría yo! Anda, vuelve a tu cerveza, Tom.

Y, mientras Morgan regresaba a su sitio, Silver, susurrando en tono confidencial, que a mí me pareció muy halagador, me dijo:

—Es un hombre honrado ese Tom Morgan; solo que es un estúpido. Y ahora —añadió, alzando la voz—, vamos a ver... ¿Perro Negro? No, no me suena el nombre; no. Y con todo, me parece... sí, me parece que ya había visto a ese pillo. Solía venir por aquí acompañado por un mendigo ciego, eso es.

—En efecto; de eso puede estar usted seguro, señor —dije—. Conocí al tal mendigo ciego también. Se llamaba Pew.

—¡Eso! —exclamó Silver, presa de excitación—. ¡Pew! Así se llamaba, lo recuerdo bien. ¡Ah, parecía un tiburón! ¡Si le echamos el guante a ese Perro Negro, tendremos noticias para el caballero Trelawney! Ben sabe correr muy bien, tiene buenas piernas. Pocos marineros lo hacen mejor que él. ¡Voto

---

* Castigo consistente en atar al condenado y zambullirlo varias veces en el mar, haciéndole pasar por debajo de la quilla del buque. *(N. del T.)*

a bríos que le dará alcance! Estuvo hablando de pasar por la quilla, ¿verdad? ¡Yo le pasaré a él por ella!

Mientras iba soltando todas aquellas exclamaciones, John Silver andaba de un lado a otro de la estancia, apoyado en su muleta, dando palmadas sobre las mesas y mostrando tal excitación que fácilmente hubiese convencido a un juez del Old Bailey* o a un policía de Bow Street.** Mis sospechas se habían despertado de nuevo al encontrarme con Perro Negro en El Catalejo, así que observé atentamente al cocinero. Pero este resultaba demasiado astuto y listo para mí, y cuando regresaron los dos hombres, sin aliento, confesando haber perdido la pista entre el gentío, que les había increpado al tomarles por ladrones, yo hubiese sido fiador de la inocencia de John Silver el Largo.

—Vamos a ver, Hawkins —dijo Silver—. ¡En menudo aprieto me veo metido! ¿No te parece? ¿Qué va a pensar el capitán Trelawney? ¡Pensar que ese maldito hijo del diablo ha estado sentado tranquilamente en mi establecimiento, bebiéndose mi ron...! ¡Y luego te presentas tú, me dices las cosas claramente y yo, tonto de mí, dejo que se me escape ante mis propias narices! Pero tú, Hawkins, me harás justicia cuando hables con el capitán, ¿verdad? Eres un muchacho, sí, pero eres listo como un lince. Me di cuenta de ello en cuanto entraste aquí. ¿Qué podía hacer yo, con este pedazo de leño que me sirve de pierna? En mis tiempos de marinero de primera, me hubiese acercado a él y en un periquete le hubiese dejado bien atado, ¡sí, señor! Pero ahora...

Y en aquel instante, de sopetón, se interrumpió y quedó boquiabierto, como si acabara de acordarse de algo.

* Nombre popular con que se conoce el edificio que ubica el palacio de justicia de Londres. (N. del T.)
** Antes de la fundación de Scotland Yard, existía una fuerza de policía llamada los Bow Street Runners: literalmente, «los corredores de Bow Street». (N. del T.)

—¡La cuenta! —exclamó—. ¡Tres rondas de ron! ¡Que me aspen si no se me había olvidado!

Y, dejándose caer sobre un banco, se echó a reír hasta que las lágrimas surcaron sus mejillas. No pude menos que imitarle, y los dos nos reímos juntos, carcajada tras carcajada, hasta que toda la taberna resonó.

—¡Menudo becerro marino estoy hecho! —dijo por fin, secándose las mejillas—. Tú y yo haremos buenas migas, Hawkins, pues me parece que no me dejarían ocupar otro puesto que el de grumete. Pero, vamos, muchacho; listo para zarpar. El deber es el deber, compañeros. Me pondré el tricornio e iré contigo a dar cuenta de lo sucedido al capitán Trelawney. Pues, no lo olvides, joven Hawkins, el asunto es serio; y ni tú ni yo hemos salido lo que podría decirse muy airosos del trance. Tú tampoco, ya puedes decirlo. ¡Vaya pareja de torpes estamos hechos! Pero, ¡maldita sea!, a que lo del gasto estuvo bien, ¿eh?

Y de nuevo estalló en risotadas, y reía tan a gusto que, aunque yo no acababa de verle la gracia al asunto, volví a sentirme obligado a unirme a sus muestras de hilaridad.

Durante nuestro breve paseo por los muelles resultó ser un compañero de lo más interesante, hablándome de los diversos buques que vimos por el camino, acerca de su aparejo, tonelaje y nacionalidad; explicándome las operaciones que en ellos se estaban llevando a cabo; de cómo uno se hallaba en plena descarga, otro estaba recibiendo mercancías a bordo y un tercero se aprestaba para zarpar. Y cada dos por tres, Silver me relataba alguna anécdota sobre buques o marineros, o bien repetía alguna frase propia de la navegación hasta que me la aprendía perfectamente. Empezaba a darme cuenta de que me hallaba al lado de uno de los mejores compañeros de a bordo que me era dado esperar.

Al llegar a la posada, el caballero y el doctor Livesey se hallaban sentados uno al lado del otro, apurando un cuartillo de cerveza, con el correspondiente brindis, antes de encaminarse a la goleta para realizar una visita de inspección a bordo.

John el Largo contó la historia de cabo a rabo, con mucho valor y ajustándose a la verdad en todo momento.

—Así ocurrieron las cosas, ¿no es cierto, Hawkins? —decía de vez en cuando, sin que en ninguna de aquellas ocasiones yo pudiera contradecirle.

Los dos caballeros se lamentaron de que Perro Negro hubiese logrado escabullirse; pero todos estuvimos de acuerdo en que la cosa no tenía remedio. Al cabo, John el Largo, tras ser felicitado, cogió su muleta y se marchó.

—¡Todo el mundo a bordo esta tarde a las cuatro! —gritó el caballero, dirigiéndose a John el Largo.

—¡Bien, bien, señor! —exclamó el cocinero, desde el pasaje.

—Bien, caballero —dijo el doctor Livesey—. No suelo tener mucha fe en los descubrimientos que usted hace, por lo general; pero debo reconocer que ese John Silver me parece un buen hallazgo.

—Es un hombre excelente —declaró el caballero.

—Y ahora —añadió el doctor—, Jim puede subir a bordo con nosotros, ¿verdad?

—No faltaría más —dijo el caballero—. Coge tu sombrero, Hawkins, y veremos el buque.

IX

Pólvora y armas

La *Hispaniola* se hallaba anclada a cierta distancia, por lo que pasamos bajo los mascarones de proa de diversos navíos y doblamos la popa de otros muchos, cuyas amarras rozaban a veces la quilla de nuestra lancha, mientras, otras veces, se balanceaban por encima de nuestras cabezas. Por fin, no obstante, llegamos al costado de la goleta, donde el señor Arrow, el primer oficial, salió a recibirnos y a saludarnos al subir a bordo. El tal señor Arrow era un marinero atezado y de edad avanzada; llevaba anillas en las orejas y bizqueaba. Él y el caballero se trataban con gran cordialidad, pero no tardé en percatarme de que no ocurría lo mismo entre el caballero y el capitán.

Este era hombre de talante precavido y astuto; parecía enojado por todo cuanto ocurría y había a bordo, y no iba a tardar en decirnos el porqué, pues acabábamos de bajar al camarote cuando un marinero entró en él.

—El capitán Smollett, señor, desea hablar con usted —dijo el marinero.

—Siempre a las órdenes del capitán. Hágale pasar —dijo el caballero.

El capitán, que iba a la zaga de su mensajero, entró enseguida y cerró la puerta tras él.

—Y bien, capitán Smollett, ¿qué es lo que tiene que decirme? Todo va bien, espero. Todo estará listo y dispuesto para zarpar, ¿no?

—Verá, señor —dijo el capitán—; será mejor hablar claro, me parece a mí, aun a riesgo de ofenderle. No me gusta ni pizca esta travesía; no me gusta la tripulación y no me gusta mi segundo. Nada más hay que decir.

—¿Tal vez, señor, tampoco le guste el buque? —preguntó el caballero, que, según pude ver, estaba muy enfadado.

—Sobre eso nada puedo decirle, pues no lo he visto navegar —dijo el capitán—. Me parece una buena embarcación; es todo lo que puedo decirle.

—Y posiblemente, señor, tampoco le gusta a usted la persona que le ha contratado, ¿eh? —dijo el caballero. Pero en aquel momento el doctor Livesey terció en la conversación:

—¡Un momento! —dijo—. ¡Un momento! Esas preguntas no sirven sino para engendrar animadversión. El capitán ha hablado demasiado o ha hablado demasiado poco, y debo decir que es imprescindible que me dé una explicación de sus palabras. Dice usted que no le gusta esta travesía, ¿no es así? Vamos a ver, ¿por qué?

—Fui contratado, señor, bajo lo que llamamos instrucciones secretas, para que llevase el buque a donde este caballero me ordenase —dijo el capitán—. Hasta aquí, nada hay que decir en contra. Pero ahora me encuentro con que todos los marineros sin excepción saben más que yo acerca del asunto. Eso no me parece justo; ¿a usted sí?

—No —dijo el doctor Livesey—. No me lo parece.

—Luego —prosiguió el capitán—, me entero de que andamos tras un tesoro; y me entero por mis propios hombres, ¿comprende? Ahora... eso de buscar tesoros es asunto delicado; no me gustan ni pizca los viajes que tienen por fin la búsqueda de algún tesoro; y sobre todo, no me gustan cuando la cosa se hace en secreto y cuando, con perdón de usted, señor Trelawney, el secreto le ha sido revelado al loro.

—¿Al loro de Silver? —preguntó el caballero.

—Es un decir —dijo el capitán—. Lo que quiero decir es que se ha hablado más de la cuenta. A mi modo de ver, caballeros, no saben ustedes en qué andan metidos; pues bien, se lo voy a decir, a mi modo... en un asunto de vida o muerte, y peligroso por demás.

—Eso es hablar claro, sí señor —dijo el doctor Livesey—. Corremos un riesgo, pero no estamos tan a ciegas como usted cree. Dijo también que no le gustaba la tripulación. ¿Acaso no la forman buenos marineros?

—No me gustan, señor —replicó el capitán Smollett—. Y, si quieren que les diga la verdad, creo que a la tripulación debería haberla escogido yo.

—Puede que tenga razón —contestó el doctor—. Puede que mi amigo debiera haberle llevado consigo; pero el desaire, si es que lo hay, fue sin querer. ¿Y tampoco le gusta el señor Arrow?

—Tampoco, señor. Creo que es un buen marinero, pero se muestra demasiado liberal con la tripulación para ser un buen oficial. El segundo de a bordo debe permanecer siempre al margen... ¡no debería beber en compañía de simples marineros!

—¿Quiere usted decir que bebe? —preguntó el caballero.

—No, señor —contestó el capitán—. Solo que se deja tratar con demasiada familiaridad.

—Veamos, capitán, en resumidas cuentas, ¿qué es lo que desea usted? —preguntó el doctor.

—Pues bien, caballeros, ¿siguen empeñados en emprender esta travesía?

—Nada nos hará cambiar de parecer —contestó el caballero.

—Muy bien —dijo el capitán—. Entonces, ya que con mucha paciencia me han oído decir cosas que no puedo probar, oigan unas cuantas palabras más. Están colocando la pólvora y las armas en la bodega de proa. Ahora bien, tienen ustedes un buen lugar debajo de su camarote; ¿por qué no las colocan en él?... Esto para empezar. Además, llegan ustedes con cuatro de su propia gente, y me dicen que algunos de ellos deben alojarse en la proa. ¿Por qué no les dan los camarotes que hay aquí, al lado de los de ustedes... Este es el segundo punto.

—¿Queda alguno? —preguntó el señor Trelawney.

—Sí, uno más —dijo el capitán—. Ya se ha chismorreado demasiado.

—Demasiado, en efecto —corroboró el doctor.

—Les diré lo que he oído con mis propias orejas —prosiguió el capitán Smollett—: que tienen ustedes el mapa de una isla; que en él hay cruces que indican dónde se encuentra el tesoro; y que la isla se halla...

Y procedió a nombrar la latitud y longitud exactas.

—¡Jamás le he revelado eso a nadie! —exclamó el caballero.

—Pues la marinería lo sabe, señor —contestó el capitán.

—¡Habrá sido usted, Livesey, o bien Hawkins! —exclamó el caballero.

—Poco importa quién haya sido —replicó el doctor.

Y, por lo que pude observar, ni él ni el capitán hacían demasiado caso de las protestas del caballero Trelawney. Tampoco lo hacía yo, a decir verdad, ya que era hombre de lengua floja; y, con todo, en aquel caso creo que tenía realmente razón y que nadie había revelado la posición de la isla.

—Bien, caballeros —prosiguió el capitán—. No sé quién tiene el mapa en cuestión, pero insisto en que sea guardado en secreto, incluso para mí y para el señor Arrow. De no ser así, les rogaré que me permitan presentar mi dimisión.

—Entiendo —dijo el doctor—. Desea usted que llevemos este asunto a escondidas, y que convirtamos en un fortín la parte de popa del buque, guarnecido por la propia gente de mi amigo, bien pertrechada con todas las armas y pólvora que hay a bordo. Dicho de otro modo, teme usted que la tripulación se amotine.

—Señor —dijo el capitán Smollett—, sin intención alguna de ofender, le niego a usted el derecho de hablar por mí. Ningún capitán, señor, zarparía con justificación si tuviera motivos para afirmar tal cosa. En cuanto al señor Arrow, le tengo por hombre de pies a cabeza; y lo mismo digo de algunos de los marineros; puede que incluso todos lo sean, a juzgar por lo que sé. Pero soy responsable de la seguridad del buque y de la vida de cuantos naveguen en él. Y a mi modo de ver, las cosas no andan como debieran. Así que les pido que tomen precauciones o que me permitan presentarles la dimisión. Eso es todo.

—Capitán Smollett —empezó a decir el doctor, sonriendo—, ¿oyó usted contar alguna vez la fábula de la montaña y el ratón? Ya me perdonará usted, capitán, pero me recuerda esa fábula. Apuesto mi peluca a que entró usted aquí con el propósito de decir algo más que lo que nos ha dicho hasta ahora.

—Doctor —dijo el capitán—, es usted muy agudo. En efecto, entré con la intención de dimitir. No se me había pasado por la imaginación que el señor Trelawney se mostrara dispuesto a escuchar siquiera una palabra.

—¡Lo mismo digo! —exclamó el caballero—. De no haber sido porque el doctor Livesey se hallaba presente, le hubiese mandado al diablo. El caso, empero, es que le he escuchado. Haré lo que usted desea; aunque ello no mejora en nada la opinión que de usted tengo.

—Eso es cosa suya, señor —dijo el capitán—. Ya verá usted que sé cumplir con mi deber.

Y tras decir esto, se fue.

—Trelawney —dijo el doctor—, en contra de lo que esperaba, ha sabido usted agenciarse dos tripulantes honrados: ese hombre que acaba de salir y John Silver.

—¡Solo Silver, si me hace el favor! —exclamó el caballero—. Pero, en lo que se refiere a ese farsante insoportable, declaro solemnemente que su conducta me parece poco varonil, indigna de un marino y totalmente impropia de un inglés.

—Bueno —dijo el doctor—; ya veremos.

Cuando salimos a cubierta, los hombres habían empezado ya a trasladar las armas y la pólvora; cantaban mientras lo hacían, vigilados de cerca por el capitán y el señor Arrow.

Me sentí complacido por las nuevas disposiciones. Toda la goleta había sido reformada; a popa se habían hecho seis camarotes, en lo que antes fuera la parte trasera de la bodega principal; y tales camarotes se comunicaban con la cocina y con el castillo de proa solamente por medio de un pasadizo construido a babor. En principio se había pensado que los seis camarotes fuesen ocupados por el capitán, el señor Arrow, Hunter, Joyce, el doctor y el caballero. Pero ahora Redruth y yo ocuparíamos dos de ellos, mientras que el capitán y el señor Arrow dormirían en la toldilla por donde se bajaba a los camarotes, la cual había sido ensanchada por ambos lados, hasta casi quedar convertida en una especie de camareta alta. Su techo, por supuesto, seguía siendo muy bajo; pero quedaba espacio suficiente para colgar dos hamacas, e incluso el segundo de a bordo parecía satisfecho con la nueva disposición. Puede que hasta él hubiese sentido ciertas dudas con respecto a la tripulación; mas eso es solamente una suposición, pues, como veréis más adelante, no disfrutamos mucho tiempo del favor de su opinión.

Todos trabajábamos duramente cambiando la pólvora y los camarotes cuando los dos últimos marineros, y John el Largo entre ellos, llegaron en una barca del puerto.

El cocinero trepó por el costado con la agilidad de un mono, y en cuanto vio lo que estábamos haciendo, dijo:

—¡Caramba, compañeros! ¿Qué es esto?

—Estamos cambiando la pólvora de sitio, Jack —le respondió uno de los marineros.

—¡Voto a bríos! —exclamó John el Largo—. ¡Si hacemos eso perderemos la marea de la mañana!

—¡Órdenes mías! —exclamó el capitán secamente—. Puedes bajar a la cocina. Los hombres querrán cenar.

—¡Bien, bien, señor! —respondió el cocinero.

Y, tocándose el mechón de pelo que le caía sobre la frente, desapareció enseguida en dirección a su cocina.

—He aquí a un buen hombre, capitán —dijo el doctor.

—Muy probable que así sea, señor —replicó el capitán Smollett—. ¡Cuidado con eso, muchachos! ¡Cuidado! —agregó, dirigiéndose a los hombres que trasladaban los barriles de pólvora.

Y de pronto, observando que yo me hallaba examinando el cañoncito que llevábamos instalado en medio de la cubierta, una pieza larga del nueve, me dijo:

—¡Eh, grumete! ¡Deja eso y vete a ver al cocinero! ¡Que te dé trabajo!

Y luego, mientras me alejaba apresuradamente, le oí decir al doctor, con voz bastante alta:

—No quiero favoritismos a bordo de mi buque.

Os aseguro que empecé a compartir plenamente la opinión del caballero, odiando profundamente al capitán.

X

El viaje

Pasamos la noche entera en medio de gran actividad, estiban-
do las cosas en su lugar, en tanto que se nos acercaban embarcaciones cargadas de amigos del caballero Trelawney —el
señor Blandly y otros por el estilo—, que venían a desearle
un feliz viaje y un regreso sano y salvo. Nunca había pasado
una noche tan atareada en el Almirante Benbow, así que, cuando poco antes del amanecer el contramaestre tocó su silbato
y la tripulación comenzó a manejar las barras del cabrestante,
me sentía completamente rendido. Empero, aunque me hubiese sentido doblemente agotado, no habría abandonado la
cubierta; todo resultaba tan nuevo e interesante para mí... las
órdenes, breves y secas; las notas agudas del silbato; los hombres apresurándose a ocupar sus puestos bajo la luz de los
faroles del buque.

—Anda, Barbacoa, cántanos una tonada —dijo una
voz.

—La antigua —añadió otra.

—Bien, bien, compañeros —dijo John el Largo, que ron-
daba por allí cerca con la muleta bajo el brazo, y al instante
entonó la melodía y las palabras que yo tan bien conocía:
«Quince hombres tras el cofre del muerto...».

A lo que los demás corearon: «¡Oh, oh, oh, y una botella
de ron!».

Y al tercer «¡oh!» empujaban las barras como un solo hombre.

Incluso en medio de la excitación de aquel momento me sentí transportado en un segundo al viejo Almirante Benbow; y me pareció oír la voz del capitán entonando el coro. Mas no tardó el áncora en quedar izada y chorreando en las amuras, al tiempo que se hinchaban las velas y la tierra y las demás embarcaciones pasaban por nuestros costados; y antes de que pudiera echarme para dormir una horita, la *Hispaniola* había comenzado ya su viaje rumbo a la isla del tesoro.

No voy a relataros el viaje detalladamente. Baste con deciros que fue bastante bueno. El buque demostró ser muy marinero; la tripulación estaba formada por buenos navegantes y el capitán conocía su oficio concienzudamente. Pero antes de que alcanzásemos la isla del tesoro, acaecieron dos o tres cosas que merecen ser conocidas.

El señor Arrow, en primer lugar, resultó mucho peor de lo que se temía el capitán. No tenía autoridad entre los hombres, y la gente hacía lo que le venía en gana con él. Mas no puede decirse ni mucho menos que eso fuese lo peor, pues, cuando llevábamos uno o dos días de navegación, el segundo empezó a presentarse en cubierta con ojos vidriosos, mejillas coloradas y lengua vacilante, así como otros síntomas de ebriedad. Una y otra vez se le castigó mandándole bajar al sollado. A veces se caía y se hacía algún corte; otras, se quedaba tumbado todo el santo día en su pequeña litera, colocada en uno de los lados de la toldilla; en otras ocasiones, permanecía casi sobrio durante uno o dos días y cumplía sus quehaceres, cuando menos de modo pasable.

Mientras tanto, nunca pudimos averiguar de dónde sacaba la bebida. Aquel era el misterio del buque. Por mucho que le vigilásemos, jamás lográbamos resolver la incógnita;

y cuando se lo preguntábamos descaradamente, solía reírse y nada más, cuando estaba borracho, y, si estaba sobrio, negaba con toda solemnidad que jamás bebiese otra cosa que no fuera agua.

No solamente resultaba un inútil como oficial, además de una mala influencia sobre los hombres, sino que se veía claramente que si seguía con esas no tardaría en matarse de tanto beber; de manera que nadie se sorprendió mucho, ni sintió gran pena por él, cuando una noche oscura, con el mar de proa, desapareció sin dejar rastro y nunca volvimos a verle.

—¡Habrá caído por la borda! —dijo el capitán—. Bien, caballeros, eso nos ahorra la tarea de ponerle los grilletes.

Pero nos quedamos sin segundo de a bordo; por lo que, naturalmente, fue necesario ascender a uno de los marineros. El contramaestre, Job Anderson, parecía el más indicado para ocupar el puesto y, aunque conservó su antiguo rango, en cierto modo pasó a desempeñar las funciones de primer oficial. El señor Trelawney ya había navegado, por lo que sus conocimientos le hacían muy útil, ya que a menudo, cuando el tiempo era bueno, se encargaba de montar la guardia. Y el timonel, Israel Hands, era un viejo lobo de mar, prudente y hábil, en el que se podía confiar plenamente.

Gozaba en gran manera de la confianza de John Silver el Largo; y ahora que cito el nombre de este, os hablaré del cocinero de nuestro buque, de Barbacoa, que es como le llamaban los hombres de a bordo.

Cuando circulaba por el buque, llevaba la muleta colgada de una cuerda alrededor del cuello, con el fin de tener ambas manos tan libres como le fuera posible. Era todo un espectáculo verle meter el pie de la muleta en un mamparo, como si se tratase de una cuña, y, apoyado de tal guisa, ceder al compás de todos los movimientos de la nave, sin dejar de ocuparse de sus perolas, igual que si estuviera tranquilamente en tierra firme. Aún más extraordinario resultaba verle cruzar la cubierta en plena tormenta. Se había hecho instalar uno o dos cabos —que la marinería llamaba «las anillas de John el Largo»— para facilitarle la tarea de cruzar los trechos más amplios; y a fuerza de manos, ayudándose a veces con la muleta, otras llevándola a rastras colgada del cuello, se trasladaba de un lugar a otro, con la misma rapidez con que otro hombre lo hubiese hecho andando. Y, con todo, algunos de los marineros, los que anteriormente habían navegado con él, expresaban la lástima que les inspiraba verle reducido a aquella condición.

—No es un hombre corriente, Barbacoa —me dijo el timonel—. Fue a una buena escuela cuando era joven, y cuando quiere sabe hablar como un libro; y valiente... ¡un león no es nada al lado de John el Largo! Yo le he visto enfrentarse a cuatro leones, haciéndoles chocar la cabeza unos contra otros, y además desarmado.

Toda la tripulación le respetaba, e incluso le obedecía. Sabía cómo hablar con cada uno de los marineros, así como prestarle a todo el mundo algún servicio determinado. Conmigo se mostraba incansablemente bondadoso; y se alegraba siempre al verme en la cocina, que tenía tan limpia como una patena, con los platos colgados, resplandecientes de tanto bruñirlos, y el loro en su jaula, colocada en un rincón.

—Vente por aquí, Hawkins —solía decirme—. Vente a echar una parrafada con John. Ninguna compañía aprecio tanto como la tuya, hijo mío. He aquí al Capitán Flint... le llamo Capitán Flint al loro en honor del famoso bucanero... he aquí al Capitán Flint, digo, prediciendo el éxito de nuestro viaje. ¿No era eso lo que hacías, capitán?

Y el loro empezaba a decir muy deprisa:

—¡Pesos duros españoles! ¡Pesos duros españoles! ¡Pesos duros españoles!

Y así seguía hasta que uno se maravillaba de que no se

quedase sin aliento o hasta que John cubría la jaula con su pañuelo.

—Ese pájaro —solía decir John— tiene quizá doscientos años, Hawkins... viven eternamente, en su mayoría; y si alguien hay que haya visto mayor maldad que él, ese alguien será el diablo en persona. Ha navegado con England, el gran capitán England, el pirata. Ha estado en Madagascar, y en Malabar, en Surinam, en Providencia y en Portobelo. Estuvo presente cuando el rescate de los galeones cargados de plata que habían sido echados a pique. Allí fue donde aprendió eso de los pesos duros españoles, cosa nada extraña, pues había trescientos cincuenta mil de ellos, Hawkins, ¡nada menos! Presenció el abordaje del *Virrey de las Indias,* a la altura de Goa. Y, sin embargo, viéndolo, uno diría que no es más que un polluelo. Pero tú oliste la pólvora, ¿no es verdad, Capitán?

—¡Listos para zarpar! —chillaba el loro.

—¡Ah, qué pájaro más hermoso! —decía el cocinero, dándole azúcar que se sacaba del bolsillo; y entonces el loro picoteaba las barras de la jaula y prorrompía en juramentos, haciendo pasar su creencia por maldad—. Mira —añadía John—, no se puede tocar brea sin ensuciarse las manos, muchacho. Aquí tienes a ese pobre, viejo e inocente pájaro mío, jurando como un demonio y sin saber lo que hace, puedes estar seguro. Juraría del mismo modo ante un capellán, pongamos por caso.

Y John se tocaba el mechón de la frente con ademán solemne que me hacía considerarle el mejor de los hombres.

Entretanto, el caballero y el capitán Smollett seguían manteniéndose distanciados. El primero no se andaba con ambages: despreciaba al capitán. Este, por su parte, jamás hablaba salvo cuando le interpelaban, y entonces lo hacía con brevedad y sequedad, sin decir una palabra de más. Reconocía, cuando se veía acorralado, que al parecer se había equivocado en lo que a la tripulación se refería, y afirmaba que algunos de los marineros eran tan competentes como era dado esperar y que todos ellos se comportaban bastante bien. En cuanto al buque, se había encariñado mucho con este.

—Se ciñe al viento un punto más de lo que un hombre tiene derecho a esperar de su propia esposa legítima, señor. Pero —proseguía diciendo—, lo único que le digo es que todavía no hemos regresado a casa, y no me gusta la travesía.

El caballero, al oírle, le volvía la espalda y echaba a andar arriba y abajo por la cubierta, con el mentón apuntando hacia el aire.

—Un pelín más de ese hombre —decía— y explotaré.

Tuvimos un poco de tormenta, lo cual sirvió para demostrar las cualidades de la *Hispaniola*. Todos los hombres que había a bordo parecían la mar de satisfechos, y en verdad que, de no haberlo estado, hubiese sido por ser difíciles de contentar, pues creo que nunca ha habido una tripulación tan mimada desde que Noé zarpó con el Arca. La menor excusa bastaba para doblarles la ración de grog;* había budín de harina de vez en cuando, por ejemplo, al enterarse el caballero de que era el cumpleaños de alguno de los tripulantes; y había siempre un barril de manzanas abierto en mitad del combés, para que a quien le apeteciera pudiera servirse.

—Nunca que yo sepa salió nada bueno de todo eso —le dijo el capitán al doctor Livesey—. Los marineros, cuando se les mima, se convierten en auténticos demonios. Esa es mi creencia.

Pero, como veréis más adelante, el barril de manzanas nos hizo un gran bien, pues, de no haber sido por él, nos hubiésemos visto cogidos por sorpresa y tal vez hubiéramos perecido todos a manos de la traición.

* Bebida alcohólica compuesta de ron o coñac mezclados con agua (caliente por lo general), azúcar y limón. *(N. del T.)*

Así fue como sucedió.

Habíamos navegado en busca de los alisios con el fin de que estos nos empujasen a la isla que andábamos buscando (no se me permite ser más explícito) y ya nos hallábamos navegando hacia ella, atentos los vigías a su aparición, ya fuese de día o de noche. Era más o menos el último día de nuestro viaje de ida, a tenor de un cálculo general; en algún momento de aquella misma noche, o a más tardar, antes del mediodía de la mañana siguiente, avistaríamos la isla del tesoro. Llevábamos rumbo S.SO. y navegábamos a favor de una brisa firme del través, en un mar tranquilo. La *Hispaniola* surcaba las aguas limpiamente, hundiendo de vez en cuando el mostacho en una montaña de espuma. Todo iba a pedir de boca, tanto en cubierta como en el aparejo; la tripulación entera mostraba un espíritu excelente, pues sabía que nos encontrábamos cerca ya del final de la primera parte de nuestra aventura.

Ahora bien, instantes después de ponerse el sol, en cuanto hube terminado todos mis quehaceres y me dirigía hacia mi camarote, se me ocurrió comerme una manzana. Fui corriendo a cubierta. La guardia se hallaba en la proa, avistando el horizonte por si aparecía la isla. El hombre del timón vigilaba la orza de la vela, silbando suavemente para sí; y, exceptuando el susurro de las aguas al chocar contra las amuras y los costados del buque, aquel era el único sonido que se oía a bordo.

Me asomé al barril de manzanas, hasta casi entrar en él, y vi que apenas quedaba una sola; mas, hallándome allí dentro, sentado en la oscuridad, empezaba a amorrodarme a causa del sonido de las aguas y del balanceo del buque, o tal vez me había ya dormido, cuando cerca de allí se oyó el fuerte ruido que hacía un hombre corpulento al sentarse al lado. El barril se estremeció al apoyar el hombre sus hombros en él, y me disponía a ponerme de pie de un salto cuando el hombre empezó a hablar. Era la voz de Silver, y, antes de que hubiese oído una docena de palabras, ya no me hubiese dejado ver por nada del mundo; en vez de ello, me quedé donde estaba, tembloroso y a la escucha, lleno de temor y de curiosidad, pues aquella docena de palabras bastaron para darme a entender que las vidas de todos los hombres de bien que había a bordo dependían exclusivamente de mí.

XI

Lo que oí desde el barril de manzanas

—No, yo, no —decía Silver—. El capitán era Flint; yo era el cabo de mar, a causa de mi pata de palo. La misma andanada que me arrancó la pierna a mí dejó ciego al viejo Pew. Era un cirujano de primera, el que me amputó la pierna... había estudiado medicina, sabía latín y todo lo que queráis; pero fue ahorcado como un perro, y su cadáver quedó colgado secándose al sol al igual que el de todos los demás, en el castillo del Corso. Eran los hombres de Robert aquellos, y todo les vino por haber cambiado los nombres de sus buques... *Royal Fortune* y cosas así. Ahora, digo yo, cuando a un buque se le da un nombre, hay que dejárselo. Eso sucedió en el caso del *Cassandra*, el que nos llevó a todos a casa, sanos y salvos, después de que England se apoderase del *Virrey de las Indias*; y lo mismo digo del viejo *Walrus*, el antiguo buque de Flint, al que vi empapado de sangre roja y a punto de irse a pique de tanto oro como llevaba.

—¡Ah! —exclamó otra voz, la del marinero más joven de a bordo, lleno a todas luces de admiración—. ¡Era la flor y nata de la profesión, el tal Flint!

—Pues Davis era todo un tipo también; mírese por donde se mire —dijo Silver—. Aunque nunca navegué a sus órdenes; primero lo hice con England, luego con Flint, y nada más; y ahora en este buque, por cuenta propia, en cierto modo.

Con England ahorré novecientas libras limpias, y dos mil con Flint. No está mal para un simple marinero... lo tengo todo bien guardado en un banco. No es lo que se gana lo importante, sino lo que se ahorra, tenlo por seguro. ¿Adónde han ido a parar todos los hombres de England? No lo sé. ¿Y los de Flint? Pues, casi todos están a bordo de este buque, y dándose la gran vida... Pero algunos de ellos tuvieron que mendigar por ahí antes de embarcarse. El viejo Pew, el que perdió la vista, él mismo se gastó mil doscientas libras en un año, igual que un lord del Parlamento. ¿Y dónde está ahora? Pues bien, ahora está muerto y enterrado; pero, dos años antes de eso, ¡voto a bríos!, el desgraciado se moría de hambre. Iba por ahí mendigando, robando y degollando y, pese a ello, se moría de hambre. ¡Voto a bríos!

—Bueno, pues entonces no le servirá de mucho, si bien se mira —dijo la otra voz, la del marinero más joven.

—No les sirve de mucho a los tontos... ni eso ni nada. ¡Tenlo por seguro! —exclamó Silver—. Pero, óyeme; tú eres joven, lo eres, pero eres listo como el que más. Me di cuenta en cuanto te eché los ojos encima, y te hablaré de hombre a hombre.

Podéis imaginaros cómo me sentiría yo al oír a aquel viejo canalla adulando a su compañero con las mismas palabras con que antes me adulara a mí. Creo que, de haber podido hacerlo, le hubiese dado muerte desde el interior del barril. Él, mientras tanto, siguió hablando, sin sospechar lo más mínimo que alguien le estaba oyendo.

—Lo que sucede con los caballeros de fortuna es que viven a salto de mata, y se arriesgan a que los cuelguen; pero comen y beben como gallos de pelea, y cuando concluye una de sus travesías, ¡caramba!, son cientos de libras y no de peniques lo que se echan al bolsillo. Ahora, la mayor parte se la gastan en ron y en juergas, y luego tienen que hacerse otra vez a la mar, sin más pertenencias que lo que llevan puesto.

Pero no es ese el rumbo que sigo yo. Yo lo guardo todo, un poco aquí, otro poco allí, y nunca demasiado en un solo sitio, no fuese a levantar sospechas. Tengo cincuenta años, ¿sabes? Y cuando volvamos de este viaje, me instalaré como un caballero de verdad. Dirás que ya era hora; ¡ah!, pero es que mientras he estado viviendo tranquilamente, sin negarme jamás ningún capricho, durmiendo en cama de plumas y comiendo cosas exquisitas, salvo cuando me hallaba en el mar. ¿Y cómo empecé? Pues, de simple marinero, igual que tú.

—Sí —dijo el otro—, pero de todo aquel dinero ya no le queda nada, ¿no es así? Después de esto no se atreverá a asomar la cara por Bristol.

—¡Anda! ¿Y dónde supones que lo tengo? —preguntó Silver, con acento desdeñoso.

—En Bristol... en algún banco y sitios parecidos —contestó su compañero.

—Así era —dijo el cocinero—; así era cuando levamos anclas. Pero ahora lo tiene todo mi mujer. Y El Catalejo ha sido vendido, con todo cuanto hay en él; y mi mujer se ha ido para reunirse conmigo. Te diría adónde, pues tengo confianza en ti; pero eso despertaría envidia entre los demás compañeros.

—¿Y se puede fiar de su mujer? —preguntó el otro.

—Los caballeros de fortuna —replicó el cocinero— suelen fiarse poco unos de otros, y bien que hacen, por cierto. Pero yo tengo mis propios métodos, sí, señor. Cuando un compañero suelta amarras, quiero decir uno que me conozca, no sigue mucho tiempo en el mismo mundo que el viejo John. Algunos le tenían miedo al viejo Pew; otros se lo tenían a Flint; pero el mismo Flint me temía a mí. Era temido, y estaba orgulloso de ello. Su tripulación era la más ruda de todos los mares; así era la gente de Flint. El mismísimo diablo hubiese temido hacerse a la mar con ellos. Pues bien, oye lo que te digo: no soy hombre dado a fanfarronear, y tú mismo has visto con tus propios ojos cuán fácil es tratarme; pero cuando era cabo de mar, a los viejos bucaneros de Flint no les llamaba corderos, sino cosas peores. ¡Ah, puedes estar tranquilo en el buque del viejo John!

—Bien, voy a decirle algo —respondió el muchacho—: mi trabajo a bordo no me gustaba ni pizca hasta ahora, después de tener esta conversación con usted, John. ¡Ea, he aquí mi mano!

Para entonces yo ya había empezado a comprender los términos que empleaban. Al hablar de «caballeros de fortuna» se referían, evidentemente, a simples piratas, ni más ni menos; y la pequeña escena de la que acababa de ser testigo no era sino el último acto en la labor de corrupción de uno de los marineros honrados; tal vez del último de ellos que quedaba a bordo. Pero acerca de eso no tardaría en tranquilizarme, pues Silver dio un silbidito y un tercer hombre apareció y fue a sentarse con los otros dos.

—Dick ya es de los nuestros —dijo Silver.

—Oh, ya lo sabía —replicó la voz del timonel, Israel Hands—. No es ningún tonto este Dick.

Lo oí volverse y escupir tabaco.

—Pero oye —prosiguió luego—, hay algo que deseo saber, Barbacoa: ¿cuánto tiempo vamos a estar yendo de un lado para otro como un bote viandero? Ya estoy más que harto del capitán Smollett; me tiene abrumado de trabajo desde hace tiempo, ¡rayos y truenos! Quiero entrar en aquel camarote, eso es lo que quiero. Quiero probar esos escabeches y vinos y demás cosas que llevan ahí.

—Israel —dijo Silver—, tu cabeza no vale mucho, ni ahora ni nunca. Pero eres capaz de oír, eso lo reconozco; al menos, tienes las orejas bastante grandes. Bueno, pues escúchame: te alojarás en el castillo de proa, y vivirás duramente, y hablarás en voz baja y no probarás ni gota, hasta que yo dé la señal; y eso puedes darlo por seguro, compañero.

—Bueno, ¿es que te he dicho que no quiero hacerlo? —gruñó el timonel—. Lo que quiero saber es esto: ¿cuándo? Eso es lo que quiero que me digas.

—¡Cuándo! ¡Voto a bríos! —exclamó Silver—. Pues, si quieres saberlo, ya te diré cuándo. Cuando más tarde, mejor: he aquí tu «cuándo». Tenemos a un navegante de primera gobernando el buque para nosotros, el capitán Smollett. Tenemos al caballero y al doctor con el correspondiente mapa y otras cosas útiles... y yo no sé dónde lo guardan, ¿no es así? Y estarás de acuerdo conmigo en que tampoco tú lo sabes, ¿no? Pues bien, lo que quiero es que el tal caballero y el tal doctor nos encuentren el botín, y nos ayuden a subirlo a bordo, ¡voto a bríos! Entonces, ya veremos. Si estuviera seguro de todos vosotros, malditos seáis, dejaría que el capitán Smollett nos condujera hasta la mitad del viaje de vuelta antes de dar el golpe.

—Pero si todos los de a bordo somos marineros, diría yo —dijo el muchacho, Dick.

—Que somos simples marineros, querrás decir —contestó secamente Silver—. Somos capaces de mantener una derrota, ¿pero quién va a fijarla? En esto es en lo que todos vosotros, caballeros, flaqueáis, del primero al último. Si de mí dependiera, dejaría que el capitán Smollett nos llevase hasta donde soplan los alisios, cuando menos; entonces no habría errores de cálculo ni tendríamos que conformarnos con una sola cucharada de agua al día. Pero sé qué clase de gente sois. Acabaré con ellos en la isla, en cuanto el dinero esté a bordo, y será una lástima. Pero no estáis contentos hasta haberos emborrachado. ¡Así reviente! ¡Me da asco navegar con tipos como vosotros!

—¡Tranquilo, John el Largo! —exclamó Israel—. ¿Quién se está metiendo contigo?

—¡Vaya! ¿Cuántos buques excelentes crees que he visto abordar? ¿Y a cuántos muchachos que prometían crees que he visto puestos a secar en la dársena de las Ejecuciones? —preguntó Silver—. Y todo por la prisa, la prisa, la maldita prisa. ¿Me oyes? He visto más de una cosa en el mar, te lo digo. Si os conformáis con seguir el rumbo, un punto a barlovento, podríais tener vuestros propios carruajes, eso es lo que podríais hacer. ¡Pero no! Os conozco. Mañana os empaparéis de ron y acabaréis en la horca.

—Todo el mundo sabía que eras una especie de capellán, John; pero había otros que sabían arreglárselas tan bien como tú —dijo Israel—. Les gustaba pasárselo bien, es cierto. No eran tan secos como tú, nada de eso; sino que les gustaba echar una canita al aire, como buenos compañeros.

—¿De veras? —preguntó Silver—. Dime, pues, ¿dónde están ahora? Pew era de esos, y murió hecho un mendigo. Flint también, y murió a causa del ron en Savannah. ¡Ah, menuda tripulación aquella! Solo que, ¿adónde han ido a parar?

—Pero —dijo Dick—, cuando les tengamos atados de pies y manos, ¿qué vamos a hacer con ellos?

—¡Ese es mi hombre! —exclamó el cocinero, lleno de admiración—. ¡A eso llamo yo hablar claro! Bueno, ¿a ti qué te parece? ¿Dejarlos abandonados en tierra? Eso es lo que hubiese hecho England. ¿O convertirlos en picadillo como si fuesen cerdos? Tal como hubieran hecho Flint o Billy Bones.

—Billy hubiese obrado así —dijo Israel—. «Los muertos no muerden», solía decir. Pues ahora él mismo está muerto; ahora conoce los dos lados de la moneda, y si alguna vez hubo un hombre rudo que llegase a puerto, ese hombre fue Billy.

—Tienes razón —dijo Silver—; rudo y dispuesto a lo que fuese. Pero fíjate bien: yo soy hombre tranquilo... todo un caballero, según tú mismo; pero esta vez va en serio. El deber es el deber, compañeros. Voy a daros mi voto: muerte. Cuando esté en el Parlamento y vaya en carruaje propio, no quiero que ninguno de esos tipos cargantes que hay en el camarote se presente de pronto en casa, como el diablo en la iglesia, para buscarme las cosquillas. Digo que hay que esperar, pero, cuando llegue el momento, ¡duro con ellos!

—¡John —exclamó el timonel—, eres todo un hombre!

—Ya me lo dirás cuando lo veas con tus propios ojos, Israel —dijo Silver—. Solo reclamo una cosa: a Trelawney. Le retorceré el pescuezo con estas manos; le arrancaré la cabeza. ¡Dick! —agregó, cambiando de tema—: ¡Anda, sé bueno y cógeme una manzana del barril! ¡Necesito refrescarme el gaznate!

¡Podréis imaginaros el terror que se apoderó de mí! De haber tenido fuerzas suficientes, me hubiese levantado para salir huyendo a todo correr; pero las piernas y el corazón me traicionaron. Oí que Dick empezaba a levantarse y entonces, al parecer, alguien le detuvo y se oyó exclamar a la voz de Hands:

—¡Oh, deja eso! ¡No te conformes con chupar esa porquería, John! Vamos a echar un trago de ron.

—Dick —dijo Silver—, de ti puedo fiarme. Tengo una señal hecha en el barril, así que ándate con cuidado. Toma la llave; llena un cacillo y tráetelo para aquí.

A pesar del terror que me atenazaba, no pude menos que decirme a mí mismo que aquella debía de ser la forma en que el señor Arrow se hacía con la bebida que acabara con él.

Dick se marchó, pero durante un rato, durante su ausencia, Israel se puso a hablarle al oído al cocinero. No pude pescar más que una o dos palabras, y, sin embargo, conseguí enterarme de unas cuantas noticias importantes; pues, además de los retazos de conversación tendentes al mismo fin, a mis oídos llegó entera la siguiente frase:

—No se nos unirá ningún otro hombre.

Aquello me hizo comprender que seguía habiendo gente fiel a bordo.

Al regresar Dick, uno tras otro bebieron del cacillo y

brindaron; uno dijo «¡Que haya suerte!»; el otro, «¡A la salud del viejo Flint!»; y el propio John Silver, con una especie de sonsonete, brindó del siguiente modo:

—¡A nuestra salud y que haya abundancia de dinero y de comida!

Justo en aquel momento me vi iluminado dentro del barril por una especie de resplandor, y, al alzar la mirada, vi que la luna brillaba en el firmamento y que plateaba la cruceta del palo de mesana al tiempo que hacía resaltar la blancura de la orza del trinquete; y casi en el mismo instante, la voz del vigía gritó:

—¡Tierra a la vista!

XII

Consejo de guerra

Hubo un gran revuelo de pisadas que cruzaban la cubierta, y oí que la gente salía en tropel de los camarotes y del castillo de proa; salí deslizándome sigilosamente del barril, me metí por debajo de la vela del trinquete y, dando una vuelta hacia popa, me dejé ver en cubierta a tiempo de unirme a Hunter y al doctor Livesey, que se dirigían apresuradamente hacia la amura de barlovento.

Toda la marinería ya se hallaba congregada allí. Un poco de niebla se había levantado casi simultáneamente con la aparición de la luna. A lo lejos, hacia el sudoeste de donde nos hallábamos, divisamos dos colinas bajas, separadas entre sí por un par de millas más o menos, detrás de las cuales se alzaba una tercera, más alta esta, cuya cima seguía oculta entre la niebla. Las tres parecían escarpadas y de forma cónica.

Todo aquello lo vi como en sueños, pues aún no me había sobrepuesto al temor que en mí inspiraba la conversación que acababa de oír uno o dos minutos antes. Y entonces oí la voz del capitán Smollett dando órdenes. La *Hispaniola* se ciñó un par de puntos más hacia el viento, siguiendo una derrota que nos dejaría cerca de la costa oriental de la isla.

—Y ahora, muchachos —dijo el capitán, una vez todas las velas quedaron en la posición correcta—: ¿alguno de vosotros ha visto alguna vez esa tierra que tenemos a proa?

—Yo, señor —dijo Silver—. Aquí aguó una vez el carguero en que yo iba de cocinero.

—El fondeadero se halla al sur, detrás de una isleta, según tengo entendido, ¿no es cierto? —preguntó el capitán.

—Así es, señor; la llaman la isla del Esqueleto. Era un punto de reunión de piratas en otros tiempos, y uno de los marineros que llevábamos a bordo conocía todos los nombres con que la habían bautizado. A aquella colina hacia el norte la llaman El Trinquete; hay tres colinas en línea hacia el sur... El Trinquete, Mayor y Mesana, señor. Pero la mayor, es decir aquella tan alta que tiene una nube en la cima... a esa solían llamarla El Catalejo, ya que colocaban un vigía allí arriba mientras limpiaban fondos en el fondeadero, pues es allí donde limpiaban fondos, señor, con perdón de usted.

—Tengo un mapa aquí —dijo el capitán Smollett—. Ven a ver si es ese el lugar.

Los ojos de John el Largo ardían en sus cuencas al examinar el mapa, pero, al ver el aspecto nuevo del mismo, comprendí que se iba a llevar un chasco. Aquel no era el mapa que encontráramos en el cofre de Billy Bones, sino una copia exacta, con todos los detalles... nombres, alturas, profundidades; todo salvo una cosa: las cruces rojas y las anotaciones. Pese a lo fuerte que debió de ser su decepción, Silver tuvo suficiente presencia de ánimo como para ocultarla.

—Sí, señor —dijo—; no hay duda de que este es el lugar; y debo decir que está muy bien dibujado. Me pregunto quién lo haría. Los piratas eran demasiado ignorantes para hacerlo. Ah, sí, aquí está: fondeadero del Capitán Kidd... justo el mismo nombre que empleaban mis compañeros de navegación. Por el sur discurre una fuerte corriente, que luego sube hacia el norte siguiendo la costa occidental. Tenía usted razón, señor, al ceñirse al viento y alejarse de la isla. A menos que tuviera usted intención de tocar en ella para carenar; por cierto que no hay para esto mejor lugar en estas aguas.

—Gracias, muchacho —dijo el capitán Smollett—. Ya volveré a pedirte consejo más adelante. Puedes retirarte.

Me sorprendió la sangre fría con que John confesaba sus conocimientos de la isla; y debo reconocer que casi sentí miedo cuando vi que se me acercaba. No estaba enterado, por supuesto, de que yo había oído su conciliábulo desde el interior del barril de manzanas; pero, pese a ello, era tal mi miedo a aquellas alturas ante su crueldad, su doblez y su poder, que a duras penas pude ocultar un estremecimiento cuando colocó su mano en mi brazo.

—¡Ah! —exclamó—. ¡Bonito lugar, esta isla! Le gustará a un chico como tú bajar a tierra en ella. Podrás bañarte, subirte a los árboles y cazar cabras; y tú mismo subirás a la cima de aquellas colinas como si fueses una cabra montés. ¡Caramba, eso me hace rejuvenecer! Estaba a punto de olvidarme de mi pata de palo. Es hermoso ser joven y tener diez dedos en los pies, tenlo por seguro. Cuando quieras explorar un poco, díselo al viejo John y él te preparará un poco de comida para la excursión.

Y dándome una palmadita de lo más amistosa en la espalda, se fue renqueando hacia proa y dejó la cubierta.

El capitán Smollett, el caballero y el doctor Livesey estaban conversando en el alcázar y, pese al ansia que sentía por contarles lo que había averiguado, no osé interrumpirles abiertamente. Mientras seguía estrujándome el magín, en busca de alguna excusa plausible, el doctor Livesey me llamó a su lado. Se había olvidado la pipa abajo, y siendo muy aficionado al tabaco, quería que bajase a buscársela; mas, en cuanto estuve lo bastante cerca como para hablarle sin ser oído por nadie más, empecé mi narración sin perder un instante:

—Déjeme hablarle, doctor. Haga que el capitán y el caballero bajen al camarote, y luego invente alguna excusa para hacerme bajar a mí también. Tengo que darles noticias terribles.

El semblante del doctor se alteró levemente, pero en un segundo recobró su expresión habitual.

—Gracias, Jim —dijo, en voz alta—; eso es todo lo que deseaba saber —agregó, como si me hubiese formulado alguna pregunta.

Y así diciendo, dio media vuelta y se reunió con los otros dos. Hablaron un ratito entre ellos, y, aunque ninguno de ellos se sobresaltó, ni levantó la voz, ni siquiera soltó un silbido de sorpresa, comprendí claramente que el doctor Livesey les había comunicado mi petición, pues acto seguido oí que el capitán daba una orden a Job Anderson y este, tocando su silbato, reunía a toda la tripulación en cubierta.

—Muchachos —dijo el capitán Smollett—. Tengo algo que deciros. Esta tierra que hemos avistado es el lugar adonde nos dirigíamos. El señor Trelawney, que, como todos sabemos, es un caballero sumamente generoso, acaba de hacerme un par de preguntas, a las que he podido responder diciéndole que todos los que estáis a bordo habéis cumplido con vuestro deber, ya fuese en el aparejo o en cubierta; y que lo habéis hecho tan bien como yo podía haberlo deseado. Así que ahora él, el doctor y yo vamos a bajar al camarote a brindar por vuestra salud y prosperidad, y a vosotros se os servirá aquí un buen grog para que bebáis por nuestra salud y prosperidad. Y os diré lo que pienso de todo ello: pienso que el rasgo del caballero es magnífico. Y si pensáis lo mismo que yo, no dudaréis en vitorear al anciano caballero.

Sus palabras fueron seguidas por los vítores... como era obligado; pero parecieron tan sinceros que, lo confieso, apenas podía creer que aquellos mismos hombres estuvieran urdiendo un complot para derramar nuestra sangre.

—¡Otro hurra para el capitán Smollett! —exclamó John el Largo, al apagarse el eco del primero.

También este fue pronunciado con gran entusiasmo.

Entonces los tres caballeros abandonaron la cubierta y

poco después se recibió el recado de que Jim Hawkins hacía falta en el camarote.

Les encontré sentados alrededor de la mesa, con un poco de uva y una botella de vino español ante ellos; el doctor fumaba y tenía la peluca colocada sobre las rodillas, y eso, yo lo sabía muy bien, era señal de que estaba agitado. El ventanal de popa estaba abierto, pues la noche era calurosa, y se divisaba la luna a lo lejos, brillando sobre la estela del buque.

—Vamos a ver, Hawkins —dijo el caballero—, me dicen que tienes algo que contarnos. Habla pues.

Hice lo que me ordenaba y, resumiéndola todo lo que me fue posible, les narré la conversación que mantuvieron Silver y los otros dos. No me interrumpieron hasta que hube terminado, ni ninguno de los tres hizo el menor movimiento; permanecieron con los ojos clavados en mi rostro desde el principio hasta el final de la historia.

—Jim —dijo el doctor Livesey—, toma asiento.

Y me hicieron sentar a la mesa, al lado de ellos, me llenaron una copa de vino y las manos de uva, al mismo tiempo que los tres sin excepción, y uno tras otro, me dedicaban una inclinación de cabeza y bebían a mi salud y me expresaban el reconocimiento que sentían por mi buena suerte y por mi valor.

—Y ahora, capitán —dijo el caballero—, debo reconocer que andaba usted en lo cierto, y que yo me equivoqué. Reconozco que soy un asno y me pongo a sus órdenes.

—No es más asno que yo mismo —replicó el capitán—. Nunca supe de una tripulación que proyectara amotinarse y que no lo denotase de antemano, permitiendo que quien supiera verlo tomase las medidas correspondientes. Pero esta tripulación —añadió— puede más que yo.

—Con su permiso, capitán —dijo el doctor—; detrás de todo esto anda Silver; es un hombre de lo más notable.

—Parecería muy notable colgado de una verga, señor —respondió el capitán—. Pero no hacemos más que hablar, y eso no conduce a nada. Veo tres o cuatro puntos interesantes y, con el permiso del señor Trelawney, los nombraré.

—Usted es el capitán, señor. Así que a usted le corresponde la palabra —dijo el señor Trelawney, con expresión magnánima.

—El primer punto —empezó el capitán Smollett— consiste en que debemos seguir adelante, ya que no podemos regresar. Si diera la orden de poner proa a casa, se alzarían contra nosotros en el acto. El segundo punto estriba en que tenemos tiempo por delante... cuando menos hasta que demos con el tesoro. El tercero: hay hombres leales entre la marinería. Ahora bien, señor, la cosa tiene que estallar antes o después, y lo que me propongo hacer es asir la ocasión por los cabellos, como reza el dicho, y presentarles batalla cuando más nos convenga a nosotros y menos lo esperen ellos. Podemos contar, por lo que creo, con la ayuda de los sirvientes de usted, ¿no es así, señor Trelawney?

—Tanto como conmigo mismo —declaró el caballero.

—Tres —contó el capitán—, que, sumados a nosotros, dan siete, es decir, contando al joven Hawkins. Ahora, veamos: en cuanto a los marineros honrados...

—Los más idóneos son los de Trelawney —dijo el doctor—; o sea, los que escogió él mismo, antes de descubrir a Silver.

—No —replicó el caballero—. A Hands lo escogí yo.

—En verdad que pensé que podría confiar en Hands —agregó el capitán.

—¡Y pensar que todos ellos son ingleses! —estalló el caballero—. ¡De buena gana haría volar el barco por los aires!

—Bien, caballeros —dijo el capitán—, lo mejor que puedo decirles no es gran cosa. Debemos mantenernos al pairo, por así decirlo, y con la venia de ustedes, y permanecer ojo avizor. Resulta pesado, ya lo sé. Sería más agradable pasar a la acción directa. Pero nada podemos hacer hasta saber quiénes nos son leales. ¡Al pairo y ojo al viento! Eso es lo que pienso.

—Jim —dijo el doctor— puede ayudarnos más que nadie. Los hombres le tienen confianza y él es un muchacho observador.

—Hawkins —declaró el caballero— pongo toda mi confianza en ti.

Empecé a sentirme bastante desesperado al oír aquello, pues me sentía completamente impotente; y, sin embargo, a causa del modo curioso en que se sucedieron las circunstancias, fue verdaderamente a través de mí que nuestra seguridad salió bien parada. Mientras tanto, por mucho que habláramos, había solamente siete hombres dignos de confianza entre los veintiséis que había a bordo; y de estos siete, uno era un muchacho, de manera que los hombres hechos y derechos que estaban de nuestro lado eran seis contra diecinueve del otro bando.

TERCERA PARTE

MI AVENTURA EN TIERRA

XIII

Cómo empecé mi aventura en tierra

A la mañana siguiente, cuando subí a cubierta, el aspecto de la isla había cambiado por completo. Aunque la brisa había amainado del todo, durante la noche habíamos avanzado mucho, y ahora nos encontrábamos detenidos a cosa de media milla de la costa del sureste, que era muy baja. Gran parte de la superficie se hallaba cubierta de bosques grisáceos. Aquel color monótono se veía interrumpido aquí y allí por lenguas de arena amarilla en las tierras bajas, y por gran número de altos árboles, de la familia de los pinos, en las altas, algunos de los cuales se hallaban aislados, mientras que otros formaban bosquecillos; pero la coloración general de la isla era uniforme y triste. Las colinas surgían limpiamente de la vegetación formando campanarios de roca desnuda. Todas ellas tenían extrañas formas, y la llamada El Catalejo, que era unos trescientos o cuatrocientos pies más alta que las otras, era asimismo la que presentaba la forma más rara, elevándose empinada por todos los costados hasta que, súbitamente, quedaba cortada por la cima, como si fuera un pedestal que aguardase su estatua.

La *Hispaniola* cabeceaba metiendo los imbornales debajo del agua. Las botavaras tiraban con fuerza de las garruchas, el timón daba bandazos a diestra y siniestra, y todo el buque crujía, rechinaba y se movía como una fábrica. Tuve que asirme firmemente a un estay de popa, y el mundo empezó a girar locamente ante mis ojos, pues, aunque yo era un buen marinero cuando el buque navegaba, aquel estarse parado, balanceándose como una botella, era algo que jamás había aprendido a soportar sin sentir cierta angustia, especialmente de mañana, cuando tenía el estómago vacío.

Tal vez fuera esto, o quizá fuese el aspecto de la isla con sus bosques grises y melancólicos, y sus campanarios de piedra, y el rompiente que a la vez podíamos ver y oír al chocar contra la costa escarpada; al menos, aunque el sol brillaba con fuerza abrasadora, y los pájaros de la costa pescaban graznando en torno nuestro, y se hubiera dicho que a cualquiera le habría apetecido desembarcar después de navegar durante tanto tiempo, lo cierto es que el corazón se me cayó a los pies, como reza el dicho, y desde aquel momento odié la sola idea de la isla del tesoro.

Nos aguardaba una mañana de denodados trabajos, pues no había ni rastro de viento y había que arriar los botes y tripularlos, remolcando el buque tres o cuatro millas alrededor del cabo de la isla, y subir luego por el estrecho corredor que llevaba al fondeadero de la isla del Esqueleto. Me ofrecí voluntariamente para embarcar en uno de los botes, donde, por supuesto, no tenía nada que hacer. El calor era sofocante, y los hombres gruñían fieramente mientras se ocupaban de sus quehaceres. Anderson se hallaba al mando de mi bote, y en lugar de mantener el orden entre la dotación del mismo, gruñía tan fuerte como el que más.

—Bien —dijo, soltando un juramento—; esto no va a durar siempre.

Pensé que aquello era mala señal, ya que, hasta aquel día, los hombres habían realizado sus tareas con presteza y buen ánimo; pero la simple visión de la isla había aflojado los lazos de la disciplina.

Durante toda la operación de remolque, John el Largo

permaneció de pie junto al timonel, guiando el buque. Conocía el corredor como la palma de su mano; y aunque el encargado de la sonda hallaba por todas partes más agua de la que indicaba el mapa, John no titubeó un solo instante.

—Hay una fuerte corriente a causa del reflujo —dijo—, este corredor, por decirlo de algún modo, parece excavado con una pala.

Fondeamos justamente en el lugar en que había un áncora en el mapa, cerca de un tercio de milla de ambos lados de la costa, la de la isla principal por un lado, y la de la isla del Esqueleto por otro. El fondo estaba formado por arena limpia. El chapoteo de nuestra ancla levantó bandadas de pájaros que empezaron a graznar mientras revoloteaban sobre los bosques; pero en menos de un minuto descendieron nuevamente y el silencio volvió a reinar por doquier.

Aquel lugar se hallaba rodeado de tierra por todos los lados, enterrado entre bosques cuyos árboles llegaban hasta la misma marca de las mareas altas; la mayoría de las playas eran llanas, y las cimas de las colinas se alzaban a lo lejos, formando una especie de anfiteatro. Dos riachuelos o, mejor dicho, dos ciénagas, desaguaban en aquel estanque, como muy bien podría llamársele; y el follaje de aquella parte de la isla presentaba un brillo casi venenoso. Desde el buque no divisábamos nada de la casa ni de la empalizada, ya que quedaban completamente enterradas entre los árboles, y, de no haber sido por el mapa, se hubiera podido decir que éramos los primeros en echar el ancla en aquella isla desde que esta surgiera de los mares.

No había ni un soplo de aire, ni otro sonido que el de los rompientes a media milla de distancia, en las playas y en los acantilados. Sobre el fondeadero flotaba un peculiar olor a estancamiento, un olor a hojas empapadas y a troncos podridos. Observé cómo el doctor olfateaba el aire una y otra vez, como quien huele un huevo que no está fresco.

—No sé si habrá algún tesoro aquí —dijo—, pero me apuesto la peluca a que fiebre sí la hay.

Si la conducta de los hombres ya había sido alarmante en el bote, se convirtió en verdaderamente amenazadora al subir a bordo. Formaban grupos en cubierta, gruñendo y charlando por lo bajo. La más leve de las órdenes era recibida con una mirada malhumorada y obedecida a regañadientes, descuidadamente. Incluso los marineros leales debían de haberse contagiado, pues no había a bordo ningún hombre que pudiera corregir el comportamiento de sus compañeros. El motín se cernía claramente sobre nosotros como una nube preñada de tormenta.

Y no éramos solo nosotros, los del grupo del camarote, los que nos dábamos cuenta del peligro. John el Largo andaba afanosamente de grupo en grupo, deshaciéndose en buenos consejos, y en lo que a ejemplo se refería, ningún hombre lo hubiese podido dar mejor. Puede decirse que se superó a sí mismo en solicitud y amabilidad; era todo sonrisas para cuantos estábamos a bordo. Si se daba alguna orden, John se ponía en pie enseguida y, apoyándose en la muleta, soltaba el más alegre «Bien, bien, señor» que jamás se ha oído en el mundo; y cuando no había nada más que hacer, entonaba una canción tras otra, como deseando ocultar el descontento de los demás.

Entre todas las sombrías características de aquella tarde lúgubre, la evidente ansiedad de que daba muestras John el Largo resultaba la peor de todas.

Celebramos consejo en el camarote.

—Señor —dijo el capitán—, si me aventuro a dar una orden más, el buque entero se nos echará encima. Verá usted, señor, así están las cosas: yo doy una orden y me contestan de mala manera, ¿no es así? Pues bien, si replico a la misma, empezará el jaleo; pero, si no lo hago, Silver sospechará que es por algo, y habremos descubierto nuestro juego. Ahora bien, solo nos queda un hombre en quien podamos confiar.

—¿Y de quién se trata? —preguntó el caballero.

—De Silver, señor —contestó el capitán—; está tan ansioso como usted y yo por que las cosas se calmen. Se trata de una desavenencia entre ellos mismos, y, de tener oportunidad de hacerlo, él no tardaría en apaciguarlos. Y lo que me propongo hacer es darle tal oportunidad. Démosles a los hombres una tarde de permiso en tierra. Si bajan todos, entonces nos apoderaremos del buque. Si no, si ninguno baja, pues entonces nos haremos fuertes en el camarote y que Dios proteja a los buenos. Si algunos de ellos se avienen a bajar a tierra, les doy mi palabra de que Silver los traerá de vuelta mansos como corderitos.

Así se decidió; se entregaron pistolas cargadas a todos los hombres que estaban de nuestro lado; pusimos al tanto de lo que ocurría a Hunter, Joyce y Redruth, quienes recibieron la noticia con menor sorpresa y mejor ánimo del que habíamos esperado, y entonces el capitán subió a cubierta y dirigió una alocución a la marinería.

—Muchachos —les dijo—, el día ha sido caluroso y estamos todos cansados y de mal humor. Una vueltecita por tierra no le hará daño a nadie... Los botes siguen arriados, así que podéis cogerlos y quienes quieran pueden ir a pasar la tarde en tierra. Ya os avisaré con un cañonazo media hora antes de que se ponga el sol.

Me parece que los muy tontos creyeron que en cuanto bajaran a tierra no harían más que tropezar con tesoros medio enterrados, pues en un instante sus rostros se iluminaron y soltaron una exclamación de alegría cuyo eco nos devolvió una de las distantes colinas, haciendo que una vez más las bandadas de pájaros remontasen el vuelo y graznaran en torno al fondeadero.

El capitán era demasiado astuto para permanecer a la vista, así que se quitó de en medio inmediatamente y dejó que Silver se encargase de los preparativos; y me imagino que fue una suerte que así lo hiciera. De haberse quedado en cubierta, le hubiese resultado imposible seguir fingiéndose ignorante de la situación, que estaba tan clara como la luz del día. Silver era el capitán, y buena dotación de amotinados era la que tenía bajo sus órdenes. Los marineros leales (y no iba a tardar en comprobar que los había a bordo) debían de ser individuos muy estúpidos. O, mejor dicho, supongo que la verdad era que todos los tripulantes estaban descontentos a causa del ejemplo dado por los cabecillas, solo que algunos lo estaban más que otros; en tanto que otros, siendo buena gente, no permitían que los llevasen por donde otros quisieran. Una cosa es estar ocioso y malhumorado, y otra muy distinta es apoderarse de un buque y asesinar a cierto número de hombres inocentes.

Con todo, la partida quedó finalmente dispuesta. Seis individuos iban a quedarse a bordo, mientras los restantes trece, incluyendo a Silver, empezaban a subir a los botes.

Fue entonces cuando acudió a mi cabeza la primera de las alocadas ideas que tanto contribuirían a nuestra salvación. Si Silver dejaba seis hombres a bordo, estaba claro que no nos sería posible apoderarnos del buque; y, como solo se quedaban seis, resultaba igualmente claro que el grupo del camarote no iba a necesitar de mi ayuda. Enseguida se me ocurrió bajar a tierra. En un periquete me deslicé por el costado del buque y me encontré agachado en las cuadernas de proa del bote más cercano, que casi en el mismo instante empezó a bogar hacia la playa.

Nadie reparó en mí, y solo el remero de proa me dijo:

—¿Eres tú, Jim? Ten la cabeza agachada.

Pero Silver, desde el otro bote, aguzó la mirada hacia el nuestro y preguntó si era yo quien iba en él; y a partir de aquel instante empecé a lamentarme de lo que había hecho.

Las dotaciones de los dos botes se afanaron por llegar primero a tierra; pero como el bote donde yo iba llevaba ya

cierta ventaja, y, asimismo, era más ligero y estaba mejor tripulado, dejó atrás a su compañero, y cuando Silver y los demás seguían a un centenar de yardas de la costa, nuestra proa
ya había rozado los árboles de la orilla, en tanto que yo,
asiéndome a una rama, había salido del bote y descendido en
medio de un bosquecillo.

—¡Jim! ¡Jim! —Oí que gritaba Silver.

Pero ya supondréis que no le hice el menor caso; saltando
y esquivando ramas, abriéndome paso entre la espesura, corrí
en línea recta hacia delante, hasta que no pude más y me detuve.

XIV

El primer golpe

Me sentía tan complacido por haberle dado el esquinazo a John el Largo que empecé a pasármelo bien y a mirar con interés a mi alrededor, observando la tierra desconocida en que me hallaba.

Había cruzado una zona pantanosa llena de sauces, juncos y otros árboles, extraños y grotescos, propios de tales zonas; y ahora me hallaba en las estribaciones de un terreno ondulante, despejado y arenoso, de cerca de una milla de longitud, moteado por unos cuantos pinos y un gran número de árboles retorcidos que por su altura se parecían a los robles, aunque su follaje era más pálido, similar al de los sauces. En el extremo más alejado de aquella planicie se alzaba una de las colinas, cuyos dos picos, pintorescos y escarpados, brillaban vívidamente bajo el sol.

Por primera vez experimentaba el gozo de la exploración. La isla estaba deshabitada; mis compañeros de a bordo se habían quedado atrás y ante mí no había más seres vivientes que las bestias y las aves. Anduve de un lado para otro entre los árboles. Aquí y allí florecían plantas que me eran desconocidas; de vez en cuando veía alguna serpiente, y una de ellas alzó la cabeza desde el saliente rocoso donde se hallaba y me silbó de un modo que hacía pensar en el ruido de una peonza al girar. Poco sospechaba yo que se trataba de un enemigo mortal y que aquel ruido no era sino el famoso cascabel del crótalo...

Llegué luego a un largo bosquecillo de árboles semejantes a robles (encinas, según averigüé más adelante) que crecían a lo largo de la arena al igual que zarzales; sus ramas estaban curiosamente retorcidas, el follaje, espeso como el techo de paja de una cabaña. El bosquecillo se extendía hacia abajo desde la cima de una loma de arena, de las que había varias, extendiéndose y haciéndose más alto a medida que iba bajando, hasta llegar al borde del ancho marjal, donde abundaban las cañas. A través de este, el más cercano de los riachuelos discurría hasta desembocar en el fondeadero. Del marjal se alzaba un velo de vapor bajo el sol ardiente, y el perfil de El Catalejo temblaba a través de la calina.

De súbito empezó a oírse un ruido entre los zarzales; un pato salvaje se remontó en el aire tras lanzar un graznido, otro le siguió y pronto la superficie entera del marjal se vio cubierta por una gran nube de aves que describían círculos en el aire sin cesar de graznar. Supuse enseguida que algunos de mis compañeros se estarían aproximando al marjal. Y no me engañaba, pues pronto, muy a lo lejos, oí una voz que hablaba por lo bajo y que, al aguzar yo el oído y acercarse ella, poco a poco fue haciéndose más clara.

Aquello me llenó de gran temor, y a gatas busqué refugio bajo la más próxima de las encinas, donde me quedé en cuclillas, escuchando atentamente y callado como un muerto.

Otra voz respondió a la primera, y entonces esta, que era la de Silver, reanudó su narración y siguió hablando durante largo rato, interrumpida muy de vez en cuando por la otra. A juzgar por su tono, debían de estar hablando con gran viveza, casi fieramente; pero ninguna palabra llegó con claridad a mis oídos.

Por fin pareció que los que hablaban hacían una pausa, y tal vez se habían sentado, pues no solo dejaron de aproximarse al marjal, sino que los mismos pájaros empezaron a tranquilizarse y a ocupar de nuevo sus puestos en torno al marjal.

Y entonces empecé a tener la impresión de que estaba descuidando mi propósito, y que, pues había sido lo suficientemente temerario como para bajar a tierra en compañía de aquella banda de desesperados, lo menos que podía hacer era escuchar lo que tramaban en sus conciliábulos. Decidí que mi deber consistía claramente en acercarme a ellos tanto como pudiese, aprovechando el amparo que me ofrecían aquellos árboles de ramas bajas.

Distinguía con toda exactitud la dirección de donde provenían las voces, no solo por el sonido de estas, sino también por el comportamiento de los pocos pájaros que seguían revoloteando alarmados por encima de las cabezas de los intrusos.

Gateando, me acerqué a ellos, lento pero seguro, hasta que por fin, alzando la cabeza por entre un hueco del follaje, pude ver claramente la pequeña hondonada, cubierta de verdor, que había en un lado del pantano, cerca de los árboles de la orilla, y donde John Silver el Largo conversaba cara a cara con otro miembro de la tripulación.

El sol caía de plano sobre ellos. Silver había tirado su sombrero al suelo, y su enorme rostro, terso y rubicundo, brillaba de sudor y se alzaba hacia el del otro hombre con expresión de súplica.

—Compañero —estaba diciendo—, es porque creo que vales tanto como el oro en polvo... ¡oro en polvo, tenlo por seguro! Si no te hubiese tomado afecto, ¿crees que te hubiese traído aquí para prevenirte? Se ha descubierto el pastel... Eso no tiene remedio; es para salvar tu pescuezo por lo que te estoy hablando, y si uno de esos brutos se enterase, ¿qué sería de mí, Tom?... ¡Dime! ¿Qué sería ele mí?

—Silver —dijo el otro hombre, y observé que no solo

tenía el rostro enrojecido, sino que hablaba con voz ronca y temblorosa, como una cuerda tensada—. Silver —decía—, eres viejo y eres honrado, o al menos tienes nombre de serlo;* y, además, tienes dinero, cosa de la que carecen muchísimos marineros; y, si no ando equivocado, eres valiente. Y ahora, ¿quieres decirme cómo te dejaste llevar por ese hatajo de bribones? ¡Tú precisamente! Tan cierto como que Dios me está viendo, antes daría mi mano. Si me vuelvo contra mi deber...

Y entonces, de sopetón, se vio interrumpido por un ruido. Acababa de encontrar a uno de los marineros honrados... pues bien, en aquel mismo momento llegaron noticias de otro. Se alzó a lo lejos, en medio del pantano, un súbito grito, como de ira, y luego otro más allá del primero; seguidamente se oyó un alarido prolongado y horrible. Las rocas de El Catalejo devolvieron el eco una veintena de veces; el ejército de aves del pantano emprendió nuevamente el vuelo, oscureciendo el cielo, produciendo una especie de zumbido simultáneo; y largo rato después, cuando en mis oídos seguía sonando aquel grito de muerte, el silencio recobró su imperio sobre el marjal, en el que se oía solamente el ruido de las aves al posarse sobre las ramas y el lejano fragor de la marejada; por lo demás, la languidez de la tarde permanecía intacta.

Al oír el ruido, Tom había dado un brinco como un caballo espoleado, pero Silver no había siquiera pestañeado. Seguía en el mismo sitio, apoyándose ligeramente en la muleta, observando a su compañero como una serpiente a punto de lanzarse contra su presa.

—¡John! —dijo el marinero, tendiéndole la mano.

—¡Las manos fuera! —exclamó Silver, saltando hacia atrás una yarda (o al menos eso me pareció a mí) con la velocidad y la pericia de un gimnasta bien adiestrado.

—Las manos fuera, si eso es lo que quieres, John Silver

* Silver significa plata en inglés. *(N. del T.)*

—dijo el otro—. Mala conciencia será la que haga que me temas. Pero, en el nombre del Cielo, dime qué fue eso.

—¿Eso? —replicó Silver, sonriendo a la distancia, aunque más cauteloso que nunca, los ojos reducidos a simples puntitos en el rostro pero brillando como trozos de cristal—. ¿Eso? Oh... supongo que sería Alan.

Y ante aquella respuesta, el pobre Tom se enardeció como un héroe.

—¡Alan! —exclamó—. ¡Descanse pues en paz el alma de un verdadero marinero! Y en cuanto a ti, John Silver, somos compañeros desde hace tiempo, pero ya has dejado de serlo. Si muero como un perro, será en cumplimiento de mi deber. Has matado a Alan, ¿verdad? Mátame a mí también, si es que puedes. Te desafío.

Y así diciendo, aquel bravo individuo le volvió la espalda al cocinero y echó a andar hacia la playa. Pero estaba escrito que no iba a llegar muy lejos. Soltando una exclamación, John se asió a la rama de un árbol, se sacó la muleta de debajo del brazo y arrojó aquel improvisado proyectil a través del aire, alcanzando al pobre Tom con la puntera y golpeándole con gran violencia en mitad de la espalda, entre los omóplatos. Tom alzó las manos, profirió una especie de grito sofocado y cayó al suelo.

Resultaba difícil saber si estaba herido de gravedad o solo levemente. Aunque, a juzgar por el ruido del golpe, lo más probable era que se le hubiese partido el espinazo. Sea como fuere, no tuvo tiempo de reponerse. Silver, ágil como un mono aun careciendo de la muleta, cayó sobre él en un instante y hundió dos veces el cuchillo en su cuerpo hasta la empuñadura. Desde mi escondite de los zarzales le oí respirar pesadamente al descargar las dos puñaladas.

No sé exactamente qué se siente al desmayarse, pero lo que sí sé es que durante un rato el mundo entero giró en torno a mí, difuminándose en medio de una neblina escurridiza;

Silver y los pájaros, y la cima de El Catalejo: todo daba vueltas y más vueltas, cabeza abajo, ante mis ojos, al mismo tiempo que en mis oídos resonaban toda clase de campanas y voces distantes.

Cuando por fin me repuse, el monstruo había recobrado ya la compostura y volvía a tener la muleta bajo el brazo y el sombrero cubriéndole la cabeza. Justo ante sus pies Tom yacía inmóvil en tierra; pero el asesino no le hizo el menor caso y se puso a limpiar la ensangrentada hoja de su cuchillo con un puñado de hierba que arrancó del suelo. Todo lo demás seguía igual que antes: el sol todavía caía sin piedad sobre el humeante pantano y la elevada cima de la montaña, y apenas pude convencerme a mí mismo de que acababa de cometerse un asesinato, de que una vida humana había sido segada hacía tan solo unos instantes, delante de mis propios ojos, cruelmente.

Mas John se metió la mano en el bolsillo, sacó un silbato y extrajo varias modulaciones distintas del mismo, las cuales surcaron el aire recalentado, perdiéndose en la distancia. Yo, por supuesto, desconocía el significado de aquella señal, pero al instante sentí despertarse mis temores. Iban a venir más hombres. Tal vez me descubrirían. Ya habían dado muerte a dos de los marineros honrados; después de Tom y de Alan, ¿no podía ser yo el siguiente?

Sin perder un segundo empecé a abrirme paso entre la espesura, regresando a gatas al punto de partida, procurando con toda mi alma avanzar con rapidez y en silencio. Mientras avanzaba, oía los gritos que se cruzaban entre el viejo bucanero y sus compinches, y aquellos sonidos de peligro ponían alas a mi cuerpo. Tan pronto como salí del bosquecillo, corrí como jamás hice en mi vida, sin apenas prestar atención al punto hacia el que me dirigía en mi precipitada huida, contentándome con alejarme de los asesinos; mientras corría, el miedo iba apoderándose de mí con mayor fuerza cada vez, hasta convertirse en una especie de frenesí.

A decir verdad, ¿había alguien que estuviera más perdido que yo? Cuando sonase el pistoletazo de aviso, ¿cómo osaría regresar a los botes y meterme entre aquellos demonios, sobre los que seguiría humeando la sangre de sus asesinatos? ¿Acaso el primero que me echase la vista encima no iba a retorcerme el pescuezo como a un pollo? ¿No sería mi misma ausencia prueba de alarma y, por consiguiente, de mis fatales hallazgos? Pensé que todo había acabado. Adiós a la *Hispaniola*; ¡adiós al caballero, al doctor y al capitán! No me quedaba otra alternativa que morir de inanición o a manos de los amotinados.

Mientras todos estos pensamientos cruzaban por mi mente, yo, como os he dicho, seguía corriendo sin parar e, inadvertidamente, llegué cerca del pie de la pequeña colina de doble pico, adentrándome en la parte de la isla donde las encinas crecían más apartadas unas de otras y, por su aspecto y tamaño, se parecían más a árboles de bosque. Mezclados con ellas, había unos cuantos pinos aquí y allá, de unos cincuenta a setenta pies de altura, según los casos. El aroma del aire era también más fresco que allá abajo, cerca del pantano.

Y fue allí donde una nueva alarma me dejó inmovilizado, con el corazón latiéndome violentamente.

XV

El hombre de la isla

De la ladera de la colina, escarpada y pedregosa, se desprendió una lluvia de grava, que cayó con estrépito a través de los árboles, rebotando en ellos. Mis ojos se volvieron instintivamente en aquella dirección y vi una figura que con gran rapidez saltaba ocultándose detrás del tronco de un pino. No tenía la menor idea de qué se trataba; de si era un hombre o un oso o un mono. Parecía corpulenta y peluda; era todo lo que podía decir. Pero el terror de aquella nueva aparición me detuvo en seco.

Al parecer, ahora me hallaba sitiado por ambos lados; detrás de mí, los asesinos; delante, aquella bestia o persona desconocida, acechante. E inmediatamente empecé a sentir preferencia por los peligros conocidos ante los que me eran desconocidos. El propio Silver se me antojaba menos terrible en comparación con aquella criatura de los bosques, así que giré sobre mis talones y, vigilando atentamente por encima del hombro, comencé a desandar lo andado, dirigiéndome hacia los botes.

Al instante la figura volvió a aparecer y, describiendo un amplio círculo, comenzó a cortarme la retirada. Lo cierto es que me sentía fatigado, pero, aunque me hubiese sentido tan descansado como si acabara de levantarme, comprendí que habría sido inútil tratar de competir en velocidad con semejante adversario. La criatura corría como un ciervo de tronco en tronco, corría como un ser humano, utilizando las dos piernas, pero, a diferencia de todos los hombres que viera yo en mi vida, al correr doblaba el cuerpo hacia delante por la cintura. Y, con todo, se trataba de un hombre; de eso ya no me quedaba ninguna duda.

Comencé a recordar lo que había oído decir acerca de los caníbales. Estuve en un tris de llamar pidiendo auxilio. Pero el simple hecho de que se tratase de un hombre, por muy salvaje que fuese, en cierto modo me había tranquilizado, y el temor que me inspiraba Silver empezó a recobrar sus anteriores proporciones. Así, pues, me detuve y eché una mirada a mi alrededor, buscando alguna escapatoria; y mientras permanecía así, cruzó como un rayo por mi mente el recuerdo de mi pistola. En cuanto recordé que no me hallaba indefenso, el coraje volvió a invadir mi corazón y, lleno de resolución, me dispuse a plantarle cara al hombre de la isla y eché a andar con paso vivo hacia él.

Para entonces se había escondido detrás de otro tronco, pero debía de estar vigilándome atentamente, ya que, en cuanto empecé a moverme en su dirección, salió de su escondrijo y dio un paso hacia mí. Entonces titubeó, retrocedió, volvió a adelantarse y finalmente, ante mi asombro y confusión, se postró de rodillas y extendió los puños cerrados en ademán de súplica.

Ante aquello volví a detenerme una vez más.

—¿Quién eres? —pregunté.

—Ben Gunn —me contestó, con voz ronca y torpe que recordaba un cerrojo enmohecido—. Soy el pobre Ben Gunn; ese soy yo; y llevo tres años sin hablar con un cristiano.

Me di cuenta de que se trataba de un hombre blanco como yo, y que sus facciones eran incluso agradables. Tenía la piel tostada por el sol allí donde no la cubrían sus vestiduras; incluso sus labios estaban ennegrecidos. Y, en medio del tono atezado de su rostro, los ojos claros resultaban de lo más sorprendentes. En cuanto a sus andrajos, aquel hombre se llevaba la palma entre todos los mendigos que he conocido en mi vida o que he imaginado alguna vez. Iba vestido con jirones de lo que otrora fueran una vela y paño marinero; y aquella extraordinaria mezcolanza se mantenía unida gracias a los más diversos e incongruentes medios: botones de latón, pedazos de palo y gazas de botarga embreada. Ceñía su cintura un viejo cinturón de cuero con hebilla de latón, la única cosa sólida de todo su atavío.

—¡Tres años! —exclamé—. ¿Es que acaso naufragó tu buque?

—No, compañero —dijo—, me dejaron abandonado.

Ya había oído hablar de aquella costumbre, y sabía que era un castigo terrible bastante común entre los bucaneros y que consistía en dejar al reo en tierra, con un poco de pólvora y de perdigones, y lo abandonaban luego a su suerte en alguna isla desolada y lejana.

—Hace tres años que me abandonaron —prosiguió— y desde entonces vivo de las cabras, de las bayas y de las ostras. Dondequiera que un hombre se encuentre, digo yo, sabrá arreglárselas por sí solo. Pero, compañero, me duele el corazón al pensar en viandas propias de cristianos. ¿Por casualidad no llevarás algún pedazo de queso contigo? ¿No? Bueno, es que son muchas las noches que he pasado soñando con el queso... bien tostadito, las más de las veces... Y luego, me despertaba y me encontraba aquí.

—Si consigo subir de nuevo a bordo —le dije—, tendrás queso a quintales.

Durante todo el rato había estado palpando el paño de mi casaca, acariciándome las manos, contemplando mis botas y, en general, cuando se callaba, daba muestras de un placer infantil ante la presencia de un semejante. Pero mis últimas palabras despertaron en él cierto recelo.

—¿Dices que si consigues subir de nuevo a bordo? —preguntó—. ¡Vaya! ¿Y quién va a impedírtelo?

—Tú, no; de eso estoy seguro —fue mi respuesta.

—Y no andas equivocado —dijo—. Veamos... ¿cómo te llamas, compañero?

—Jim —le dije.

—Jim, Jim —dijo él, al parecer contentísimo—. Pues bien, Jim, he vivido de tal modo que con solo oírlo te avergonzarías. Verás, a juzgar por mi facha, nunca dirías que soy hijo de madre piadosa, ¿no es así? —preguntó.

—Pues, la verdad es que no —contesté.

—¡Ah! —exclamó—; pues la tuve... y notablemente piadosa. Y yo era un chico educado y piadoso, capaz de recitar mi catecismo tan bien como el que más, y tan deprisa que no se sabía donde terminaba una palabra y empezaba la siguiente. Y ya ves, Jim, adónde he ido a parar. ¡Y todo empezó por jugar a las chapas en las benditas losas del camposanto! Así fue como empezó, pero no terminó allí; mi madre ya me lo dijo, y predijo lo que me sucedería... ¡Ah, piadosa mujer! Pero tal vez fuese la Providencia la que me llevó aquí. Lo he estado meditando en esta isla solitaria, y he recobrado mi antigua devoción. No me pescarás probando el ron... solo un vasito, para desearme suerte, en cuanto tenga ocasión. Estoy decidido a ser bueno y a seguir por el buen camino. Y, Jim —agregó, mirando a su alrededor y bajando la voz—... ¡soy rico!

Empezaba a pensar que el pobre hombre estaba chiflado debido a su soledad, y supongo que aquel pensamiento se reflejó en mi rostro, pues él repitió la afirmación con vehemencia:

—¡Rico! ¡Rico! Y te diré el qué: te convertiré en hombre, Jim. ¡Ah, Jim, le darás las gracias a tu buena estrella, eso harás, por haber sido el primero en dar conmigo!

Y al decir aquello su rostro se ensombreció, apretó mi

mano con más fuerza y alzó el dedo índice amenazadoramente ante mis ojos.

—Vamos a ver, Jim; dime la verdad; ¿no será aquel el buque de Flint? —preguntó.

Al oírle tuve una feliz inspiración. Empecé a creer que había hallado un aliado, así que le contesté enseguida:

—No, no es el buque de Flint. Flint ha muerto; pero te diré la verdad, como tú deseas... A bordo hay algunos antiguos compañeros de Flint, para desgracia de los demás.

—No habrá un hombre con una sola pierna, ¿eh? —preguntó, lanzando un grito sofocado.

—¿Silver? —pregunté.

—¡Ah, Silver! —dijo—. Así se llamaba.

—Es el cocinero, y el cabecilla además.

Seguía sujetándome por la muñeca, y, al oír aquello, me la retorció.

—Si te ha enviado John el Largo, soy hombre muerto —dijo—. Ya lo sé. Pero ¿qué crees que ocurriría contigo?

En unos segundos me había decidido y a modo de respuesta le conté todo lo sucedido durante el viaje, así como la situación en que nos encontrábamos. Me escuchó con gran interés, y en cuanto hube terminado, me dio unos golpecitos amistosos en la cabeza.

—Eres un buen muchacho, Jim —dijo—; y os veis metidos en un buen brete, ¿no es verdad? Bueno, no tienes más que depositar tu confianza en Ben Gunn... Ben Gunn es el que lo arreglará todo. Veamos, ¿crees que es probable que ese caballero del que me hablas demuestre ser hombre de espíritu liberal en caso de recibir ayuda... hallándose como se halla en un brete, según tú mismo dices?

Le dije que el caballero era el más liberal de todos los hombres.

—Ya, pero verás... —replicó Ben Gunn—. No me refería a si me encargaría de la vigilancia de su finca, vistiéndome de librea y todo eso; no, no es eso lo que busco, Jim. Lo que quiero decir es esto: ¿se avendría a renunciar a mil libras de un tesoro que, como si dijéramos, es casi mío ya?

—Estoy seguro de que sí —le dije—. De hecho, todos íbamos a tener nuestra parte del botín.

—¿Y un pasaje de vuelta a casa también? —añadió, con expresión de gran astucia.

—¡Caramba! —exclamé—. El caballero es todo un señor. Y, por si fuera poco, si tuviéramos que librarnos de los demás, te necesitaríamos para tripular el buque durante el viaje de regreso.

—¡Ah, ya comprendo! —dijo, dando muestras de gran alivio.

—Bien, pues, te diré el qué —prosiguió—; pero ni una palabra más. Yo me hallaba en el buque de Flint cuando enterró el tesoro; lo hicieron entre él y seis fornidos marineros. Se pasaron casi toda una semana en tierra, y los demás aguardándoles a bordo del viejo *Walrus*. Un buen día, tras izar la señal, se presentó él solo a bordo de un bote pequeño, con la cabeza cubierta por un pañuelo azul. El sol se alzaba ya en el cielo, y lo vimos, pálido como un muerto, asomado a la borda del botecito. ¿Me comprendes?... Él regresaba y los otros seis estaban muertos... muertos y enterrados. Que cómo se las apañó para hacerlo, eso es algo que nunca supimos. Sería una batalla, asesinato o muerte repentina, al menos... teniendo en cuenta que era un hombre solo contra seis. Billy Bones era el segundo de a bordo, y John el Largo, él era el cabo de mar; pues bien, los dos le preguntaron que dónde estaba el tesoro. «¡Ah! —respondió él—. Si gustáis, os doy permiso para bajar a tierra y quedaros allí. Pero este buque va a zarpar a por más. ¡Vaya si va a hacerlo!» Eso fue lo que dijo.

»Bueno, resulta que hace tres años, yendo yo embarcado en otro buque, avistamos esta isla. "Muchachos —les dije a los demás—, ahí está el tesoro de Flint; desembarquemos y busquémoslo." Al capitán no le gustó aquello; pero a mis camaradas les sedujo la idea, así que desembarcaron. Se pasaron doce días buscándolo, y a cada día que pasaba, mayor era la inquina que yo les inspiraba; hasta que una buena mañana subieron todos a bordo. "En cuanto a ti, Benjamin Gunn —van y me dicen—: aquí tienes un mosquete, una pala y un pico. Puedes quedarte aquí y buscar el tesoro de Flint por ti mismo."

»Pues bien, Jim, tres años llevo aquí y desde aquel día no he probado bocado digno de un cristiano. Pero ahora, mírame; mírame. ¿Tengo aspecto de simple marinero? No, ¿verdad? En efecto, no lo era.

Y guiñó un ojo al tiempo que me daba un fuerte pellizco.

—Basta con que le digas estas palabras a tu caballero, Jim —prosiguió—. Dile que no era un simple marinero; eso es lo que tienes que decirle. «Durante tres años fue el hombre de esta isla, de día y de noche, con buen y mal tiempo; y a veces —le dices— pensaba en una plegaria; y otras veces se acordaba de su anciana madre, que ojalá siga en vida —le dirás—; pero la mayor parte del tiempo —y esto es lo que le dirás— Ben Gunn se lo pasaba ocupándose de otro asunto.» Y entonces le darás un pellizco como este.

Y volvió a pellizcarme de un modo harto confidencial.

—Después —continuó—, vas y le dices esto: «Gunn es un buen hombre, y pone un sinfín más de confianza...». Fíjate bien, un sinfín más... «en un caballero de nacimiento que en estos aventureros que un día fueron camaradas suyos».

—Bueno —dije yo—. No entiendo ni una palabra de lo que me has estado diciendo. Pero eso no importa ni poco ni mucho, pues, ¿cómo voy a regresar a bordo?

—¡Ah! —exclamó él—. Esa es la cuestión, por supuesto. Pues, tengo una barca que construí con mis propias manos. La tengo al amparo de la roca blanca. Si las cosas se ponen feas, podemos probar suerte cuando se haga de noche. ¡Eh! —exclamó—, ¿qué es eso?

Pues justo en aquel momento, aunque todavía quedaban una o dos horas de sol, el tronar de un cañón despertó todos los ecos de la isla.

—¡Ha comenzado la lucha! —exclamé—. Sígueme.

Y eché a correr hacia el fondeadero, olvidándome de mis terrores por completo, al tiempo que, cerca de mí, el hombre abandonado en la isla, trotaba ágilmente, vestido con sus pieles de cabra.

—¡A la izquierda, a la izquierda! —dijo—. ¡Ve por la izquierda, compañero Jim! Métete debajo de los árboles. ¡Vivo! Allí fue donde maté a mi primera cabra. Ya no bajan por aquí; se quedan en sus riscos, porque le tienen miedo a Benjamin Gunn. ¡Ah, allí está el *cetenmerio*!

Supuse que querría decir el «cementerio».

—¿No ves los montículos de las sepulturas? Solía venir a rezar aquí, cuando me imaginaba que debía de ser domingo. No era precisamente una capilla, pero me parecía un lugar más solemne que los otros; aunque tú me dirás que me quedaba corto, pues no había ningún capellán, ni siquiera una Biblia o una bandera.

Y de ese modo siguió hablando mientras corría sin cesar, sin esperar ni recibir respuesta alguna.

El cañonazo fue seguido, transcurrido un intervalo, por una salva de disparos hechos con armas de menor calibre.

Hubo otra pausa y luego, apenas a un cuarto de milla por delante de donde yo me hallaba, vi la *Union Jack** ondeando al viento por encima de un bosque.

---

* Nombre de la bandera nacional del Reino Unido, en la que se combinan los colores de Inglaterra, Escocia e Irlanda. Fue adoptado en su forma actual en 1801, a partir de la unión de Irlanda con el resto de los países que integran el Reino Unido. (*N. del T.*)

CUARTA PARTE

LA EMPALIZADA

XVI

El doctor prosigue la narración: cómo fue abandonado el buque

Serían cerca de la una y media —tres campanadas, como dicen los marinos— cuando los dos botes abandonaron la *Hispaniola* y se dirigieron a tierra. El capitán, el caballero y yo estábamos discutiendo el asunto en el camarote. De haber habido siquiera un soplo de viento, hubiéramos caído sobre los seis amotinados que permanecían a bordo y, tras soltar amarras, nos hubiésemos hecho a la mar. Pero no había viento, y para colmo, se nos presentó Hunter con la noticia de que Jim Hawkins se había metido en uno de los botes, marchándose a tierra junto con el resto.

En ningún momento se nos ocurrió dudar de Jim Hawkins, pero temimos por su seguridad. Tal como estaba el talante de los hombres, había un cincuenta por ciento de probabilidades de que jamás volviéramos a ver al muchacho. Subimos corriendo a cubierta. La brea burbujeaba en los intersticios de las cuadernas; el desagradable hedor del lugar me mareó; si alguna vez alguien tuvo oportunidad de olfatear la fiebre y la disentería, fue en aquel abominable fondeadero. Los seis bribones se hallaban sentados y refunfuñando bajo una de las velas del castillo de proa; vimos los botes amarrados a la costa, con un hombre sentado en cada uno de ellos, cerca de donde el río desaguaba en el mar. Uno de ellos estaba silbando una tonada llamada «Lillibullero».

La espera resultaba insoportable, de manera que se decidió que Hunter y yo fuésemos a tierra en el chinchorro, en busca de información. Los botes habían virado hacia la derecha, pero Hunter y yo bogamos en línea recta, en dirección a la empalizada que constaba en el mapa. Los dos sujetos que vigilaban los botes se mostraron muy agitados al vernos aparecer; el del «Lillibullero» enmudeció en el acto, y vi que los dos se consultaban sobre lo que debían hacer. De haberse ido a darle la noticia a Silver, puede que todo hubiese salido de modo distinto; pero supongo que tendrían órdenes que cumplir, por lo que decidieron permanecer sentados tranquilamente donde estaban y entonar de nuevo el «Lillibullero».

Había un leve saliente en la costa, y hacia él dirigí el chinchorro, con el propósito de que el saliente quedase entre nosotros y los dos individuos, así que, incluso antes de desembarcar,— perdimos de vista los botes. Salté a tierra y empecé a andar tan aprisa como podía, colocando un enorme pañuelo de seda bajo el sombrero para protegerme del calor, y empuñando un par de pistolas por si acaso.

Apenas había recorrido un centenar de yardas cuando llegué a la empalizada.

Os contaré cómo era aquello: un manantial de agua cristalina surgía casi de la misma cima de una loma. Bien, en la loma, rodeando el manantial, habían instalado una recia cabaña de troncos, con capacidad para dos veintenas de personas en caso de apuro, y con aspilleras por los cuatro costados para mosquetería. Alrededor de todo aquello, habían desbrozado un amplio terreno, quedando todo completado por una empalizada de seis pies de alto, sin ninguna puerta o abertura, demasiado resistente para que alguien pudiera echarla abajo sin tiempo y grandes esfuerzos, y demasiado abierta para ofrecer refugio a los sitiadores. La gente que estuviera en la cabaña de troncos llevaría todas las de ganar, ya que quedarían bien resguardados y podrían cazar a los asaltantes como si se tratase de perdices. Lo único que necesitarían sería estar vigilantes y disponer de provisiones de boca, ya que, dejando aparte un posible ataque que los cogiera totalmente desprevenidos, hubiesen podido resistir allí a todo un regimiento.

Lo que me llamó especialmente la atención fue el manantial. Pues, si bien en el camarote de la *Hispaniola* disponíamos de un buen refugio, con abundancia de armas y municiones, así como de cosas de comer y vinos excelentes, una cosa se nos había pasado por alto: no teníamos agua. En esto estaba pensando cuando por toda la isla resonó el grito de un hombre en trance de muerte. La muerte violenta no era cosa nueva para mí (he servido a su Alteza Real el duque de Cumberland, y yo mismo resulté herido en Fontenoy), pero se me detuvo el pulso y luego echó a andar de nuevo.

«Jim Hawkins ha muerto» fue mi primer pensamiento.

Es una ventaja el haber sido soldado, pero aún lo es más el haber sido médico. No hay tiempo para pensar en las musarañas en nuestra profesión. Así que tomé una decisión sin perder más tiempo y, tras regresar corriendo a la playa, subí de un salto al chinchorro.

Por suerte, Hunter se las apañaba bien con los remos. El chinchorro voló sobre las aguas y no tardamos en encontrarnos al costado de la goleta, a la que subí inmediatamente.

Me los encontré a todos muy consternados, como era natural. El caballero estaba sentado, blanco como el papel, pensando en el peligro al que nos había llevado (¡Bendito sea!), y uno de los marineros del castillo de proa no estaba mucho mejor.

—He aquí un hombre —dijo el capitán Smollett, señalando al marinero con la cabeza— que es novato en el oficio. Estuvo a punto de desmayarse, doctor, al oír el grito. Bastaría un pequeño esfuerzo para ponerlo de nuestro lado.

Le conté mi plan al capitán, y entre los dos resolvimos los detalles de su puesta en práctica.

Apostamos al viejo Redruth en el pasadizo, entre el camarote y el castillo de proa, con tres o cuatro mosquetes cargados y un colchón que le sirviera para protegerse. Hunter condujo el chinchorro hasta dejarlo debajo del ventanal de popa, y Joyce y yo nos pusimos a cargarlo con latas de pólvora, mosquetes, sacos de galleta, barrilillos de cerdo salado, un tonel de coñac y mi inapreciable botiquín.

Entretanto, el caballero y el capitán se quedaron en cubierta, y este último llamó al contramaestre, que era el hombre de más autoridad de cuantos quedaban a bordo.

—Señor Hands —dijo—, aquí nos tiene a los dos, armados cada uno con un par de pistolas. Si alguno de ustedes hace el menor gesto sospechoso, es hombre muerto.

Se quedaron bastante sorprendidos, y, tras una breve deliberación, bajaron en tropel por la escalera, sin duda con el propósito de atacarnos por la retaguardia. Pero cuando vieron que Redruth les estaba aguardando en las aspilleras del pasadizo, dieron media vuelta y uno de ellos volvió a asomar la cabeza a la cubierta.

—¡Abajo, perro! —gritó el capitán.

Y la cabeza volvió a ocultarse; y nada más oímos, de momento, de aquellos seis marineros de corazón débil.

Para entonces, cargando las cosas tal como las cogíamos, teníamos el chinchorro tan lleno como la prudencia nos aconsejaba. Joyce y yo salimos por el ventanal de popa, y nuevamente nos encaminamos hacia la costa, con tanta rapidez como nos permitían nuestros remos.

Aquel segundo viaje despertó las sospechas de los dos vigilantes de la costa. Otra vez cesó el «Lillibullero», y justo unos instantes antes de perderlos de vista al doblar el saliente, uno de ellos saltó a tierra y desapareció. Estuve en un tris de cambiar mis planes y proceder a destruir sus botes, pero temí que John Silver y los demás anduvieran por allí cerca y que todo nos saliera mal por culpa de nuestro atrevimiento.

Pronto tocamos tierra en el mismo lugar de antes, y nos dedicamos a trasladar los pertrechos a la cabaña de troncos. El primer viaje lo hicimos los tres, cargados como mulas, y lanzamos los pertrechos por encima de la empalizada. Después, dejando a Joyce vigilándolos (un solo hombre, por descontado, pero armado con media docena de mosquetes), Hunter y yo regresamos al chinchorro y volvimos a cargarnos. Así seguimos, sin hacer pausa alguna para recobrar el aliento, hasta que toda la carga fue trasladada, y entonces los dos sirvientes se apostaron en el blocao, en tanto que yo, recurriendo a todas mis fuerzas, regresé remando a la *Hispaniola*.

Que nos arriesgásemos a llevar a cabo un segundo traslado parece más atrevido de lo que realmente fue. Ellos nos superaban en número, desde luego, pero nosotros les aventajábamos en armamento. Ninguno de los hombres que había en tierra disponía de un mosquete, y antes de que se nos acercasen lo suficiente como para hacer uso de sus pistolas nosotros, de eso no nos cabía duda, podríamos dar buena cuenta de media docena de ellos cuando menos.

El caballero me estaba esperando en el ventanal de popa, ya completamente recuperado de su decaimiento. Cogió la amarra del chinchorro y la ató, y nos pusimos a cargar la embarcación rápidamente, pues en ello nos iba la vida. La carga la formaban cerdo salado, pólvora y galleta, y solo un mosquete y un sable de abordaje tomamos por cabeza, es decir, para el caballero, para mí, Redruth y el capitán. El resto de las armas y de la pólvora lo arrojamos por la borda, donde el agua tenía una profundidad de dos brazas y media, por lo que pudimos ver cómo el acero brillaba en el fondo, por debajo de nosotros, bajo los rayos del sol, en medio de la limpia arena.

Para entonces comenzaba el reflujo de la marea, y el buque empezaba a balancearse en torno al ancla. Se oían voces semiapagadas que llamaban a los hombres de los botes de la costa, y aunque ello no nos inquietó, pues Joyce y Hunter se hallaban apostados en la parte oriental de la misma, fue la señal para que emprendiéramos la marcha.

Redruth se retiró de su puesto en el pasadizo y bajó al chinchorro, al que hicimos girar hacia la bovedilla, para que al capitán Smollett le resultase más fácil embarcar en él.

—¡Eh, vosotros! —dijo el capitán—. ¿Me oís?

No recibimos respuesta alguna desde el castillo de proa.

—Es a ti, Abraham Gray... es a ti a quien estoy hablando.

Tampoco hubo respuesta.

—Gray —volvió a decir el señor Smollett, alzando un poco la voz—. Voy a abandonar este buque y te ordeno que sigas a tu capitán. Sé que en el fondo eres un buen hombre, y me atrevería a decir que ninguno de vosotros es tan malo como pretende ser. Tengo el reloj en la mano; te doy treinta segundos para reunirte conmigo.

Hubo una pausa.

—Vamos, buen amigo —prosiguió el capitán—. No te lo pienses tanto. A cada segundo que pasa, pongo en peligro mi vida y la de estos buenos caballeros.

De pronto se oyó ruido de lucha y luego Abraham Gray salió de estampida con una cuchillada en el rostro, corriendo hacia el capitán como un perro acude al silbido de su amo.

—Estoy con usted, señor —dijo.

Y al cabo de un instante los dos hombres subieron a la embarcación y empezamos a bogar hacia la costa, alejándonos rápidamente de la goleta.

Ya nos habíamos librado de esta, pero todavía no estábamos en tierra, al amparo de nuestra empalizada.

XVII

El doctor prosigue la narración:
el último viaje del chinchorro

Aquel quinto viaje fue distinto de los anteriores. En primer lugar, la pequeña cáscara de nuez en que íbamos embarcados estaba sobrecargada peligrosamente. Cinco hombres hechos y derechos, sin contar con que tres de ellos —Trelawney, Redruth y el capitán— medirían sus buenos seis pies de estatura, eran ya más de lo que el chinchorro podía transportar. Añadid a ello la pólvora, el cerdo y los sacos de galleta. La borda se inclinaba por la parte de popa. Varias veces hicimos agua, si bien poca, y mis calzones, al igual que los faldones de la casaca, estaban ya completamente empapados antes de que hubiéramos recorrido un centenar de yardas.

El capitán nos ordenó colocarnos de manera que la embarcación quedase mejor equilibrada. Con todo, nos daba miedo incluso el respirar.

En segundo lugar, el reflujo de la marea empezaba a notarse, produciendo una fuerte corriente que recorría el fondeadero hacia el oeste y luego, deslizándose por los estrechos a través de los cuales habíamos entrado por la mañana, se dirigía hacia el sur, desembocando en mar abierto. Incluso las olas más leves constituían un peligro para nuestra sobrecargada embarcación; pero lo peor de todo fue que nos vimos desviados de nuestra derrota, alejándonos del lugar donde debíamos saltar a tierra, al otro lado del saliente. Si nos dejábamos dominar por la corriente, iríamos a parar al costado de los botes, donde en cualquier momento podrían aparecer los piratas.

—No consigo mantener el rumbo hacia la empalizada, señor —le dije al capitán.

Yo iba al timón, mientras que él y Redruth, que estaban descansados, se ocupaban de los remos.

—El reflujo nos está desviando —añadí—. ¿No podrían remar con un poco más de brío?

—Pues no, a menos que queramos que se inunde la barca —respondió—. Debe resistir cuanto pueda, señor... por favor; resista hasta que vea que avanzamos por buen camino.

Lo intenté, y la experiencia me indicó que nos estábamos desviando hacia el oeste, hasta que pusimos proa hacia el este, es decir, casi en ángulo recto en relación con la derrota que debiéramos haber seguido.

—A este paso nunca alcanzaremos la costa —dije.

—Si esa es la única derrota que podemos seguir, señor, entonces debemos seguirla —contestó el capitán—. Tenemos que ir contra la corriente. Mire usted, señor —prosiguió—, si nos desviamos hacia sotavento del lugar donde tenemos que desembarcar, aunque solo sea levemente, resulta difícil predecir a qué parte iremos a parar, sin contar con la posibilidad de que nos aborden los botes; por contra, tal como vamos ahora, encontraremos por fuerza un punto donde la corriente sea menos fuerte, y entonces podremos volver atrás bordeando la costa.

—La corriente ya ha amainado, señor —dijo el llamado Gray, que estaba sentado en la proa—; ya puede usted aflojar un poco el timón.

—Gracias, muchacho —dije, como si nada hubiese pasado, pues todos estábamos resueltos a tratarlo como a uno más de nosotros.

De repente el capitán volvió a hablar, y me pareció que su voz estaba algo alterada.

—¡El cañón! —exclamó.

—Ya he pensado en eso —dije, pues estaba seguro de que estaba pensando en la posibilidad de que lo utilizasen para bombardear el fortín—. No podrán desembarcarlo, y, aunque lo lograran, no podrían arrastrarlo a través del bosque.

—Mire a popa —replicó el capitán.

Nos habíamos olvidado por completo de la larga pieza del nueve, y, ante nuestro horror, vimos que los cinco bribones andaban atareados con ella, despojándola de la recia funda de tela embreada que la cubría. Pero no fue eso todo, sino que, en unos instantes, cruzó simultáneamente mi pensamiento el hecho de que nos habíamos dejado olvidadas a bordo la munición y la pólvora del cañón, y que bastaría un hachazo para que todo ello cayera en poder de los malvados de a bordo.

—Israel era el artillero de Flint... —dijo Gray con voz bronca.

Arriesgándolo todo, pusimos proa directamente hacia el punto de desembarque. Para entonces nos habíamos apartado tanto de la corriente que navegábamos manteniendo el rumbo constantemente, a pesar de que teníamos que remar forzosamente con gran lentitud, y no me resultaba difícil gobernar el timón para llegar a buen puerto. Pero lo peor de todo era que el curso que seguíamos en aquellos momentos nos hacía presentar el costado en vez de la popa a la *Hispaniola,* por lo que ofrecíamos un blanco tan seguro como la puerta de un granero.

Podía oír y ver a aquel canalla de Israel Hands, con su cara de borracho, que hacía rodar por cubierta las balas con que iba a cargar la pieza.

—¿Quién de nosotros tiene mejor puntería? —preguntó el capitán.

—El señor Trelawney, con mucho —dije.

—Señor Trelawney, ¿me hará el favor de derribar a uno de esos tipos, señor? A Hands, si es posible —dijo el capitán.

Trelawney permanecía frío como el acero, ocupándose de cebar su arma.

—¡Cuidado! —exclamó el capitán—. Cuidado con esa arma, señor, o nos va a desfondar la lancha. ¡Todos listos para asegurarla cuando el señor Trelawney apunte!

El caballero alzó el arma, se abandonaron los remos y todos nos inclinamos sobre el lado opuesto de la embarcación, para mantener su equilibrio, y nos salió todo tan bien que no nos entró ni una sola gota de agua.

Para entonces, los de a bordo de la goleta ya habían hecho girar el cañón sobre la cureña, y Hands, que se hallaba junto a la boca, con el atacador en la mano, era, por consiguiente, el más expuesto. Sin embargo, no tuvimos suerte, pues justo en el momento en que Trelawney hizo fuego, Hands se agachó y la bala pasó silbando por encima de él, derribando a uno de los otros cuatro hombres.

El grito que este lanzó fue coreado no solo por sus compañeros de a bordo, sino también por un gran número de voces en tierra, y, al mirar en aquella dirección, vi que los demás piratas salían corriendo del bosque y se apresuraban a ocupar sus puestos en los botes.

—¡Ahí vienen los botes, señor! —dije.

—¡Avante, pues! —exclamó el capitán—. Ya no importa que el chinchorro se nos llene de agua. Si no logramos alcanzar la costa, estamos perdidos.

—Solo están subiendo a uno de los botes, señor —añadí—; seguramente la dotación del otro pretende cortarnos el paso en tierra, dando un rodeo.

—Pues tendrán que correr de lo lindo, señor —contestó el capitán—. Ya sabe usted cómo son los marineros en tierra. Pero no son ellos los que me preocupan, sino las balas del cañón. ¡Rayos y truenos! Ni la doncella de mi esposa erraría el tiro. Avísenos, caballero, cuando los vea encender la mecha, y entonces ciaremos.

Mientras tanto habíamos estado avanzando a buen ritmo, para estar tan sobrecargados como estábamos, sin que entrase en la embarcación más que un poco de agua. Nos hallábamos ya bastante cerca: unos treinta o cuarenta golpes de remo y alcanzaríamos la playa, pues el reflujo de la marea ya había dejado al descubierto una estrecha lengua de arena debajo de los árboles arracimados. Ya no había por qué temer al bote de los piratas; el pequeño saliente lo ocultaba a nuestros ojos. El reflujo, que tan implacablemente nos había apartado de nuestra derrota, nos estaba desagraviando ahora al obstaculizar el avance de nuestros enemigos. La única fuente de peligro la constituía el cañón.

—Si me atreviera —dijo el capitán—, nos detendríamos y acabaríamos con otro de ellos.

Pero se veía claramente que no estaban dispuestos a que nada les impidiera hacer fuego con el cañón. Ni siquiera se habían dignado echarle un vistazo a su camarada caído, aunque este no estaba muerto, pues pude ver cómo se arrastraba por el suelo.

—¡Listos! —gritó el caballero.

—¡Ciad! —exclamó el capitán, rápido como el eco.

Y él y Redruth ciaron haciendo un gran esfuerzo que hizo que la popa del chinchorro se hundiera en el agua. La detonación se oyó en aquel mismo instante. Aquella fue la primera que oyó Jim, pues el disparo hecho por el caballero no había llegado a sus oídos. Ninguno de nosotros supo con certeza por dónde pasó la bala, pero me imagino que debió de ser por encima de nuestras cabezas y que el viento que produjo tuvo que ver con el desastre que cayó sobre nosotros.

Sea como fuere, lo cierto es que el chinchorro se hundió por la popa, suavemente, bajo tres pies de agua, dejándonos al capitán y a mí frente a frente, de pie. Los otros tres cayeron de cabeza al agua, de donde salieron completamente empapados.

Hasta el momento no habíamos sufrido grandes daños. Ninguna vida se había perdido y pudimos vadear sanos y salvos hasta la playa. Pero todos nuestros pertrechos estaban en el fondo y, para empeorar las cosas, de los cinco mosquetes solo dos quedaron en condición de ser utilizados. El instinto me había hecho coger el mío, que llevaba sobre las rodillas, y levantarlo por encima de la cabeza. En cuanto al capitán, llevaba el suyo en bandolera, con el cerrojo en la parte de arriba, como correspondía a un hombre prudente. Los otros tres se habían ido a pique junto con el chinchorro.

Para aumentar nuestra preocupación, oímos voces que se nos acercaban a través de los bosques que bordeaban la costa, por lo que, no solo corríamos el peligro de vernos imposibilitados de alcanzar la empalizada, medio incapacitados como estábamos, sino que empezamos a temer por Hunter y Joyce, y a preguntarnos si, en caso de ser atacados por la media docena de piratas, tendrían suficiente sentido común y valor como para mantenerse firmes en sus puestos. Hunter era hombre capaz de resistir, eso no lo dudábamos; pero el caso de Joyce era menos seguro, pues, aunque excelente ayuda de cámara, agradable y cortés, diestro en la tarea de cepillar las ropas a su señor, no estaba del todo capacitado para las acciones guerreras.

Con todos aquellos pensamientos en la cabeza, seguimos vadeando hacia la playa tan aprisa como podíamos, dejando atrás nuestro pobre chinchorro, así como la mitad de nuestra pólvora y provisiones.

XVIII

El doctor prosigue la narración: el final de la lucha del primer día

Atravesamos tan rápidamente como pudimos la franja de bosque que nos separaba de la empalizada, y a cada paso que avanzábamos, las voces de los bucaneros se oían más cercanas. Pronto pudimos oír sus pisadas apresuradas, así como el crujido de las ramas que se partían al atravesar ellos algún bosquecillo espeso.

Comencé a comprender que íbamos a sostener por fuerza una enconada refriega, así que examiné el cebo de mi mosquete.

—Capitán —dije—, Trelawney es el mejor tirador. Dele usted su mosquete, pues el suyo ha quedado inservible.

Cambiaron las armas, y Trelawney, silencioso y tranquilo como había estado desde el principio de la revuelta, se detuvo un instante para comprobar que todo estuviera en su punto. Al mismo tiempo, observando que Gray iba desarmado, le entregué mi sable de abordaje. Nos hizo mucho bien el verle escupirse en las manos, fruncir el ceño y blandir la hoja desnuda en el aire. Resultaba evidente, a juzgar por su aspecto, que nuestro nuevo aliado iba a sernos de lo más útil.

Anduvimos cuarenta pasos más y llegamos al borde del bosque, y vimos la empalizada ante nosotros. Llegamos al recinto por la mitad de su costado del sur, y, casi al mismo tiempo, siete amotinados, encabezados por Job Anderson, el contramaestre, hicieron su aparición, gritando a pleno pulmón, por el ángulo del sudoeste.

Se detuvieron, como sorprendidos, y antes de que tuvieran tiempo de reponerse, no solo el caballero y yo, sino también Hunter y Joyce, estos desde el blocao, hicimos fuego. Los cuatro disparos sonaron como una descarga graneada; pero surtieron efecto, pues uno de los enemigos se desplomó, mientras que el resto, sin pensárselo un momento, dieron media vuelta y se lanzaron rápidamente entre los árboles.

Tras volver a cargar las armas, fuimos, pegados a la parte externa de la empalizada, a echarle un vistazo al caído. Estaba muerto; la bala le había atravesado el corazón.

Empezábamos a regocijarnos de nuestra buena suerte cuando sonó un pistoletazo entre la espesura y la bala pasó silbando cerca de mi oreja, y el pobre Tom Redruth, tras tambalearse, cayó al suelo cuan largo era. Tanto el caballero como yo devolvimos el fuego; pero como no podíamos apuntar, ya que nada veíamos, lo más probable es que no hiciéramos más que desperdiciar la pólvora. Después cargamos de nuevo los mosquetes y volvimos nuestra atención hacia el pobre Tom.

El capitán y Gray ya le estaban examinando, y poco me costó ver que todo había terminado para él.

Creo que la rapidez con que contestamos al fuego dispersó una vez más a los amotinados, ya que sin ser hostigados pudimos izar al pobre guardabosque por encima de la empalizada y depositarlo en el suelo, trasladándolo seguidamente, quejoso y derramando sangre, hasta la cabaña de troncos.

¡Pobre hombre! No había pronunciado una sola palabra de sorpresa, queja, temor o siquiera de resignación desde el principio de nuestros apuros, hasta que ahora lo tendimos en el suelo de la cabaña, agonizante ya. Había permanecido apostado como un troyano detrás del colchón, en el pasadizo del buque; había cumplido todas las órdenes sin rechistar, fielmente, con eficiencia; nos superaba en una veintena de años a todos los que formábamos el grupo y era él, anciano, compungido, servicial, quien iba a morir ahora.

El caballero se postró de rodillas a su lado y le besó la mano, llorando como un niño.

—¿Voy a irme, doctor? —preguntó.

—Tom, amigo mío —dije—. Vas a volver a casa.

—¡Ojalá antes hubiese podido hacerles un regalito con mi mosquete! —contestó.

—Tom —dijo el caballero—, dame tu perdón, ¿quieres?

—¿No sería faltarle al respeto el hacerlo, señor? —Fue la respuesta del moribundo—. ¡Ea! Se lo doy. ¡Amén!

Tras una breve pausa en silencio, dijo que tal vez alguien querría leer una plegaria en voz alta.

—Es lo que se acostumbra a hacer, señor —añadió, como pidiendo disculpas.

Y poco después, sin haber vuelto a pronunciar palabra alguna, expiró.

Mientras tanto, el capitán, cuya pechera y bolsillos, según me había fijado yo, parecían prodigiosamente hinchados, había sacado de ellos una gran variedad de pertrechos: el pabellón británico, una Biblia, un rollo de cuerda resistente, pluma, tinta, el diario de a bordo y varias libras de tabaco. Había encontrado un abeto bastante largo en el suelo del recinto; el árbol había sido talado y desbrozado por alguien y el capitán, con ayuda de Hunter, lo había colocado enhiesto en una esquina de la cabaña, donde los troncos, al cruzarse, formaban un ángulo. Luego, encaramándose al techo, con sus propias manos izó en él la bandera.

Pareció que aquella acción le producía un gran alivio. Entró de nuevo en la cabaña y se puso a contar los pertrechos, como si nada más existiera en el mundo. Mas, pese a todo, no le pasó por alto la muerte de Tom, ya que, a poco de suceder esta, se acercó con otra bandera y reverentemente la extendió sobre el cadáver.

—No pase usted pena, señor —dijo, estrechando la mano del caballero—. Nada malo le va a pasar; no hay que temer por un marinero que ha perdido la vida al servicio de su capitán y señor. Tal vez no sea esto muy teológico, pero es una verdad como la copa de un pino.

Entonces me llevó aparte.

—Doctor Livesey —dijo—. ¿Cuántas semanas creen usted y el caballero que tardará en llegar el buque de rescate?

Le dije que no era cosa de semanas, sino de meses; que si no estábamos de regreso para finales de agosto, Blandly mandaría a por nosotros; pero ni antes ni después.

—Usted mismo puede echar los cálculos —añadí.

—¡Vaya, vaya! —replicó el capitán, rascándose la cabeza—. Aun teniendo muy presentes los dones que quiera otorgarnos la Providencia, señor, diría que estamos metidos en un buen aprieto.

—¿Qué quiere usted decir? —pregunté.

—Que es una lástima, señor, que hayamos perdido el segundo cargamento. Esto es lo que quiero decir —replicó el capitán—. En lo que se refiere a pólvora y munición, no andamos mal. Pero las raciones son escasas, muy escasas... tanto, doctor Livesey, que tal vez nos vaya bien el contar con una boca menos.

Y señaló el cuerpo que yacía debajo de la bandera.

Justo en aquel instante una bala de cañón pasó, rugiendo y silbando, por encima del techo de la cabaña de troncos, yendo a caer muy por detrás de donde estábamos, en el bosque.

—¡Ajá! —exclamó el capitán—. ¡Seguid disparando, amiguetes! ¡Que poca pólvora os queda ya!

En la segunda intentona, la puntería les fue mejor, ya que la bala cayó dentro de la empalizada lanzando una nube de arena por todos lados, aunque sin causar más daños.

—Capitán —dijo el caballero—, la cabaña resulta completamente invisible desde el buque. Así que deben de utilizar la bandera a guisa de blanco. ¿No sería más prudente arriarla?

—¡Arriar mi pabellón! —gritó el capitán—. ¡No señor, de ninguna manera!

Y en cuanto hubo pronunciado tales palabras me parece que todos nos sentimos de acuerdo con él. Pues no se trataba solamente de una demostración de recia y brava virtud marinera, sino que constituía una buena política, porque con ello indicábamos al enemigo el desprecio que nos inspiraban sus andanadas.

Siguieron disparando el cañón durante toda la tarde. Bala tras bala volaba por encima de la cabaña, se quedaba corta o levantaba montañas de arena dentro del recinto; pero se veían obligados a disparar tan hacia lo alto que el impacto perdía fuerza, y la bala caía blandamente, enterrándose en la arena. No había que temer al efecto del rebote, y, aunque una de ellas entró por el techo de la cabaña y salió por el suelo, no tardamos en habituarnos a aquella especie de chanza pesada, a la que no hicimos más caso que si se hubiera tratado de una partida de críquet.

—Algo bueno hay en todo eso —observó el capitán—: lo más probable es que el bosque de ahí enfrente esté despejado. La marea hace ya un buen rato que ha bajado, así que nuestros pertrechos estarán al descubierto. ¿Algún voluntario para ir a recoger la carne?

Gray y Hunter fueron los primeros en dar un paso al frente. Bien armados, salieron sigilosamente del blocao; pero la misión resultó vana. Los amotinados eran más atrevidos de lo que nos imaginábamos, o tal vez tenían mayor confianza que nosotros en la buena puntería de Israel. Cuatro o cinco de ellos andaban ocupados en transportar nuestros pertrechos, vadeando en el agua hasta depositarlos en uno de los botes, que estaba varado cerca de allí, manteniéndose al pairo gracias a algún que otro golpe de remo. Silver estaba de pie en la popa dando órdenes; y cada uno de ellos iba ahora provisto de un mosquete, sacado de algún escondrijo secreto que ellos conocerían.

El capitán se sentó ante el diario de a bordo, y he aquí el principio de su anotación:

«Alexander Smollett, capitán; David Livesey, médico de a bordo; Abraham Gray, ayudante de carpintero; John Trelawney, armador; John Hunter y Richard Joyce, hombres de tierra y sirvientes del armador... siendo todos los nombrados los únicos hombres leales que quedan entre la dotación del buque, y contando con pertrechos para diez días, acortando mucho las raciones, desembarcaron en este día de hoy y procedieron a izar el pabellón británico en la cabaña de troncos que se alza en la isla del tesoro. Thomas Redruth, sirviente del armador, hombre de tierra, fue muerto por los amotinados; James Hawkins, grumete...»

Precisamente en aquel instante andaba yo preguntándome por la suerte del pobre Jim Hawkins.

Se oyó una llamada por el lado de tierra.

—Alguien nos está llamando —dijo Hunter, que estaba de guardia.

—¡Doctor! ¡Caballero! ¡Capitán! ¡Eh, Hunter! ¿Estás ahí? —oímos gritar.

Y corrí hacia la puerta a tiempo de ver a Jim Hawkins, que, sano y salvo, saltaba la empalizada.

XIX

Jim Hawkins reanuda la narración:
la guarnición en la empalizada

En cuanto Ben Gunn vio ondear el pabellón, se detuvo en
seco y, asiéndome por el brazo, hizo que me sentara con él
en el suelo.

—¡Mira! —dijo—. Seguro que tus amigos están ahí.

—Me parece más probable que sean los amotinados —le
respondí.

—¡Posible! —exclamó—. ¿Por qué iba John Silver a izar
otra bandera que no fuese la de los piratas en un lugar como
este, donde solo recalan los aventureros? No te quepa duda:
son tus amigos. Ha habido lucha, además, y me parece que
tus amigos han llevado las de ganar; y ahí los tienes, en la
vieja empalizada que levantó Flint hace ya tantos años. ¡Ah,
aquel sí que era un hombre con cabeza! Dejando aparte el
ron, no hubo jamás hombre parecido. No temía a nadie, no;
solo a Silver... Silver, tan cortés él.

—Bueno —dije—, puede que así sea, no lo niego; razón
de más para que me dé prisa en reunirme con mis amigos.

—No, amigo, nada de eso —replicó Ben—. Eres un buen
chico, si no me equivoco; pero, si bien se mira, no eres más
que eso: un chico. Ahora bien, Ben Gunn va a poner pies en
polvorosa. Ni el ron me haría ir adonde piensas ir tú... ¡Ni el
ron! Al menos hasta que vea a tu caballero de nacimiento y
él me dé su palabra de honor. Y no te olvides de mis palabras:

«Un sinfín de confianza (eso es lo que le dirás), un sinfín más de confianza»... y luego le das un pellizco.

Y por tercera vez me pellizcó con el mismo aire de inteligencia.

—Y cuando Ben Gunn haga falta, ya sabes dónde encontrarlo, Jim. Justo en el sitio en que lo hallaste esta mañana. Y quien venga allí debe llevar algo blanco en la mano, y debe venir solo. ¡Oh! Y les dices esto: «Ben Gunn (les dices) tiene sus propias razones».

—Bueno —dije—. Me parece que ya entiendo. Tienes algo que proponer, y deseas entrevistarte con el caballero o con el doctor; y debemos buscarte en el sitio donde te encontré. ¿Eso es todo?

—¿Y cuándo?, te preguntarás —agregó—. Pues desde la observación del mediodía hasta que suenen las seis campanadas, más o menos.

—Muy bien —dije—. Y ahora, ¿puedo irme?

—No te olvidarás, ¿eh? —preguntó con ansiedad—. «Un sinfín de confianza y sus propias razones», les dices. «Sus propias razones»; eso es lo más importante, de hombre a hombre. Bueno, pues —dijo, sin soltarme todavía—. Me parece que ya puedes irte, Jim. Y, Jim, si ves a John Silver, no vayas a delatarme, ¿eh? Ni que te torturasen, ¿verdad? No. Veo que puedo fiarme de ti. Y si estos piratas acampan en tierra, Jim, ¿qué te apuestas a que mañana habrá viudas?

En aquel momento se vio interrumpido por una fuerte detonación, y una bala de cañón vino a través del bosque y fue a caer en la arena, a menos de un centenar de yardas de donde estábamos hablando los dos. En pocos instantes los dos echamos a correr en distinta dirección.

Durante una hora larga, frecuentes estampidos agitaban la isla, al tiempo que nuevas balas atravesaban el follaje con gran estrépito. Fui deslizándome de escondrijo en escondrijo, perseguido, o al menos así me lo parecía, por aquellos aterradores proyectiles. Pero hacia las postrimerías del bombardeo, y si bien aún no osaba emprender el camino de la empalizada, sitio donde con mayor frecuencia caían las balas, ya empezaba a sentirme más valiente, en cierto modo; así que, tras dar un amplio rodeo por el este, comencé a reptar entre los árboles que orillaban la playa.

El sol acababa de ponerse y la brisa marina agitaba el follaje, rizando también la superficie gris del fondeadero; la marea, además, se había retirado en gran manera, por lo que amplias extensiones de arena quedaban al descubierto; el aire, después del calor del día, me atravesaba la chaqueta, helándome.

La *Hispaniola* seguía anclada en el mismo lugar; aunque, por supuesto, ondeaba en ella el *Jolly Roger*, como llaman a la negra bandera de la piratería. Me hallaba observándola cuando se vio un nuevo fogonazo rojo seguido de la correspondiente detonación; de nuevo el eco devolvió el ruido y de nuevo la bala silbó por los aires. Era el último cañonazo.

Permanecí tendido durante cierto tiempo, observando la agitación que sucedió al ataque. Unos hombres estaban destrozando algo a golpes de hacha en la playa cercana a la empalizada; más tarde descubrí que se trataba del pobre chinchorro. Más allá, cerca de la boca del río, una enorme hoguera brillaba entre los árboles, al tiempo que uno de los botes hacía frecuentes viajes desde aquel lugar hasta el buque, tripulado por los hombres que antes viera yo tan abatidos y que ahora gritaban como chiquillos a cada golpe de remo. Mas había un cierto tono en sus voces que denotaba los efectos del ron...

Al cabo de un rato pensé que podía intentar el regreso a la empalizada. Me hallaba bastante lejos de ella, en el banco de arena que por el este circundaba el fondeadero y que en la bajamar se unía a la isla del Esqueleto; y entonces, al ponerme en pie, vi que a cierta distancia de donde estaba yo, en la parte baja del banco de arena, una roca aislada y bastante alta surgía de entre los matorrales, mostrando una peculiar coloración blanca. Se me ocurrió pensar que aquella sería la roca blanca de que me hablara Ben Gunn, y que algún día tal vez nos haría falta un bote y yo sabría dónde buscarlo.

Seguidamente eché a andar por el borde del bosque hasta que alcancé la retaguardia, es decir, la parte que daba al mar, de la empalizada, y no tardé en recibir la bienvenida del grupo de leales.

Pronto terminé de contarles mi narración, y entonces comencé a mirar a mi alrededor. La cabaña estaba construida con troncos de pino sin escuadrar: techo, paredes y suelo. Este último, por algunos puntos, se alzaba un pie o un pie y medio por encima de la superficie arenosa. Había un porche en la puerta, debajo del cual surgía el pequeño manantial que iba a parar a un estanque artificial de naturaleza un tanto extraña, pues no era otra cosa que una enorme perola de hierro de las que se usan a bordo, a la cual se le había quitado el fondo, hundiéndola después en tierra «hasta la amurada», como dijo el capitán.

Poco quedaba fuera de la edificación propiamente dicha; pero en un rincón había una losa de piedra colocada allí a guisa de hogar, junto con una vieja olla de hierro enmohecido, que servía de fogón.

En las laderas de la loma, así como dentro de la empalizada, se habían talado todos los árboles con el objeto de construir la casa, y a juzgar por los tocones, pudimos hacernos una idea del magnífico bosquecillo que antes había en aquel lugar. Casi todo el suelo había sido barrido por las aguas o soterrado por el aluvión después de la tala de los árboles; solo en el lugar por donde una pequeña corriente de agua salía de la perola crecía una espesa capa de musgo y helechos, así como algunas pequeñas plantas trepadoras que se arrastraban por la arena. Muy cerca de la empalizada —demasiado cerca con vistas a la defensa, según me dijeron— el bosque seguía alzándose espeso y frondoso, todo abetos por la parte de tierra, pero con una cuantiosa mezcla de encinas por el lado del mar.

La fría brisa vespertina, de la que ya os he hablado, entraba soplando por todos los intersticios del tosco edificio, rociando el suelo con una lluvia continua de arena finísima. Teníamos arena en los ojos, en la boca y en la cena; la arena bailaba en el fondo de la perola del manantial, recordando nada menos que al *porridge** poco antes de empezar a hervir. Nuestra chimenea estaba formada por un agujero cuadrado abierto en el techo: no era más que una leve proporción de humo la que conseguía salir al exterior, mientras que el resto flotaba dentro de la casa, haciéndonos toser y escociéndonos los ojos.

Añádase a esto que Gray, el nuevo aliado, llevaba el rostro vendado a causa del corte que recibiera al escabullirse de entre los amotinados, y el hecho de que el pobre Tom Redruth, aún no enterrado, yacía al lado de la pared, rígido y envuelto en la *Union Jack*.

De habérsenos permitido permanecer ociosos, el abatimiento pronto habría hecho presa en nosotros, pero el capitán Smollett no era hombre que consintiera tales cosas. Nos reunió a todos ante sí y procedió a establecer los turnos de guardia. El doctor, Gray y yo nos encargaríamos de una; el caballero, Hunter y Joyce, de la otra. Pese a que todos estábamos fatigados, el capitán mandó a dos de nosotros a por leña; otros dos debían cavar una sepultura para Redruth; el doctor fue nombrado cocinero; yo fui colocado de centinela junto a la puerta; y el mismo capitán iba de uno a otro, tratando de

---

* Manjar parecido a nuestras gachas de avena y que puede tomarse con sal o azucarado. (*N. del T.*)

que no decayesen nuestros ánimos y echando una mano allí donde hiciera falta.

De vez en cuando el doctor se acercaba a la puerta para respirar un poco de aire y descansar los ojos, que parecían a punto de saltar de sus cuencas a causa del humo; y cada vez que salía, tenía una palabra para mí.

—Ese hombre, Smollett —dijo una vez—, es mejor que yo. Y cuando yo lo digo es que es cierto, Jim.

En otra ocasión se me acercó y permaneció callado durante un rato. Luego ladeó la cabeza y me miró.

—¿Ese tal Ben Gunn está bien de la cabeza? —preguntó.

—No lo sé, señor —dije—. No estoy demasiado seguro de que esté en su sano juicio.

—Si hay alguna duda al respecto, entonces es que sí lo está —contestó el doctor—. No se puede esperar que un hombre que se ha pasado tres años mordiéndose las uñas en una isla desierta, Jim, parezca tan cuerdo como tú y yo. No es propio de la naturaleza humana. ¿Fue queso lo que me dijiste que se le antojaba?

—Sí, señor; queso —respondí.

—Pues mira, Jim —dijo el doctor—, ya ves de qué sirve el ser exigente con los alimentos. Habrás visto mi cajita de rapé, ¿no es verdad? Pero jamás me habrás visto tomar rapé... La explicación está en que en dicha cajita llevo un pedazo de queso de Parma... un queso que hacen en Italia, muy nutritivo. Pues bien, ¡será para Ben Gunn!

Antes de cenar enterramos al pobre Tom en la arena y durante unos instantes nos quedamos a su alrededor, con las cabezas descubiertas bajo la brisa. Aunque habíamos metido en la cabaña una buena cantidad de leña, al capitán se le antojaba que no bastaba; la miró meneando la cabeza y nos dijo que «por la mañana teníamos que poner un poco más de brío en aquella tarea». Después, una vez nos hubimos comido nuestra ración de cerdo salado, acompañado por un buen vaso de grog preparado a base de coñac, los tres jefes se reunieron en un rincón para hablar de nuestras perspectivas.

Parece ser que no sabían lo que debían hacer, ya que nuestras provisiones y pertrechos eran tan magros que la inanición nos obligaría a rendirnos antes de que pudiéramos recibir ayuda. Así, pues, se decidió que nuestra mejor esperanza radicaba en ir liquidando a los bucaneros hasta forzarles a arriar su bandera o a huir en la *Hispaniola*. De diecinueve ya se habían visto reducidos a quince, otros dos estaban heridos y uno, cuando menos —el que había recibido un disparo mientras se hallaba al lado del cañón—, lo estaba de gravedad; eso si no se había muerto. Cada vez que les largáramos un disparo, debíamos hacerlo con el máximo cuidado, velando por nuestras vidas. Y, por si fuera poco, contábamos con dos valiosos aliados: el ron y el clima.

En lo que hace al primero, aunque nos separaba de los piratas una distancia de casi media milla, pudimos oírles cantar y alborotar hasta bien entrada la noche; en cuanto al segundo, el doctor se apostó la peluca a que, acampados como estaban en el marjal, desprovistos de medicamentos, la mitad de ellos estarían panza arriba antes de que hubiese transcurrido una semana.

—Así, pues —añadió el doctor—, si no nos matan antes, se darán por satisfechos si logran huir en la goleta. Al fin y al cabo, se trata de un buque y pueden utilizarlo para sus correrías piratescas, supongo.

—Será el primer buque que haya perdido en mi vida —dijo el capitán Smollett.

Yo estaba muerto de cansancio, como podréis figuraros, y cuando me dormí, no sin antes haberme pasado un buen rato revolviéndome en la cama, lo hice como un tronco.

Cuando me despertaron el ruido y las voces, los demás llevaban ya un buen rato levantados, habían desayunado y aumentado casi hasta el doble la pila de leña.

—¡Bandera de tregua! —Oí que alguien exclamaba, seguido casi al instante por un grito de sorpresa—: ¡Es Silver en persona!

Y, al oír aquello, me levanté de un salto y, frotándome los ojos, me acerqué corriendo a una de las aspilleras de la pared.

XX

La embajada de Silver

Efectivamente, había dos hombres a pocos pasos de la empalizada, uno de ellos agitando una tela blanca; el otro, que era nada menos que Silver en persona, permanecía plácidamente al lado de su compañero.

Era todavía muy temprano, así como la mañana más fría que recuerdo haber visto. El frío penetraba hasta la médula de los huesos. Sobre nuestras cabezas, el cielo estaba despejado, sin una nube, y las copas de los árboles desprendían un brillo rosáceo bajo el sol. Pero en el lugar donde se hallaban Silver y su lugarteniente reinaba aún la oscuridad, y los dos hombres caminaban en medio de una neblina blanca y baja que les llegaba hasta las rodillas y que durante la noche había surgido del pantano. Entre la neblina y el frío, la idea que uno podía hacerse de la isla no era muy favorable que digamos. Resultaba evidente que se trataba de un lugar húmedo, infestado de fiebre e insano.

—Que no salga nadie, muchachos —dijo el capitán—, que nadie se mueva. Apuesto diez contra uno a que se trata de una trampa.

Seguidamente llamó al bucanero.

—¿Quién va? Quietos o disparamos.

—Bandera de tregua —contestó Silver.

El capitán estaba en el porche, protegiéndose prudentemente de cualquier disparo traicionero que contra él pudieran hacer los emisarios. Se volvió y nos dijo:

—La guardia del doctor que tenga el ojo atento. Doctor Livesey, vigile el lado norte, si me hace el favor; Jim, tú al este; Gray, al oeste. ¡Eh, la guardia de abajo! ¡Cargad vuestros mosquetes! ¡Vivo, muchachos, y mucho ojo!

Y a continuación se dirigió de nuevo a los amotinados.

—¿Y qué es lo que queréis con esa bandera de tregua? —les preguntó.

Esta vez fue el otro hombre el que replicó.

—El capitán Silver, señor, desea subir a bordo y entablar negociaciones —dijo a voz en grito.

—¿El capitán Silver? No le conozco. ¿Quién es? —respondió nuestro capitán, añadiendo seguidamente para sí—: ¿Conque capitán, eh? ¡Vaya, vaya, a eso lo llamo yo ascender!

John el Largo le contestó en persona.

—Soy yo, señor. Estos pobres muchachos me han elegido capitán, después de la deserción de usted, señor —dijo, poniendo especial énfasis en la palabra «deserción»—. Estamos deseosos de someternos, si podemos llegar a un acuerdo. Téngalo por seguro. Todo lo que le pido es su palabra, capitán Smollett, de que me permitirá entrar sin peligro en la empalizada, y de que luego me concederá un minuto para salir antes de hacer fuego.

—Muchacho —dijo el capitán Smollett—, no siento el menor deseo de hablar contigo. Si quieres hablar conmigo, puedes venir; eso es todo. Si hay alguna traición, será por vuestra parte, ¡y que el Señor os proteja!

—Con eso me basta, capitán —contestó John el Largo alegremente—. Una palabra suya es suficiente para mí. Sé cuándo trato con un caballero, puede estar seguro de ello.

Pudimos ver cómo el hombre que portaba la bandera de tregua trataba de impedir que Silver avanzara. No resultaba raro, viendo cuán caballeresca había sido la contestación del capitán. Pero Silver soltó una risotada burlona y descargó unas palmadas en la espalda de su compañero, como indicándole lo absurda que resultaba su alarma. Después se adelantó hasta la empalizada, lanzó la muleta por encima de ella, alzó una pierna y con gran vigor y habilidad consiguió encaramarse a la valla y dejarse caer sano y salvo al otro lado.

Debo confesar que me sentía demasiado interesado por lo que estaba pasando para que mis servicios como centinela resultasen mínimamente eficaces; a decir verdad, ya había desertado de mi puesto ante la aspillera del este, acercándome sigilosamente por detrás del capitán, que se había sentado en el umbral, con los codos sobre las rodillas y la cabeza entre las manos, mirando fijamente el agua que salía burbujeando de la vieja perola de hierro semienterrada en la arena. Silbaba por lo bajo la canción «Venid muchachas y muchachos».

Silver pasó unos apuros tremendos para subir la loma. Entre la empinada cuesta de la misma, la abundancia de tocones y la blandura de la arena, él y su muleta se veían tan desamparados como un buque en calma chicha. Pero, sin decir palabra, no cejó en su empeño hasta que por fin llegó ante el capitán, a quien dedicó un saludo de lo más ceremonioso. Iba ataviado con sus mejores galas: una inmensa casaca azul, llena de botones de latón, le colgaba hasta más abajo de las rodillas, y sobre la parte posterior de la cabeza ostentaba un sombrero adornado con encaje fino.

—Ah, ya estás aquí, muchacho —dijo el capitán, alzando la cabeza—. Será mejor que te sientes.

—¿No va a dejarme entrar, capitán? —dijo John Silver en tono de queja—. Hace mucho frío esta mañana, señor; demasiado para quedarse sentado fuera, en la arena.

—¡Caramba, Silver! —exclamó el capitán—. Si hubieses optado por ser un hombre honrado, ahora estarías sentado cómodamente en tu cocina. Tuya es la culpa si así es. Puedes escoger entre ser el cocinero de mi buque —recibiendo un buen trato— o ser el capitán Silver, un vulgar amotinado y pirata, ¡y que te ahorquen!

—Bien, bien, capitán —replicó el cocinero, sentándose en la arena como le indicaban—; solo que tendrá que echarme una mano al levantarme. Están ustedes muy bien instalados aquí. ¡Ah, ahí está Jim! ¡Muy buenos días, Jim! Doctor, a su servicio. ¡Vaya, vaya... están todos reunidos como una familia feliz, por decirlo de algún modo!

—Si tienes algo que decir, muchacho, será mejor que lo digas —dijo el capitán.

—Tiene usted toda la razón, capitán Smollett —repuso Silver—. El deber es el deber, cierto. Pues bien: nos tendieron una buena celada anoche. No niego que fue buena en verdad. Alguno de ustedes tiene buena mano para manejar una pica. Y tampoco pienso negar que algunos de mis hombres quedaron un tanto trastornados... puede que todos ellos; puede que hasta yo y que sea por esto por lo que estoy aquí negociando. Pero, fíjese bien, capitán, no les saldrá tan bien la segunda vez. ¡Rayos y centellas! Tendremos que apostar centinelas y andar con más cuidado en lo que se refiere al ron. Tal vez se imagine usted que estábamos todos borrachos como cubas. Pero le doy mi palabra de que yo estaba sobrio, solo que medio muerto de cansancio y, de haberme despertado un segundo antes, les hubiese cogido con las manos en la masa, ¡sí, señor! No estaba muerto cuando llegué hasta él; no lo estaba.

—¿Y bien? —preguntó el capitán Smollett, con toda la frialdad de que era capaz.

Todo lo que Silver le estaba diciendo resultaba un acertijo para el capitán, pero jamás lo hubieseis imaginado por el tono de su voz. En cuanto a mí, empezaba a comprender de qué iba la cosa. Las últimas palabras de Ben Gunn volvían a mi pensamiento. Comencé a suponer que Ben les habría hecho una visita sorpresa a los bucaneros mientras estos yacían en torno a la hoguera, completamente ebrios, y con gran alegría calculé que ya solo teníamos que vérnoslas con catorce enemigos.

—Bueno, vamos al grano —dijo Silver—. Queremos ese tesoro y lo conseguiremos... ¡eso es lo que nos importa! Ustedes preferirán salvar sus vidas, me imagino. Bueno, pues eso es lo que les importa a ustedes. Tienen un mapa, ¿no es así?

—Puede ser —replicó el capitán.

—Oh, sé muy bien que lo tienen —contestó John el Largo—. No hay por qué ser tan seco conmigo; puede tener por seguro que ello no les va a servir de nada. Lo que quiero decir es esto: queremos su mapa. Ahora bien, en lo que a mí respecta, nunca tuve empeño alguno en causarles daño.

—Eso no te va a servir conmigo, muchacho —le interrumpió el capitán—. Sabemos exactamente lo que pretendéis hacer; y no nos importa un rábano, pues, verás, no podréis hacerlo.

Y el capitán le miró sosegadamente, mientras procedía a cargar su pipa.

—Si Abe Gray... —dijo Silver.

—¡Alto ahí! —exclamó el señor Smollett—. Gray no me contó nada ni yo se lo pregunté. Y, lo que es más, antes que eso preferiría verte a ti y a él y a toda la isla saltar por los aires. Así que ahora ya sabes lo que pienso sobre este asunto, muchacho.

Aquel leve estallido de cólera pareció aplacar a Silver, que momentos antes empezaba a dar muestras de irritación. Pero las palabras del capitán le hicieron sobreponerse a ella.

—Como quiera —dijo—. No seré yo quien fije los límites de lo que un caballero considere bueno o malo, según el caso. Y como veo que se dispone usted a fumar una pipa, me tomaré la libertad de hacer lo mismo.

Y cargó una pipa, a la que después prendió fuego. Los

dos hombres se quedaron fumando en silencio durante un buen rato, ora mirándose a la cara, ora atacando el tabaco o inclinándose hacia delante para escupir. Resultaba divertido como una comedia verlos actuar de aquel modo.

—Y ahora —prosiguió Silver—, he aquí mi propuesta. Ustedes nos dan el mapa para encontrar el tesoro; y dejan de disparar contra unos pobres marineros, y de aplastarles la cabeza mientras están dormidos. Háganlo así y les permitiremos elegir: o subirán a bordo con nosotros, y entonces les daré mi palabra de honor de que los desembarcaremos en algún lugar seguro; o, si eso no les gusta, como algunos de mis hombres son un tanto bruscos y tienen alguna cuentecilla que saldar, se quedarán ustedes aquí. Dividiremos los pertrechos a partes iguales, y les daré mi palabra de que avisaremos al primer buque que se cruce en nuestro camino para que pase a recogerles. No me negará usted que eso es hablar claro. No podrían esperar mejor trato que este. Y espero —agregó, alzando la voz— que todos los que se encuentran en este blocao prestarán atención a mis palabras, pues lo que le estoy diciendo a uno de ellos va dirigido a todos.

El capitán Smollett se puso en pie, golpeó la pipa para extraer la ceniza, que fue a parar a la palma de la mano izquierda.

—¿Eso es todo? —preguntó.

—¡Rayos y truenos, nada más queda por decir! —contestó John—. Rechace mi propuesta, y de mí no volverá a ver más que las balas de mosquete que les disparemos.

—Muy bien —dijo el capitán—. Ahora me vas a oír a mí. Si os presentáis aquí, uno a uno y desarmados, me ocuparé de que os pongan los grilletes y os llevaré de vuelta a Inglaterra, para que os sometan a un juicio imparcial. En caso contrario, como que me llamo Alexander Smollett y he arbolado el pabellón de mi soberano, me cuidaré de que todos le hagáis una visita a Davy Jones.* No podéis encontrar el tesoro; no sabéis gobernar el buque... entre vosotros no hay un solo hombre capaz de hacer marchar el buque. No estáis en condiciones de presentarnos batalla... Gray, sin ir más lejos, se las compuso para escapar a cinco de vosotros. Vuestro buque está encadenado, señor Silver; estáis en una costa de sotavento, ya os daréis cuenta de ello. Yo me quedo aquí y estas son mis palabras; y son las últimas palabras benévolas que recibiréis de mí; pues, juro por el cielo que la próxima vez que te eche la vista encima te meteré una bala entre pecho y espalda. Así que, andando, muchacho. Largo de aquí, y sin pararte. ¡Vivo!

El rostro de Silver era todo un cuadro: los ojos le brillaban de ira. Apagó la pipa agitándola con violencia.

—¡Deme una mano para levantarme! —exclamó.

—No seré yo quien lo haga —le replicó el capitán.

—¿Quién lo hará entonces? —rugió Silver.

Ni uno solo de nosotros se movió. Gruñendo y soltando las más viles imprecaciones, Silver se arrastró por la arena hasta lograr asirse al porche y, con ayuda de este, ponerse en pie y apoyarse en la muleta. Entonces escupió en el suelo.

—¡Tomad! —exclamó—. ¡Eso es lo que pienso de vosotros! Antes de que pase una hora, aplastaré vuestro blocao como si fuera un tonel de ron. ¡Reíros, rayos y truenos, reíros! Antes de que pase una hora os reiréis desde el otro barrio. Y os digo que los que mueran en la refriega podrán darse por afortunados.

Y lanzando un horrible juramento, emprendió la marcha, renqueando y tambaleándose sobre la arena, hasta que, tras cuatro o cinco intentos fallidos, el hombre de la bandera de tregua tuvo que ayudarle a cruzar la empalizada; luego, en pocos instantes, los dos se perdieron de vista entre los árboles.

---

* Apodo que dan los marineros ingleses al diablo. *(N. del T.)*

XXI

El ataque

En cuanto Silver hubo desaparecido, el capitán, que le había estado observando atentamente, se volvió hacia el interior de la cabaña, y se encontró con que ninguno de nosotros, salvo Gray, se hallaba en su puesto. Fue la primera vez que le vimos enfadado.

—¡A sus puestos! —rugió, añadiendo luego, mientras nos encaminábamos a ocuparlos—: Gray, anotaré tu nombre en el diario de a bordo; te has mantenido en tu puesto como corresponde a un buen marinero. Señor Trelawney; me ha sorprendido usted, señor. Doctor, ¡creí que había vestido usted la guerrera del rey! Si así fue como sirvió usted en Fontenoy, señor, mejor hubiese sido que se quedase en su camarote.

La guardia del doctor se hallaba ya de nuevo ante sus respectivas aspilleras, mientras que el resto andaba atareado cargando los mosquetes de repuesto y, podéis estar seguros de ello, todos estaban ruborizados y, como suele decirse, escocidos ante la reprimenda.

El capitán permaneció un momento en silencio, mirando; luego habló:

—Muchachos —dijo—. Le he soltado una andanada a Silver. Lo he puesto furioso a propósito; y antes de que pase una hora, como él dijo, se lanzarán al abordaje. No hace falta que os diga que nos superan en número; pero nosotros lucharemos desde un refugio y, hasta hace un minuto, hubiese dicho que lo haríamos disciplinadamente. No me cabe la menor duda de que podremos darles una buena paliza, si es que vosotros queréis.

Luego hizo la ronda de inspección y observó, según nos dijo, que todo estaba dispuesto.

En los dos lados breves de la casa, el del este y el del oeste, solamente había un par de aspilleras; otras dos en el lado sur, donde se encontraba el porche; y cinco en el norte. Contábamos con una buena veintena de mosquetes para los siete hombres que éramos; la leña había sido apilada en cuatro montones —mesas, podríamos decir— situados más o menos a la mitad de cada lado; y sobre cada lado, y sobre cada una de tales mesas, se había dispuesto cierta cantidad de munición y cuatro mosquetes cargados al alcance de la mano de los defensores. En medio de la estancia, los sables de abordaje se hallaban colocados en fila.

—Echad el fuego afuera —dijo el capitán—. Ya no hace frío y no nos conviene que el humo nos ciegue los ojos.

El señor Trelawney sacó en volandas la perola donde estaba el fuego, y luego apagó las brasas enterrándolas en la arena.

—Hawkins no ha desayunado. Sírvete tú mismo, Hawkins, y regresa a tu puesto para comer —prosiguió el capitán Smollett—. ¡Rápido, muchacho! Te va a hacer falta antes de que hayas terminado. Hunter, sirve una ronda de ron a todos los presentes.

Y mientras todo aquello tenía lugar, el capitán iba ultimando mentalmente sus planes defensivos.

—Usted se encargará de la puerta, doctor —prosiguió—. Vigile y no se exponga; quédese dentro y dispare a través del porche. Hunter, ocúpese del lado del este. Joyce, muchacho, ocúpate del oeste. Señor Trelawney, usted es quien tiene mejor puntería... usted y Gray se apostarán en la pared norte, que es la más larga, y se ocuparán de las cinco aspilleras; allí es donde el peligro es mayor. Si consiguen acercarse a ella, y dispararnos a través de nuestras propias aspilleras, la cosa empezará a ponerse fea. Hawkins, ni tú ni yo somos grandes tiradores; así que nos ocuparemos de cargar las armas y de echar una mano cuando haga falta.

Tal como dijera el capitán, el frío se había esfumado. En cuanto se hubo alzado por encima de los árboles que nos rodeaban, el sol empezó a caer de plano sobre el recinto, absorbiendo la neblina. No tardó en cocerse la arena y en fundirse la resina de los troncos del blocao. Nos despojamos de las casacas y de las chaquetas, y nos desabrochamos el cuello de la camisa, haciendo que nos resbalara hasta los hombros; y así nos quedamos cada uno en su puesto, enfebrecidos por el calor y la ansiedad.

Transcurrió una hora.

—¡Que los ahorquen! —exclamó el capitán—. Esto es más pesado que una calma ecuatorial. Gray, silba un poco a ver si sopla el viento.

Y justo en aquel momento llegaron las primeras señales del ataque.

—Por favor, señor —dijo Joyce—, ¿debo disparar si veo a alguien?

—¡Eso dije! —exclamó el capitán.

—Gracias, señor —contestó Joyce, con la misma cortesía tranquila.

Nada sucedió durante un rato; pero la observación nos había puesto a todos en estado de alerta, forzando los ojos y los oídos; los que empuñaban los mosquetes tenían el arma apercibida y el capitán permanecía en medio del blocao, con la boca apretada y el ceño fruncido.

Así pasaron algunos segundos, hasta que de repente Joyce asió su mosquete y abrió fuego. Apenas se había apagado la detonación cuando una y otra vez fue contestada desde el exterior con fuego graneado, un disparo tras otro, como una hilera de patos, desde todos los lados del recinto. Varias balas dieron en los troncos de la cabaña, pero ninguna penetró en ella; y, al disiparse el humo, la empalizada y los bosques que la rodeaban presentaron un aspecto tan tranquilo y desértico como antes. Ni una rama se movía, ni el refulgir del cañón de un mosquete revelaba la presencia de nuestros enemigos.

—¿Le diste a tu hombre? —preguntó el capitán.

—No, señor —contestó Joyce—. Creo que no, señor.

—¡Qué le vamos a hacer! —musitó el capitán Smollett—. Cárgale el arma, Hawkins. ¿Cuántos diría usted que había en su lado, doctor?

—Lo sé exactamente —dijo el doctor Livesey—. Por este lado hicieron tres disparos. Vi los tres fogonazos... dos de ellos muy juntos el uno del otro; el tercero, algo más hacia el oeste.

—¡Tres! —repitió el capitán—. ¿Y cuántos calcula usted, señor Trelawney?

Mas la respuesta a aquella pregunta no resultaba fácil. Se habían hecho gran número de disparos desde el lado norte... Siete, según calculó el caballero; ocho o nueve, según Gray. Desde el este y desde el oeste, solo nos habían disparado un tiro respectivamente. Estaba claro, por consiguiente, que el ataque provendría del lado norte, y que los otros tres lados iban a ser utilizados solamente para hostigarnos. Pero el capitán Smollett no alteró para nada sus disposiciones. Si los amotinados conseguían cruzar la empalizada, tomarían posesión de cuantas aspilleras encontrasen desprotegidas y nos cazarían como a ratas en nuestro propio reducto.

Aunque no tuvimos mucho tiempo para reflexionar. De repente, lanzando un fuerte alarido, una pequeña nube de piratas salió de entre los árboles del lado norte y emprendió carrera directamente hacia la empalizada. Simultáneamente, abrieron nuevamente fuego desde los bosques, y una bala de rifle entró zumbando por la puerta, haciendo pedazos el mosquete del doctor.

Los atacantes se encaramaron a la empalizada como monos. El caballero y Gray dispararon y volvieron a disparar; tres hombres cayeron derribados, uno de ellos hacia delante, dentro del recinto, los otros dos hacia atrás. Pero de estos dos, uno de ellos estaba, evidentemente, más aterrorizado que herido, pues en un segundo se puso de nuevo en pie y se ocultó rápidamente entre los árboles.

Dos habían mordido el polvo, uno había huido, otros cuatro habían logrado afirmar su posición dentro de nuestras defensas; en tanto que, al amparo de los bosques, siete u ocho hombres (cada uno de ellos, se veía claramente, provisto de varios mosquetes) mantenían un continuo aunque ineficaz tiroteo contra la cabaña de troncos.

Los cuatro que habían logrado irrumpir en el interior del recinto se dirigieron en línea recta hacia la cabaña, gritando mientras corrían; en tanto que los que se hallaban ocultos entre los árboles gritaban también para infundir coraje a sus compinches. Se hicieron varios disparos; pero era tal el apresuramiento de los tiradores que, al parecer, ningún tiro dio en el blanco. En pocos instantes los cuatro piratas escalaron la loma y se lanzaron sobre nosotros.

La cabeza de Job Anderson, el contramaestre, asomó por la aspillera de en medio.

—¡A por ellos, a por ellos! —gritó con voz de trueno.

Al mismo tiempo otro pirata asía el mosquete de Hunter por el cañón, se lo arrebataba de las manos y, golpeando con él a través de la aspillera, dejaba al pobre hombre tendido en el suelo sin sentido. Entretanto, un tercer pirata, que sin sufrir daño alguno corría en torno a la cabaña, apareció de sopetón en el umbral, y cayó sobre el doctor blandiendo su sable de abordaje.

Nuestra situación había virado radicalmente. Momentos antes estábamos disparando, protegidos, contra un enemigo que se hallaba a pecho descubierto; ahora éramos nosotros los que estábamos al descubierto, sin poder devolver los golpes.

La cabaña de troncos estaba llena de humo, cosa a la que debíamos nuestra relativa impunidad. Todo eran gritos y confusión, fogonazos y disparos de pistola, cuando un fuerte grito retumbó en mis oídos.

—¡Afuera, muchachos, afuera! ¡Démosles batalla al aire libre! ¡A por los sables! —exclamó el capitán.

Agarré uno de los sables de abordaje al mismo tiempo que otra persona cogía otro de ellos y me descargaba un golpe en los nudillos que apenas sentí. Me lancé a través de la puerta y me hallé bajo la radiante luz diurna. Alguien me venía pisando los talones, aunque no sabía quién. Justo delante de mí el doctor perseguía a su atacante colina abajo, derribándolo de espaldas en la arena con un enorme sablazo de lado a lado del rostro.

—¡Dad la vuelta a la cabaña, muchachos! ¡Dad la vuelta a la cabaña! —gritó el capitán, en cuya voz, pese al tumulto de la batalla observé un cambio.

Le obedecí mecánicamente y, volviéndome hacia el este, con el sable alzado, doblé corriendo la esquina de la cabaña. Al instante me hallé cara a cara con Anderson. El contramaestre lanzó un rugido y su sable se alzó en el aire, centelleando bajo el sol. No tuve tiempo de sentir miedo, sino que, mientras el sable permanecía suspendido sobre mí, amenazadoramente, di un salto hacia un lado y, al resbalarme el pie en la arena, caí cuan largo era y bajé rodando por la pendiente.

Momentos antes, al salir yo de la cabaña, el resto de los amotinados ya se estaban encaramando a la empalizada, dispuestos a terminar con nosotros. Uno de ellos, que llevaba un gorro de dormir de color rojo y el sable entre los dientes, incluso había logrado pasar la pierna al otro lado. Bueno, tan breve era el rato transcurrido que, cuando volví a encontrarme de pie, todo seguía igual que antes: el hombre del gorro rojo estaba a mitad de la empalizada, descendiendo al interior, mientras que la cabeza de otro justo empezaba a asomar por encima de ella. Y, con todo, en aquel brevísimo instante, la batalla terminó con la victoria de nuestro lado.

Gray, que me seguía de cerca, había derribado de un sablazo al corpulento contramaestre antes de que este lograse recuperar el equilibrio que perdiera al fallar el golpe que me había descargado. Otro pirata había recibido un tiro en el instante en que se disponía a hacer fuego a través de una de las aspilleras, y ahora yacía agonizante, empuñando la pistola todavía humeante. Yo mismo había observado cómo el doctor daba buena cuenta de un tercero de un solo golpe. De los cuatro que habían escalado la empalizada solo uno había logrado escapar ileso; en aquel momento, tras abandonar su sable en el suelo, se hallaba escalándola de nuevo con el miedo a la muerte sobre sí.

—¡Fuego... fuego desde la cabaña! —gritó el doctor—. ¡Y vosotros, poneos a cubierto otra vez, muchachos!

Mas nadie hizo caso de sus palabras: no se disparó ningún tiro más y el último de los asaltantes consiguió escapar, y se perdió de vista junto con los demás, entre los árboles. En tres segundos, del grupo atacante no quedaba nada salvo los cinco que habían caído: cuatro dentro del recinto y uno al pie de la empalizada, por la parte de fuera.

El doctor, Gray y yo corrimos a toda velocidad en busca de refugio. Los supervivientes no tardarían en regresar al punto donde habían abandonado sus mosquetes y probablemente el tiroteo se reanudaría en cualquier momento.

Para entonces la cabaña ya estaba bastante libre de humo, y nos bastó una mirada para ver qué precio habíamos pagado por nuestra victoria. Hunter yacía sin sentido al pie de su aspillera; Joyce, al lado de la suya, yacía con la cabeza atravesada de un balazo y jamás volvería a levantarse; en tanto que en el centro de la estancia, el caballero sostenía al capitán, los dos igualmente pálidos.

—El capitán está herido —dijo el señor Trelawney.

—¿Han huido? —preguntó el señor Smollett.

—Los que han podido, sí; téngalo por seguro —repuso el doctor—; pero hay cinco que nunca podrán volver a huir corriendo.

—¡Cinco! —exclamó el capitán—. ¡Caramba, eso está mejor! Cinco de un lado y tres del otro nos deja en cuatro contra nueve. La proporción es mejor ahora que al empezar. Entonces éramos siete contra diecinueve, o al menos eso pensábamos, y eso era tan malo como de haber sido cierto.*

* No iban a tardar los amotinados en verse reducidos a ocho, pues el hombre herido por el señor Trelawney a bordo de la goleta murió aquella misma noche. Aunque, por supuesto, esto no lo supimos hasta más tarde.

QUINTA PARTE

MI AVENTURA EN EL MAR

XXII

Cómo empecé mi aventura en el mar

No regresaron los amotinados; ni siquiera nos dispararon desde los bosques. Ya habían «recibido su ración del día», como dijo el capitán, así que quedamos dueños y señores del lugar, con suficiente tranquilidad para atender a los heridos y comer un poco. El caballero y yo preparamos la comida en el exterior, a pesar del peligro, e incluso fuera apenas sabíamos lo que estábamos haciendo, a causa de los horribles gritos que proferían los pacientes del doctor.

De los ocho hombres caídos en la acción solo tres seguían respirando: el pirata derribado ante la aspillera, Hunter y el capitán Smollett; y de estos, los dos primeros estaban prácticamente muertos; el amotinado, de hecho, expiró bajo el bisturí del doctor, mientras que Hunter, pese a cuanto hicimos, nunca recobró el conocimiento en este mundo. Sobrevivió el día entero, respirando ruidosamente al igual que lo hiciera el viejo bucanero en casa, durante su ataque de apoplejía; pero le habían aplastado los huesos del pecho y tenía el cráneo fracturado a causa de la caída, por lo que durante la noche siguiente, sin ningún movimiento, en silencio, se reunió con su Hacedor.

En cuanto al capitán, sus heridas eran graves, cierto, pero no mortales. Ningún órgano vital había resultado afectado fatalmente. La bala de Anderson —pues este había sido quien primero le hiriera— le había roto el omóplato y alcanzado el pulmón, aunque sin hacer grandes estragos; la segunda bala se había limitado a desgarrar y desplazar unos cuantos músculos de la pantorrilla. El doctor dijo que indudablemente se recuperaría, pero que, mientras tanto, durante unas semanas no debía andar ni mover el brazo, ni siquiera hablar, si le era posible evitarlo.

El corte que yo había recibido en los nudillos era una simple minucia. El doctor Livesey me lo vendó con un emplasto al tiempo que me tiraba de las orejas para acabar de redondear las cosas.

Después de comer, el caballero y el doctor se sentaron al lado del capitán y celebraron consejo; cuando terminaron de hablar tanto como quisieron, siendo ya un poco más de mediodía, el doctor cogió su sombrero y sus pistolas, se puso el sable al cinto, se echó el mapa al bolsillo y, con un mosquete al hombro, cruzó la empalizada por el lado norte, adentrándose a buen paso a través de los árboles.

Gray y yo nos hallábamos sentados juntos en el extremo opuesto del blocao, para no oír lo que decían nuestros oficiales y Gray, que se había quitado la pipa de la boca, se olvidó de volver a metérsela en ella; tan atónito le dejó la salida del doctor.

—¡Caramba! —exclamó—. En nombre de Davy Jones, ¿es que el doctor Livesey se ha vuelto loco?

—Nada de eso —repuse yo—. Antes diría que es el más cuerdo de todos.

—Pues mira, compañero —dijo Gray—, loco puede que no lo esté; pero si *él* no lo está, entonces, fíjate en lo que te digo, debo de estarlo *yo*.

—Supongo —dije— que el doctor tendrá sus motivos; y, si no me equivoco, ha ido a ver a Ben Gunn.

Estaba en lo cierto, como se vio más adelante; pero mientras tanto, como en la casa reinaba un calor sofocante, y la arena que quedaba entre las cuatro paredes de la empalizada ardía bajo el sol del mediodía, empezó a metérseme en la mollera otro pensamiento, el cual en modo alguno resultó tan acertado. Lo que comencé a hacer consistía en envidiar al doctor, que ahora andaría bajo la sombra de los bosques, rodeado de pájaros y del agradable aroma de los pinos, mientras yo me estaba asando allí dentro, con la ropa pegada a la ardiente resina y rodeado de tanta sangre y cadáveres que aquel lugar empezó a inspirarme un sentimiento de asco casi tan fuerte como el miedo que sentía.

Durante todo el rato que estuve lavando en la parte exterior del blocao, y luego, ya dentro, los platos de la comida, aquel sentimiento de asco y envidia se hacía cada vez más intenso hasta que finalmente, hallándome cerca de un saco de pan, y sin que nadie me estuviera observando, di el primer paso hacia mi huida llenando los dos bolsillos de mi casaca con galleta.

Fui un tonto, si queréis, y ciertamente iba a hacer algo que resultaba tonto y temerario; pero estaba resuelto a llevarlo a cabo con tantas precauciones como pudiera tomar. En caso de que algo me sucediera, aquellas galletas me impedirían pasar hambre, cuando menos hasta bien entrado el día siguiente.

Seguidamente me apoderé de un par de pistolas; y como ya llevaba un cuerno de pólvora y balas, me consideré bien armado.

En cuanto al plan que tenía en la cabeza, no era malo del todo. Pensaba bajar al banco de arena que por el este dividía el fondeadero y el mar abierto, buscar la roca blanca que observara el día anterior por la tarde y asegurarme de si era o no cierto que Ben Gunn tenía su barca escondida allí. Sigo creyendo que valía la pena emprender aquella aventura. Pero como tenía la seguridad de que no me iba a ser permitido el abandonar el recinto, mi plan consistía en despedirme a la francesa y salir sigilosamente de la cabaña cuando nadie me viera; y fue precisamente aquella forma de obrar lo que estropeó mis proyectos. Pero no era más que un muchacho y estaba bien decidido a seguir adelante.

Pues bien, sucedió que se me presentó una ocasión inmejorable. El caballero y Gray andaban atareados con los vendajes del capitán, con lo que el campo estaba libre; sin pensármelo dos veces salté la empalizada y me metí en el punto más espeso del bosque y, antes de que mi ausencia fuese observada, me hallaba ya lejos del alcance de las voces de mis compañeros.

Aquella fue la segunda tontería de las que hice, y mucho peor que la primera, ya que dejaba solamente a dos hombres capaces de guardar la cabaña; pero, al igual que la primera, contribuyó a la salvación de todos nosotros.

Emprendí la marcha directamente hacia la costa este de la isla, pues estaba decidido a bajar hasta el lado de mar del banco de arena con el fin de evitar ser visto desde el fondeadero. La tarde ya estaba bien avanzada, aunque seguía siendo cálida y soleada. Mientras seguía abriéndome paso entre los altos árboles podía oír a lo lejos, por delante de mí, no solo el incesante rumor de las olas al romper sobre la playa, sino también cierto ruido del follaje y de las ramas que indicaba que la brisa marina soplaba con mayor fuerza que de costumbre. Pronto empecé a sentir ráfagas de aire fresco sobre mí, y, tras andar unos pasos más, salí al borde del bosque y vi el mar que, azul y soleado, se extendía hasta el horizonte, mientras que más cerca, en el sitio donde las olas rompían en la arena, flotaba la blanca espuma.

Jamás he visto que el mar estuviera tranquilo alrededor de la isla del tesoro. El sol podía llamear en lo alto, el aire podía estar perfectamente inmóvil, la superficie lisa y azul, pero, pese a todo ello, las grandes olas azotaban toda la costa de la isla, rugiendo y rugiendo día y noche; y no creo que haya un solo lugar en toda la isla donde uno deje de oír el bramido de las aguas.

Eché a andar lleno de gozo a lo largo de la orilla hasta que, pensando que ya me había acercado lo suficiente al sur, busqué el amparo de unos espesos matorrales y cautelosamente subí a gatas hasta la cima del banco de arena.

Detrás de mí tenía el mar; delante, el fondeadero. La brisa marina, como si de pronto hubiese decidido extinguirse a fuerza de soplar con mayor violencia, cesó, y fue sustituida por una serie de corrientes de aire, ligeras y variables, que procedían del sur y del sudeste, y que transportaban consigo grandes bancos de niebla; mientras, el fondeadero, a sotavento de la isla del Esqueleto, permanecía tan quieto y plomizo como la primera vez que lo había visto. En aquel límpido espejo la *Hispaniola* se reflejaba con toda precisión, desde la punta de sus palos hasta la línea de flotación, con la bandera pirata colgando del pico de la cangreja.

A su costado se hallaba uno de los botes, con Silver a popa del mismo (a él siempre me resultaba fácil reconocerle), mientras que otro par de hombres se encontraban asomados a la borda, uno de ellos tocado con un gorro rojo; se trataba del mismo bribón que horas antes viera yo saltar la empalizada y escapar. Al parecer, estaban charlando y riendo, aunque a aquella distancia, superior a una milla, no pude, naturalmente, oír una sola palabra de lo que decían. De repente, empezaron a oírse unos gritos horribles, sobrenaturales, que al principio me sobresaltaron en gran manera, aunque no tardé en reconocer la voz del Capitán Flint e incluso me pareció distinguir al pájaro, gracias a su plumaje multicolor, posado en la muñeca de su dueño.

Poco después el chinchorro se separó y comenzó a navegar hacia la costa; el hombre del gorro rojo y su compañero abandonaron la cubierta por la escalera.

Casi en aquel mismo instante el sol acababa de ponerse

por detrás de El Catalejo, y como la niebla empezaba a agruparse rápidamente, cada vez estaba más oscuro. Comprendí que no debía perder más tiempo si quería encontrar la barca de Ben Gunn aquella misma noche.

La roca blanca, que asomaba por encima de los matorrales, seguía separada de mí todavía por cerca de una octava parte de milla, hacia el banco de arena, y tardé un buen rato en llegar hasta ella, andando a menudo a cuatro gatas entre la maleza. Ya era casi de noche cuando por fin pude asirme a sus rugosos costados. Directamente debajo de ella había un hueco sumamente pequeño, cubierto de verde hierba, oculto por las márgenes y por una espesa capa de maleza que llegaba casi hasta las rodillas; y en el centro de aquella diminuta hondonada había una pequeña cabaña de pieles de cabra, una tienda, mejor dicho, como las que los gitanos acarrean consigo en sus viajes por Inglaterra.

Me dejé caer en la hondonada, alcé una pared de la tienda y ante mí apareció la barca de Ben Gunn: de fabricación casera, si alguna vez ha existido algo que mereciera ser denominado de tal modo. Se trataba de un tosco armazón de madera, de costados desproporcionados, sobre el cual se había extendido una piel de cabra, con la parte peluda hacia dentro. Parecía sumamente reducida, incluso para mí, y me resultaba difícil imaginar que pudiera flotar con un hombre hecho y derecho a bordo. Había un banco transversal, instalado todo lo bajo que habían podido, una especie de codaste en la proa y un remo de doble pala para impulsarla.

Por aquel entonces nunca había visto un *coracle** como los que hacían los antiguos británicos; pero después he visto uno, y de ninguna otra manera puedo daros mejor idea de

---

* Barquilla de reducidas dimensiones, que se emplea para pescar, y fabricada con mimbres revestidos de cuero o lona embreada. Se utiliza en las costas de Irlanda y del País de Gales. (*N. del T.*)

cómo era la embarcación de Ben Gunn que afirmando que se trataba de algo parecido al primer y peor *coracle* jamás construido por el hombre. Sin embargo, poseía la gran ventaja de este tipo de embarcaciones, pues era sumamente ligero y portátil.

Bien, ahora que ya había encontrado la embarcación, lo lógico hubiese sido pensar que ya había llegado la hora de poner fin a mi travesura; pero, mientras tanto, se me había ocurrido otra idea, y tanto me había emperrado en ella que la hubiese llevado a término creo que desafiando incluso al mismísimo capitán Smollett. Mi plan consistía en deslizarme hasta la *Hispaniola* al amparo de la noche, cortarle las amarras y dejar que navegase a la deriva hasta embarrancar en cualquier punto de la costa. Obraba en mí la convicción de que los amotinados, después del descalabro sufrido por la mañana, no deseaban nada con tanto fervor como levar anclas y largarse con viento fresco. Pensé que estaría bien impedírselo; y, como ya me había dado cuenta de que sus vigilantes no disponían de ningún bote, me pareció que mi plan podía realizarse con poco riesgo.

Me senté a esperar que se hiciera de noche, y cené opíparamente a base de galleta. La noche parecía de lo más apropiada para mi propósito. La niebla ocultaba ya todo el firmamento. Y a medida que los últimos rayos del sol se hacían débiles hasta desaparecer, una oscuridad absoluta se enseñoreaba de la isla del tesoro. Y cuando, por fin, me eché el *coracle* a la espalda y empecé a abrirme paso, a tientas y tropezando cada dos por tres, para salir de la hondonada donde había cenado, en todo el fondeadero no había sino dos puntos visibles.

Uno de ellos era la gran hoguera que ardía en tierra, en torno a la cual los derrotados piratas se estaban emborrachando cerca del pantano. El otro, una simple mancha de luz difuminada en la oscuridad, indicaba la posición del buque anclado. El reflujo le había hecho dar la vuelta, y ahora su proa apuntaba hacia mí; las únicas luces de a bordo brillaban en el camarote, y lo que yo veía era meramente el reflejo sobre la niebla de los intensos rayos de luz que surgían del ventanal de popa.

Hacía ya un buen rato que había comenzado el reflujo, por lo que tuve que vadear un largo trecho a través de arena cenagosa, en la que varias veces me hundí hasta más arriba de los tobillos, antes de llegar al borde del agua, que se retiraba; entonces, tras vadear un poco más, coloqué, con cierta energía y destreza, la quilla del *coracle* sobre la superficie.

XXIII

El reflujo

El *coracle* (como sabría perfectamente más adelante, una vez
lo hubiera utilizado) resultaba una embarcación muy segura
para una persona de mi estatura y peso, a la vez maniobrera y
muy marinera; pero se hacía dificilísimo gobernarla. Hiciera
lo que uno hiciera, siempre se desviaba de su curso y la ma-
niobra que mejor le salía era la de girar una y otra vez sobre
sí misma. Incluso Ben Gunn ha reconocido que era «difícil de
gobernar en tanto no se la conociera bien».

Ciertamente, yo no la conocía aún. Se desvió en todas las
direcciones salvo aquella a la que yo quería encaminarme;
la mayor parte del tiempo navegaba de costado, y estoy seguro de que, de no haber sido por el reflujo, jamás habríamos
alcanzado el buque. Por suerte, pese a mis esfuerzos con el
remo, el reflujo seguía arrastrándome irremisiblemente hacia la *Hispaniola*, que se hallaba en mitad del rumbo que seguía el *coracle*, por lo que resultaba imposible no alcanzarla.

Al principio se irguió ante mí como una mancha aún más
negra que la oscuridad; luego sus vergas y casco empezaron a
cobrar forma, y al cabo de lo que me parecieron unos segundos (pues cuanto más me adentraba, mayor era el empuje de
la marea) me encontré al costado de su guindaleza, a la que
me así.

La guindaleza estaba tensa como la cuerda de un arco; tal

era la fuerza con que el buque tiraba de su ancla. Alrededor de todo el casco, en medio de la oscuridad, la corriente burbujeaba y cantaba como un arroyo en las altas montañas. Un corte con mi navaja marinera y la *Hispaniola* se iría con el reflujo.

Hasta aquí, muy bien; pero enseguida acudió a mi mente el recuerdo de que una guindaleza tensa, al ser cortada súbitamente, se convierte en algo tan peligroso como un caballo encabritado que cocea. Si era lo bastante temerario como para cortar el cable del ancla de la *Hispaniola*, había diez probabilidades contra una de que yo y el *coracle* saltáramos por los aires a causa del golpe.

Aquello hizo que me detuviera en seco y, de no haberme favorecido una vez más la fortuna, me hubiese visto forzado a abandonar mis designios. Pero los vientos ligeros que habían empezado a soplar desde el sudeste y el sur habían dado la vuelta, una vez caída la noche, y ahora soplaban en dirección sudoeste. Justo mientras me hallaba meditando, una ráfaga de viento cogió a la *Hispaniola* de pleno y la metió corriente arriba, y, ante mi gran alegría noté que la tensión de la guindaleza cedía bajo mi mano, que durante un segundo se hundió en el agua.

Aquello hizo que me decidiera: saqué la navaja, la abrí con los dientes y fui cortando una hebra tras otra, hasta que solo dos de ellas sujetaban el navío. Entonces me quedé quieto, aguardando a segar aquellas últimas hebras cuando una vez más la tensión cediera a resultas de una ráfaga de viento.

Durante todo aquel rato habían llegado hasta mí voces que hablaban en el camarote; pero, para seros sincero, mi mente había estado tan absorbida en otros pensamientos que apenas había prestado atención a lo que decían. Pero ahora, como no tenía otra cosa que hacer, empecé a escuchar con mayor atención.

Una de ellas la reconocí enseguida: era la del timonel, Israel Hands, el que otrora fuera artillero de Flint. La otra, por supuesto, pertenecía a mi amigo, el sujeto del gorro rojo. Se notaba claramente que ambos hombres andaban algo atontados a causa de la bebida, y que seguían bebiendo, ya que, mientras les estaba escuchando, uno de ellos, con un grito de beodo, abrió el ventanal de popa y arrojó algo por él; adiviné que se trataba de una botella vacía. Pero no solamente estaban achispados, sino que se notaba claramente que se sentían enfurecidos. Los juramentos volaban como el granizo, y cada dos por tres se producían tales explosiones de ira que pensé que no podían terminar más que en una pelea a puñetazos. Pero en todas aquellas ocasiones, los ánimos se calmaban y las voces seguían la conversación gruñendo por lo bajo durante un rato, hasta que se producía la siguiente crisis, la cual, a su vez, remitía a su tiempo sin que la sangre llegase al río.

En tierra se veía el resplandor de la gran hoguera del campamento a través de los árboles de la orilla. Alguien estaba cantando una vieja canción marinera, lúgubre y monótona, con una caída y un trémolo al final de cada verso, y que por lo que parecía no tenía otro final que el que le diera la paciencia del cantante. Más de una vez la había oído ya durante la travesía, y me acordaba de estas palabras:

...Pero un solo hombre de la tripulación sobrevivió
de los setenta y cinco que se hicieron a la mar.

Y se me ocurrió pensar que aquella tonadilla resultaba de lo más apropiada para un grupo que tan crueles pérdidas había sufrido aquella mañana. Pero, a decir verdad, todos aquellos bucaneros, a juzgar por lo que veía, eran tan insensibles como el mismo mar que surcaban.

Por fin vino la brisa y la goleta, moviéndose un poco de lado, se me acercó en la oscuridad; sentí aflojarse la guindaleza una vez más, y con un duro esfuerzo acabé de cortar las últimas hebras del cable.

La brisa surtía poco efecto en el *coracle*, y casi al instante me vi impelido hacia las amuras de la *Hispaniola*. Al mismo tiempo, la goleta empezó a girar sobre sí misma, lentamente, cruzando la corriente.

Me esforzaba como un demonio, pues temía verme engullido en cualquier momento y, como comprobé que me resultaba imposible empujar para que mi embarcación se apartase directamente del buque, empecé a remar directamente hacia popa. Por fin me vi libre de mi peligroso vecino, y justo en el momento que daba el último impulso al *coracle*, mis manos tropezaron con un cabo que caía por la borda desde las amuradas de popa. Sin perder un segundo me agarré a él.

Difícil me resultaría el deciros por qué lo hice. Al principio fue simplemente por instinto; pero, en cuanto tuve el cabo entre las manos y me percaté de su solidez, la curiosidad empezó a apoderarse de mí y resolví echar un vistazo por el ventanal de popa.

Trepé lentamente por el cabo, y, cuando juzgué que ya había subido lo suficiente, me alcé, corriendo un riesgo infinito, hasta la mitad de mi altura, y así mis ojos dominaron el techo del camarote y una porción de su interior.

Para entonces tanto la goleta como su pequeño acompañante se deslizaban con bastante rapidez por las aguas; a decir verdad, nos hallábamos ya a la altura de la hoguera del campamento. El buque, como dicen los marineros, hablaba en voz alta, surcando las innumerables ondas de la superficie con un incesante chapoteo; y hasta que no me asomé al alféizar del ventanal no me di cuenta de por qué los vigilantes no se habían alarmado. Una ojeada, sin embargo, me bastó, y fue solo una ojeada la que osé echar desde aquel inseguro esquife. Me permitió ver a los dos hombres enzarzados en una lucha a muerte, cada uno de ellos agarrando la garganta del otro.

Me dejé caer sobre el banco transversal, y lo hice a tiempo, pues estaba a punto de caerme de cabeza al agua. De momento no pude ver más que aquellos dos rostros furiosos y enrojecidos moviéndose al unísono a la luz de la lámpara humeante; así que cerré los ojos para que una vez más se habituasen a la oscuridad.

La interminable balada había concluido por fin y la totalidad de la diezmada tripulación prorrumpió en el estribillo que tan a menudo había oído a bordo, solo que esta vez lo entonaban en torno de la hoguera:

> *Quince hombres tras el cofre del muerto,*
> *¡oh, oh, oh, y una botella de ron!*
> *La bebida y el diablo se llevaron al resto,*
> *¡oh, oh, oh, y una botella de ron!*

Estaba justamente pensando cuán ocupados se hallaban en aquel momento la bebida y el diablo en el camarote de la *Hispaniola,* cuando un repentino bandazo del *coracle* me sorprendió. Al mismo tiempo, la embarcación se desvió marcadamente de su rumbo, a la par que, extrañamente, la velocidad aumentaba.

Al instante abrí los ojos. Me vi rodeado de olas pequeñas y algo fosforescentes que producían un ruidillo seco y crujiente. La misma *Hispaniola,* que me precedía en unas cuantas yardas, parecía vacilar en su marcha, y vi que sus vergas se agitaban un poco recortándose contra la oscuridad de la noche; ¡qué digo!, al observar con mayor atención, pude ver que, efectivamente, también el buque se desviaba hacia el sur.

Miré por encima del hombro y el corazón me dio un salto contra las costillas. Allí, justo detrás de mí, brillaba el resplandor de la hoguera del campamento. La corriente había virado en ángulo recto, llevándose consigo a la alta goleta y al pequeño y danzarín *coracle*; sin dejar de acelerar la marcha, burbujeando con mayor ruido, musitando cada vez más fuerte, fue girando a través del estrecho en dirección a mar abierto.

De repente, delante de mí, la goleta dio una violenta guiñada, virando puede que unos veinte grados; y casi en el mismo momento se oyeron dos gritos, uno detrás del otro, a bordo; oí pies que subían rápidamente a cubierta; y comprendí que los dos borrachos por fin habían visto interrumpida su querella, despertando ante la sensación del inminente desastre.

Me tendí en el fondo de la embarcación y devotamente encomendé mi espíritu a su Hacedor. Estaba seguro de que al extremo del estrecho iríamos a dar de pleno en alguna barra de olas rugientes, en la cual todas mis cuitas hallarían un rápido final, y, aunque tal vez era capaz de soportar la idea de morir, me resultaba imposible contemplar cómo se aproximaba mi destino.

Así debí de yacer durante varias horas, zarandeado constantemente por las olas, mojado de pies a cabeza por las frecuentes montañas de espuma, y sin dejar de esperar a la muerte cada vez que la embarcación se hundía en la ladera de una ola. Poco a poco, la fatiga me fue venciendo; una especie de atontamiento y de sopor cayó sobre mi mente incluso en medio de los terrores que la embargaban; hasta que finalmente el sueño se salió con la suya y allí, en mi *coracle* zarandeado por el mar, me quedé dormido, soñando en mi hogar en el viejo Almirante Benbow.

XXIV

La excursión del *coracle*

Era ya de día cuando me desperté y me encontré dando tumbos en el extremo sudoeste de la isla del tesoro. El sol ya había salido, pero seguía ocultándose a mis ojos detrás de la gran mole de El Catalejo, que por aquella parte descendía hasta el mar en formidables acantilados.

La punta de la Bolina y la colina de Mesana quedaban cerca de mí; la colina, pelada y oscura; la punta, rodeada de acantilados de cuarenta o cincuenta pies de alto, y bordeada por grandes masas de rocas caídas. Me hallaba escasamente a un cuarto de milla mar adentro, y mi primer pensamiento fue el de remar hacia la playa y desembarcar.

Pero pronto abandoné aquella idea. Entre las rocas caídas las olas rompían con gran estruendo, lanzando al aire montañas de espuma, sucediéndose unas a otras ininterrumpidamente; y comprendí que si me aventuraba a acercarme más, sería arrojado a una muerte segura contra la escarpada costa, o gastaría inútilmente mis fuerzas tratando de escalar los salientes.

Pero eso no era todo, pues, arrastrándose en grupo sobre las mesetas de roca, o dejándose caer en el mar con gran estruendo, vi unos monstruos enormes y viscosos, una especie de babosas de increíble tamaño, dos o tres veintenas de ellos en total, que hacían resonar las peñas con sus ladridos.

Luego he sabido que se trataba de leones marinos, y que son completamente inofensivos. Pero su aspecto, unido a la dificultad que ofrecía la costa y a la fuerza del oleaje, fue más que suficiente para hacerme desistir, lleno de asco, de desembarcar en aquel punto. Me sentí más dispuesto a morir de hambre en el mar que a enfrentarme con tales peligros.

Entonces supuse que se me ofrecía una oportunidad mejor. Al norte de la punta de la Bolina la costa se extendía a lo largo de un gran trecho, dejando, cuando la marea se retiraba, una prolongada lengua de arena amarilla. Asimismo, al norte de esta había otro cabo —el cabo de los Bosques, según constaba en el mapa— enterrado entre grandes pinos que descendían hasta el borde del mar.

Me acordé de lo que dijera Silver acerca de la corriente que se dirige hacia el norte a lo largo de toda la costa oeste de la isla del tesoro, y, viendo por mi posición que me hallaba ya bajo la influencia de la misma, preferí dejar atrás la punta de la Bolina y reservar mis fuerzas para hacer un intento de desembarco en el cabo de los Bosques, cuyo aspecto era más acogedor.

La superficie del mar presentaba una grande y suave ondulación. Como el viento soplaba, firme y suavemente, desde el sur, no había obstáculo alguno entre él y la citada corriente, en tanto que las olas se alzaban y caían sin llegar a romperse.

De no haber sido así, hubiese perecido mucho antes; pero, tal como fueron las cosas, resultó sorprendente ver con qué facilidad y seguridad era capaz de navegar mi pequeña y frágil embarcación. A menudo, tendido aún en el fondo de la embarcación, sin asomar más que un ojo por la borda, veía una cumbre azul que se me acercaba amenazadoramente; y, pese a ello, el *coracle* no hacía más que rebotar levemente, bailando como si tuviera muelles debajo, para luego descender por el otro lado ligero como un pájaro.

Al cabo de un rato empecé a envalentonarme, así que me senté para probar qué tal me iba con el remo. Mas, incluso el más insignificante cambio en la disposición del peso que transporta produce violentas alteraciones en el comportamiento de un *coracle*. Y apenas me había movido cuando la embarcación, abandonando inmediatamente su suave balanceo, se deslizó rápidamente por una ladera de agua tan inclinada que me mareé, y hundió la nariz, en medio de un surtidor de espuma, en el costado de la ola siguiente.

Quedé empapado y aterrorizado, e inmediatamente adopté de nuevo mi posición anterior, con lo cual pareció que el *coracle* recobraba su equilibrio, conduciéndome con tanta suavidad como antes entre las olas. Resultaba evidente que no había que forzarla, y, de todos modos, como en modo alguno podía influir yo en su curso, ¿qué esperanza me quedaba de alcanzar tierra firme?

Empecé a sentirme terriblemente despavorido, pero, a pesar de ello, conservé la cabeza. Primero, moviéndome con sumo cuidado, achiqué el agua con mi gorro de marinero; luego, asomando nuevamente los ojos por la borda, me puse a estudiar a qué se debía que la embarcación se deslizase tan plácidamente entre las olas.

Comprobé que todas las olas, en vez de ser la enorme y lisa montaña que se ve desde tierra, o desde la cubierta de un buque, se parecían nada menos que a una cordillera en tierra firme, llenas de picos, de lugares llanos y de valles. El *coracle,* abandonado a sus antojos, girando de un lado para otro, se abría paso, por así decirlo, a través de las partes más bajas, evitando las laderas empinadas y las crestas elevadas de las olas.

«Bueno, bueno —pensé—, está claro que debo seguir donde estoy, quieto, sin romper el equilibrio; pero está igualmente claro que puedo pasar el remo por la borda, y de vez en cuando, al llegar a algún punto tranquilo, darle un buen par de empujones hacia la costa.»

Dicho y hecho. Seguí tumbado sobre los codos, en una posición de lo más incómoda, dando de cuando en cuando un débil golpe de remo con el fin de poner proa hacia tierra.

Resultó una tarea agotadora y lenta; sin embargo, empecé a ganar terreno visiblemente y, a medida que me fui acercando al Cabo de los Bosques, si bien veía que inevitablemente no iba a desembarcar allí, me di cuenta de que había ganado unas cien yardas hacia el este. A decir verdad, estaba cerca ya. Podía ver las copas de los árboles, frescas y verdes, balanceándose juntas bajo la brisa, y tuve la seguridad de que alcanzaría sin falta el siguiente promontorio.

Y ya sería hora de que así fuera, pues la sed comenzaba a torturarme. El brillo del sol en lo alto, sus miles de reflejos sobre las olas, el agua salada que caía sobre mí, secándose después, cubriéndome de sal hasta los mismos labios, todo ello se combinaba para hacer que mi garganta ardiera y mi cerebro me doliera. La visión de aquellos árboles tan cercanos, tan al alcance de la mano, casi me había hecho enfermar de anhelo; pero la corriente no tardó en llevarme más allá de la punta, y, al abrirse ante mí el siguiente trecho de mar, vi un espectáculo que cambió la naturaleza de mis pensamientos.

Directamente delante de mí, apenas a media milla de distancia, vi a la *Hispaniola* navegando con las velas desplegadas. No me quedó duda alguna, por supuesto, de que iban a apresarme; pero me sentía tan mal a causa de la falta de agua que a duras penas sabía si debía alegrarme o apenarme ante la idea; y, mucho antes de haber llegado a una conclusión al respecto, la sorpresa se había apoderado por completo de mi mente, por lo que no pude hacer más que mirar fijamente y maravillarme.

La *Hispaniola* navegaba con la vela mayor y dos foques, y la hermosa lona blanca resplandecía como nieve o plata bajo el sol. Cuando la vi por primera vez, todo su velamen recogía viento; seguía rumbo al noroeste, y supuse que los hombres de a bordo estarían dando la vuelta a la isla con el propósito de regresar al fondeadero. A poco comenzó a virar más y más hacia el oeste, por lo que pensé que me habían avistado y se disponían a darme caza. Por fin, no obstante, viró nuevamente y quedó colocada directamente contra el viento, parándose en seco y quedándose al pairo, impotente, con las velas temblorosas.

—¡Qué atajo de torpes! —dije—. Deben de seguir borrachos como cubas.

Y pensé de qué manera el capitán Smollett les hubiese arreglado las cuentas.

Mientras tanto, la goleta fue virando, de nuevo tomó viento y durante uno o dos minutos navegó rápidamente, hasta volver a quedar inmovilizada al faltarle el viento. Aquello fue repitiéndose una vez y otra. De aquí allí, arriba y abajo, hacia el norte, el sur, el este y el oeste, la *Hispaniola* surcaba las aguas a trompicones, y cada una de las repeticiones terminaba como había empezado, con las velas deshinchadas, colgando flácidamente. Comprendí claramente que nadie iba al timón. Y, si así era, ¿dónde estaban los hombres? O bien estaban borrachos, o habían abandonado el buque. Entonces se me ocurrió que, si lograba subir a bordo, tal vez pudiera devolver la goleta a su capitán.

La corriente empujaba al *coracle* y a la goleta hacia el sur, con idéntica velocidad. En cuanto al modo de navegar de esta última, resultaba tan desenfrenado e intermitente, que diríase que andaba tan sobrecargada de grilletes, que ciertamente no avanzaba apenas nada; eso suponiendo que no perdiera terreno. De haberme atrevido a incorporarme y empezar a usar el remo, la hubiese alcanzado, estaba seguro de ello. El plan tenía un cariz aventurero que me inspiró, y el recuerdo del tanque de agua que había junto a la escalera de proa dobló mi ya creciente coraje.

Me levanté y casi inmediatamente fui saludado por otra

nube de espuma, pero esta vez me mantuve firme en mi propósito, así que, recurriendo a toda mi fuerza y precaución, me puse a remar en pos de la errática *Hispaniola*. Una vez penetró tanta agua en la embarcación que tuve que detenerme y achicarla, con el corazón latiéndome violentamente; mas poco a poco recobré la derrota y seguí guiando el *coracle* a través de las olas, recibiendo solamente de vez en cuando un bandazo en la proa y un bofetón de espuma en el rostro.

Rápidamente iba ganándole terreno a la goleta; podía divisar ya el brillo del latón en la caña del timón, que daba bandazos de un lado a otro, y ni un alma hacía aún acto de presencia en cubierta. No tuve otro remedio que dar por sentado que el buque estaba desierto. De no ser así, los hombres estarían tumbados abajo, borrachos, lo cual me permitiría dejarlos encerrados, tal vez, y hacer lo que me diese la gana con el buque.

Durante cierto rato la goleta había estado haciendo lo que peor resultaba para mí: permanecer inmóvil. Su proa apuntaba casi en línea recta hacia el sur, aunque, por supuesto, sin dejar de desviarse continuamente. Cada vez que se desviaba, las velas se hinchaban en parte y, en cuestión de unos instantes, la colocaban de nuevo a favor del viento. He dicho que esto era lo peor para mí, pues, por desvalida que pareciera en aquella posición, con las lonas crujiendo como estampidos de cañón, y las garruchas rodando y dando bandazos por cubierta, lo cierto es que la goleta seguía alejándose de mí, no solo a causa de la velocidad de la corriente, sino también debido al impulso que recibía del viento y que, naturalmente, era grande.

Pero por fin se me presentó la oportunidad. La brisa remitió durante unos segundos, y la corriente hizo que la *Hispaniola* virase gradualmente, lentamente, sobre sí misma, presentándome la popa, en la cual el ventanal del camarote seguía abierto de par en par. Pude yo ver que, pese a ser de día, la lámpara continuaba encendida. La vela mayor colgaba fláccidamente, como una bandera. De no haber sido por la corriente, el buque se habría quedado completamente inmóvil.

Durante los instantes anteriores, me había quedado rezagado, pero ahora, redoblando mis esfuerzos, una vez más comencé a ganarle terreno.

Me separaban apenas un centenar de yardas de la goleta cuando de repente volvió a soplar el viento; las velas se hincharon y, dando una bordada a babor, el buque reanudó la marcha, subiendo y bajando como una golondrina.

Mi primer impulso fue de desesperación, pero el segundo fue de gozo. Viró la goleta hasta quedar de costado ante mí; viró de nuevo hasta cubrir la mitad, luego dos tercios y finalmente tres cuartos, de la distancia que nos separaba. Podía ver el blanco bullir de las olas bajo su codillo de proa.

Y entonces, así de sopetón, comencé a comprenderlo. A duras penas tuve tiempo de pensar, y mucho menos de actuar para ponerme a salvo. Me hallaba en la cresta de una ola cuando la goleta llegó a caballo de la siguiente. El bauprés se cernía sobre mi cabeza. Me levanté de un salto y al hacerlo hundí el *coracle*. Con una mano me agarré al botalón, mientras mi pie se alojaba entre el estay y la braza, y seguía allí aferrado, jadeante, cuando un golpe sordo me indicó que la goleta había embestido al *coracle*, y que yo me hallaba en la *Hispaniola*, sin posibilidad alguna de retirarme.

XXV

Arrío la bandera negra

Apenas había logrado afianzar mi posición en el bauprés, cuando el petifoque aleteó al hincharse en otra bordada, con un estruendo que me hizo pensar en un cañonazo. La goleta se estremeció sobre la quilla a causa del esfuerzo, pero en unos instantes, mientras las demás velas seguían recogiendo aire, el petifoque volvió a aletear y quedó colgando fláccidamente.

Aquello había estado en un tris de echarme de cabeza al mar, así que, sin perder tiempo, repté por el bauprés y me dejé caer de cabeza sobre cubierta.

Me hallaba en el lado de sotavento del castillo de proa, y la vela mayor, que seguía hinchada, me ocultaba cierta parte de la cubierta de popa. No se veía ni un alma. Las planchas de cubierta, que no habían sido baldeadas desde el motín, mostraban las huellas de numerosos pies, en tanto que una botella vacía, rota por el cuello, rodaba de un lado a otro como si tuviera vida propia.

De repente la *Hispaniola* orzó. Detrás de mí, crujieron los foques; el timón dio bandazos, y el buque entero se estremeció alarmantemente, al mismo tiempo que la botavara se mecía sobre la cubierta, chirriando la escota entre las garruchas, permitiéndome ver la parte de sotavento de la cubierta de popa.

Y allí estaban los dos vigilantes, por supuesto: el del gorro rojo, tendido panza arriba, tieso como un espeque, con los brazos extendidos como un crucificado y mostrando los dientes a través de sus labios entreabiertos; Israel Hands se hallaba apoyado en la amurada, con el mentón sobre el pecho, las manos abiertas ante sí, el rostro, debajo de su bronceado, tan blanco como una vela de sebo.

Durante un rato el buque siguió saltando y haciendo cabriolas como un caballo enfurecido; las velas se llenaban de aire, ora en una bordada, ora en otra, mientras la botavara se columpiaba de un lado a otro haciendo crujir el mástil a causa del esfuerzo. Por si fuera poco, una y otra vez nubes de tenue espuma saltaban por encima del antepecho, acompañadas por el fuerte golpear de la proa contra las olas; el mar resultaba mucho más agitado para aquel gran buque, con todo su aparejo, que para mi tosco *coracle* de fabricación casera, que para entonces se hallaría ya en el fondo del mar.

A cada salto que daba la goleta, el sujeto del gorro rojo se deslizaba en el suelo; pero, lo que todavía lo hacía más horrible, ni su actitud ni la mueca que ponía al descubierto sus dientes variaban lo más mínimo a causa de aquellos bandazos. A cada salto, asimismo, parecía que Hands se hundiese más sobre sí mismo, acomodándose sobre cubierta, estirando los pies aún más, mientras que todo su cuerpo se decantaba hacia popa, de tal guisa que su rostro, poco a poco, fue ocultándose a mis ojos, hasta que finalmente no pude verle más que una oreja y los rizos de una de sus patillas.

Al mismo tiempo observé que en torno a ellos, sobre las planchas de cubierta, había grandes manchas de sangre oscura, y empecé a tener la seguridad de que se habían dado muerte el uno al otro, presos de ira en su embriaguez.

Mientras me hallaba contemplándolos y haciéndome preguntas, en un momento de calma, cuando el buque se quedó inmóvil, Israel Hands se volvió parcialmente y, soltando un quejido por lo bajo, consiguió colocarse nuevamente en la posición en que se hallaba al verlo yo por primera vez. El quejido, que indicaba dolor y flaqueza agónica, unido a la forma en que le colgaba la mandíbula inferior, me llegó directamente al corazón. Pero, en cuanto recordé la conversación oída desde el barril de manzanas, todo sentimiento de lástima me abandonó.

Eché a andar hacia popa hasta que llegué junto al palo mayor.

—Heme a bordo, señor Hands —dije con ironía. Volvió los ojos hacia mí, pesadamente, pero estaba demasiado desfallecido para expresar sorpresa. Lo único que pudo hacer fue articular una palabra:

—Coñac.

Se me ocurrió pensar que no había tiempo que perder esquivando la botavara, que una vez más barría la cubierta de parte a parte, me deslicé hacia popa y bajé al camarote.

La confusión que allí abajo reinaba era algo inimaginable. Todos los sitios cerrados con candado habían sido forzados en busca del mapa. El suelo estaba cubierto de una espesa capa de barro, denotando el lugar donde los rufianes se habían sentado para beber o consultarse unos a otros después de vadear el pantano que rodeaba su campamento. Los mamparos, todos ellos pintados de blanco, con cenefas doradas, mostraban las huellas de innumerables manos sucias. Docenas de botellas vacías chocaban entre sí en un rincón al mecerse el buque. Sobre una mesa, abierto, se hallaba uno de los libros de medicina del doctor, con la mitad de las páginas arrancadas, supongo que para encender las pipas. En medio de todo aquello la lámpara seguía lanzando una luz turbia, oscura y parduzca como hollín.

Entré en la bodega; no quedaba un solo barril, y, en cuanto a las botellas, un número sorprendente de las mismas había sido apurado y arrojado luego por cualquier sitio. Ciertamente, era imposible que desde el inicio del motín alguno de aquellos individuos hubiese permanecido sobrio.

Buscando de un lado a otro, hallé una botella en la que quedaba un poco de coñac para Hands; para mí, cogí unas cuantas galletas, un poco de fruta en conserva y un gran racimo de uva, así como un trozo de queso. Cargado con todo ello, regresé a cubierta, puse mis provisiones detrás de la cabeza del timón, cuidando de que quedasen bien lejos del alcance del timonel; luego me dirigí al tanque de agua, de la que bebí un buen trago, y entonces, pero solo entonces, le di a Hands su coñac.

Debió de beberse casi medio cuartillo antes de apartar la botella de sus labios.

—¡Ay! —exclamó—. ¡Qué falta me hacía un poco de esto!

Yo ya me había sentado en mi rincón y me había puesto a comer.

—¿Muy herido? —le pregunté.

Gruñó o, mejor dicho, ladró.

—Si el doctor ese estuviera a bordo —dijo—, en un decir Jesús me pondría bueno; pero no tengo ni pizca de suerte, ¿comprendes? Y eso es lo que me pasa. En cuanto a ese canalla de ahí, bien muerto está, sí, señor —añadió, señalando al sujeto del gorro rojo—. De todos modos, no tenía nada de marinero. ¿Y se puede saber de dónde has salido tú?

—Pues —repuse— he subido a bordo para tomar posesión del buque, señor Hands; y hará usted el favor de considerarme su capitán hasta nuevo aviso.

Me miró aviesamente, pero no dijo nada. Parte del color había retornado a sus mejillas, aunque su aspecto era todavía el de un hombre muy enfermo, y seguía resbalando y volviéndose a incorporar a medida que el buque iba dando bandazos.

—Por cierto —proseguí—, no puedo permitir que siga

ondeando esta bandera, señor Hands; así que, con su venia, voy a arriarla. Mejor ninguna que esta.

Y, esquivando una vez más la botavara, fui corriendo hasta las drizas de bandera, arrié el maldito pabellón negro y lo arrojé por la borda.

—¡Dios salve al rey! —exclamé, agitando mi gorro—. ¡Y basta ya de capitán Silver!

Hands me observaba atentamente, con expresión artera, sin apartar en ningún momento el mentón del pecho.

—Supongo —dijo por fin—, supongo, capitán Hawkins, que querrá ir a tierra ahora. ¿Y si hablásemos un poco?

—¡Caramba, pues sí! —repuse—; con mucho gusto, señor Hands. Hable usted.

Y seguí comiendo con gran apetito.

—Ese hombre... —dijo, señalando el cadáver con un débil movimiento de la cabeza—, O'Brien se llamaba, era un cochino irlandés... ese hombre y yo izamos el trapo para regresar al fondeadero. Bueno, ahora él está muerto, sí, muerto como el que más; y no sé quién va a gobernar el buque. A menos que yo te ayude, no serás tú quien lo haga, a mi modo de ver. Ahora bien, escúchame, tú me das de comer y beber, y un pañuelo o algo que me sirva de vendaje, y te diré qué has de hacer para gobernar el buque; y todos tan contentos, diría yo.

—Voy a decirle una cosa —contesté—. No pienso regresar al fondeadero del Capitán Kidd. Mi intención es dirigirme a la caleta del Norte y echar el ancla allí.

—¡No lo dudo! —exclamó—. ¡No soy ningún imbécil, después de todo! Tengo ojos en la cara, ¿no es así? Ya he jugado mi baza y la he perdido, y tú me has ganado. ¿La caleta del Norte? ¡Pues no habrá otro remedio! ¡No señor! ¡Te ayudaría a llevarla hasta la misma dársena de las Ejecuciones! ¡Rayos y truenos! ¡Eso es lo que haría!

Bien, me pareció que aquello tenía algún sentido. Hicimos nuestro pacto allí mismo y en tres minutos la *Hispaniola* navegaba airosamente viento en popa, bordeando la costa de la isla del tesoro, con buenas esperanzas de doblar la punta del norte antes del mediodía, y de llegar a la caleta del Norte antes de la pleamar, pues entonces podríamos fondearla sana y salva y esperar a que el reflujo nos permitiera bajar a tierra.

Entonces trabé el timón y bajé a mi camarote, donde estaba mi cofre, del que saqué un pañuelo de seda fina, regalo de mi madre. Con él y con mi ayuda, Hands se vendó la enorme cuchillada sangrante que recibiera en el muslo, y, tras haber comido un poco, y beber uno o dos tragos más de coñac, comenzó a reponerse visiblemente, se irguió un poco más, y su voz ganó en potencia y claridad; parecía, en suma, igual que otro hombre cualquiera.

La brisa nos iba de perilla. Navegábamos con ella en popa, ligeros como un pájaro, pasando junto a la costa de la isla, cuya imagen cambiaba a cada instante. No tardamos en dejar atrás las tierras altas y nos deslizábamos a lo largo de un terreno bajo y arenoso, moteado por unos cuantos pinos enanos; y pronto dejamos atrás aquello también, y doblamos la colina rocosa que señala el extremo norte de la isla.

Me sentía muy alborozado por el mando que ostentaba, contento al ver el tiempo soleado de que gozábamos, así como las diferentes perspectivas de la costa que íbamos bordeando. Disponía de agua y buenos alimentos en abundancia, y mi conciencia, que me había estado recriminando mi deserción, se vio aplacada por la gran conquista que había llevado a cabo. Pensé que no me quedaba nada por desear, de no haber sido por los ojos del timonel, que me seguían, despreciativos, en mis recorridos por cubierta, a la vez que, de cuando en cuando, una sonrisa extraña afloraba a sus labios.

Era una sonrisa en la que se mezclaban el dolor y la debilidad; una sonrisa fatigada, de viejo; pero, aparte de eso, había un granito de desprecio, una sombra de traición, en la expresión de aquel hombre que me vigilaba astutamente, que me vigilaba a mí y a mi trabajo.

XXVI

Israel Hands

El viento, que atendía a nuestros deseos, empezó a soplar hacia el oeste. De aquella manera nos iba a ser mucho más fácil navegar desde la punta nordeste de la isla hasta la boca de la caleta del Norte. Solo que, como no disponíamos de ancla, si nos atrevíamos a embarrancar la goleta hasta que la marea hubiera subido más, teníamos tiempo de sobra y no sabíamos qué hacer con él. El timonel me explicó cómo se ponía el buque al pairo y, tras un buen número de intentonas fallidas, lo conseguí. Entonces los dos nos sentamos en silencio a comer un poco más.

—Capitán —dijo él, al cabo de un rato, con la misma sonrisa inquietante—. Ahí está mi viejo compañero de a bordo O'Brien. ¿Y si lo coge usted y lo echa al agua? No es que yo sea melindroso, por regla general, ni me siento culpable por haberlo despachado; pero no me parece muy decorativo, ¿y a usted?

—No soy lo bastante fuerte, ni me gusta la tarea; por mí que se quede donde está —repuse.

—Este es un buque desgraciado... la *Hispaniola*, Jim —prosiguió, parpadeando—. Todo un ejército de hombres han muerto en esta *Hispaniola*... un buen número de pobres marineros se han ido al otro barrio desde que tú y yo embarcamos en Bristol. Jamás había visto suerte más negra, no, señor.

Tenemos el caso de ese O'Brien... está muerto, ¿no es cierto? Pues bien, no soy hombre ilustrado, mientras que tú sabes leer y las cuatro reglas; y, para no andarme con rodeos, ¿crees que un muerto lo está para siempre o que vuelve a vivir?

—Se puede matar el cuerpo, señor Hands, pero no el espíritu; eso ya debe de saberlo usted —repliqué—. El tal O'Brien está ya en otro mundo, y puede que vigilándonos.

—¡Ah! —exclamó Hands—. Pues es una pena... Entonces parece que matar a alguien es perder el tiempo. Sea como fuere, por lo que llevo visto, los espíritus no cuentan para mucho. ¡Que vengan a por mí, Jim! Y ahora que me has hablado con franqueza, te agradeceré mucho que bajes al camarote y me traigas... ¡diablos, no recuerdo el nombre!... sí, tráeme una botella de vino, Jim, que este coñac se me está subiendo a la cabeza.

Ahora bien, la vacilación del timonel me pareció poco natural; y en cuanto a lo de preferir el vino al coñac, no me creí ni una palabra. No era más que un pretexto. Quería que abandonase la cubierta... eso estaba bien claro; pero no podía ni siquiera imaginarme con qué objeto. Sus ojos no se cruzaron con los míos en ningún momento; siguieron vagando de un lado para otro, arriba y abajo, ora mirando el cielo, ora lanzando un vistazo furtivo al cadáver de O'Brien. Durante todo el rato mantuvo su sonrisa, sacando la lengua con expresión de embarazo y culpabilidad; tanto era así que hasta un crío hubiese adivinado que tramaba algún engaño. Me apresuré a contestarle, sin embargo, pues sabía muy bien en qué le llevaba ventaja, y, tratándose de un sujeto tan estúpido, no me resultaría difícil ocultar mis sospechas hasta el final.

—¿Un poco de vino? —pregunté—. Tanto mejor. ¿Lo prefiere blanco o tinto?

—Bueno, me da igual uno que otro, compañero —contestó—; mientras sea fuerte y abundante, ¿qué más da?

—Muy bien —contesté—. Le traeré un poco de Oporto, señor Hands. Pero tendré que buscar mucho.

Y así diciendo bajé al camarote, haciendo tanto ruido como pude; luego, quitándome los zapatos, recorrí a toda prisa, silenciosamente, el pasadizo de las aspilleras, subí por la escalera del castillo de proa y asomé la cabeza. Sabía que no iba a esperar que yo apareciese por allí; y, sin embargo, tomé todas las precauciones posibles y, ciertamente, mis peores sospechas se vieron confirmadas sobradamente.

Se había levantado a medias y andaba a cuatro patas, y, aunque al moverse la pierna le dolía atrozmente, pues pude oír cómo sofocaba un quejido, no por ello dejó de avanzar a buen ritmo de un lado a otro de cubierta. En medio minuto alcanzó los imbornales de babor, y de un rollo de cuerda extrajo un largo cuchillo o, mejor dicho, una espada corta, manchada de sangre hasta la empuñadura. La contempló un momento, adelantando la mandíbula inferior, probó la punta en la palma de la mano y entonces, escondiéndola apresuradamente entre pecho y camisa, regresó a su lugar junto al antepecho.

Aquello era todo lo que me hacía falta saber. Israel podía desplazarse de un lado a otro; ahora iba armado y, si tantas molestias se había tomado para librarse de mí, resultaba evidente que yo tenía que ser su víctima. Lo que haría después, si intentaría cruzar la isla a gatas, desde la caleta del Norte hasta el campamento del pantano, o si pensaba disparar el cañón, confiando en que sus compinches acudieran en su auxilio, eso es algo que, por supuesto, no sabría deciros.

Y con todo, estaba seguro de que podía confiar en él en un punto, ya que en él nuestros mutuos intereses se daban cita, y ese punto era el de poner la goleta a salvo. Los dos deseábamos ponerla a seguro en algún lugar bien resguardado, para que, cuando llegase el momento, pudiera sacársela de allí con el mínimo esfuerzo y peligro posibles; y hasta que no lo hubiésemos hecho, podía tener la seguridad de que mi vida no correría peligro.

Mientras me hallaba reflexionando sobre el asunto, mi cuerpo no había permanecido ocioso, sino que me había arrastrado sigilosamente hasta el camarote, donde volví a ponerme los zapatos y cogí una botella de vino al azar; seguidamente, llevando la botella a modo de excusa, hice mi reaparición en cubierta.

Hands yacía tal como le había dejado, caído como un fardo, con los párpados bajos, como si estuviera demasiado débil para soportar la luz. Sin embargo, alzó los ojos al oírme llegar, rompió el cuello de la botella, con el gesto de quien lo ha hecho a menudo, y se echó un buen trago al coleto, al tiempo que profería su brindis preferido:

—¡Que haya suerte!

Seguidamente permaneció quieto unos instantes y luego, sacando una barrita de tabaco, me rogó que le cortase un pedacito.

—Córtame un trozo de esto —me dijo—, que no tengo cuchillo y apenas me quedan fuerzas. ¡Ojalá las tuviera! ¡Ay, ay, Jim, me parece que me ha fallado la virada! ¡Córtame un pedazo, que seguramente será el último! Me parece que voy a emprender el largo viaje; sí, no hay duda.

—Bueno —dije—, te cortaré un poco de tabaco; pero si estuviera en tu pellejo, y me sintiera tan mal, me dedicaría a mis plegarias, como corresponde a un buen cristiano.

—¿Por qué? —preguntó—. A ver, dime por qué.

—¿Que por qué? —exclamé—. Hace apenas unos minutos que me estuviste preguntando acerca de los muertos. Has violado la confianza depositada en ti; has vivido en el pecado, en la mentira y en medio de derramamiento de sangre; a tus pies yace un hombre a quien tú diste muerte... ¡Y me preguntas por qué! ¡Por el amor de Dios, señor Hands! ¿Es que no te das cuenta?

Hablé con cierta pasión, pues pensaba en la espada ensangrentada que llevaba oculta y con la cual, siguiendo sus malos instintos, pensaba acabar conmigo. Él, por su parte, tomó un largo trago de vino y me habló luego con una solemnidad inusitada.

—Durante treinta años —dijo— he surcado los mares, viendo cosas buenas y cosas malas, unas mejores y otras peores, tiempo favorable y tormentas, provisiones que se agotaban, cuchillos que hendían el aire y lo que quieras nombrar. Pues bien, lo que voy a decirte es que jamás he visto que del bien salga algo bueno. El que golpea primero es el que lleva las de ganar; los muertos no muerden; esas son mis creencias... ¡amén! Y ahora, escúchame —agregó, adoptando inesperadamente un tono distinto—: ya basta de bobadas. La marea ya nos es favorable. Acata mis órdenes, capitán Hawkins, y entremos en la caleta y acabemos de una vez por todas.

Nos quedaban apenas dos millas por recorrer, pero la navegación resultaba delicada, pues la entrada de aquel fondeadero del norte no solo era estrecha y de poca profundidad, sino que serpenteaba, por lo que era preciso llevar bien la goleta para penetrar en él. Creo que resulté un subalterno eficiente y rápido, y estoy plenamente convencido de que Hands era un piloto excelente, pues viramos aquí y allá, esquivamos rocas y rozamos bancos de arena, con una precisión y limpieza que daba gusto verlas.

Apenas habíamos pasado las puntas de entrada cuando nos vimos rodeados de tierra por todas partes. Las orillas de la caleta del Norte estaban cubiertas de boscaje tan espeso como las del fondeadero del sur; pero este era más largo y angosto, y se parecía más a lo que en realidad era: el estuario de un río. Enfrente de nosotros, en el extremo sur, vimos los restos de un buque naufragado en las últimas fases de desguace. En tiempos había sido un gran bajel de tres palos, pero llevaba tanto tiempo expuesto a las inclemencias del tiempo que de él colgaban grandes mantos de algas empapadas, en tanto que en cubierta habían arraigado gran número de matorrales de tierra firme, que ahora mostraban gran profusión de flores. Era un triste espectáculo, pero nos demostró que aquel fondeadero era tranquilo.

—Mira —dijo Hands—, allí hay un sitio estupendo para varar el buque. Arena fina y lisa, ni un soplo de viento, árboles por todos lados y todo un jardín florido a bordo de aquel viejo barco.

—¿Y una vez varados —pregunté—, cómo nos las arreglaremos para ponernos otra vez a flote?

—¡Caramba! —exclamó—; pues te llevas un cabo a tierra, cuando la bajamar, le haces dar la vuelta a uno de aquellos pinos grandes, vuelves con él a bordo y lo pasas en torno al cabrestante; luego, a esperar que suba la marea, mientras te mantienes al pairo. Cuando llegue la pleamar, todo el mundo a tirar del cabo, y el buque se pone a flote; es cosa de coser y cantar. Y ahora, muchacho, mucha atención, que ya estamos cerca del sitio y el buque lleva mucho impulso. Un poco a estribor... así... cuidado... a estribor... un poquitín a babor ahora... ¡cuidado... cuidado!

Así fue dando sus órdenes, que yo obedecía jadeando, hasta que, de repente, gritó:

—¡Ahora, muchacho!

Y entonces metí toda la caña del timón y la *Hispaniola* viró rápidamente y se metió de proa en la playa baja y frondosa.

La excitación de aquellas últimas maniobras se había interpuesto en cierta medida con la vigilancia que hasta entonces mantuviera yo sobre el timonel. En aquellos momentos esperaba con tanto interés el instante en que el buque tocase fondo, que me olvidé por completo del peligro que se cernía sobre mi cabeza, y me asomé al antepecho de estribor para ver cómo las aguas se hendían ante nuestra proa. Tal vez hubiese caído sin luchar para defender mi vida de no haber sido por la súbita inquietud que se apoderó de mí, y que me hizo volver la cabeza. Tal vez había oído algún crujido, o visto cómo la sombra de Hands se movía; tal vez fuese un instinto como el de un gato; pero lo cierto es que, al volverme, vi que Hands estaba ya a punto de alcanzarme y llevaba la espada corta en la mano derecha.

Seguramente los dos lanzamos una exclamación al cruzarse nuestras miradas; pero, mientras que la mía fue un chillido de terror, la suya fue un rugido de furia como el de un toro en plena embestida. En el mismo instante se lanzó hacia delante, mientras que yo daba un salto de costado hacia el antepecho. Al hacerlo solté el timón, que se movió con fuerza hacia sotavento y, según creo, así me salvó la vida, ya que golpeó a Hands en pleno pecho y lo dejó parado en seco de momento.

Antes de que pudiera recobrarse, me puse a salvo abandonando el rincón en donde me tenía atrapado, y echando a correr por cubierta. Al llegar al palo mayor me detuve, saqué la pistola del bolsillo, apunté cuidadosamente, pese a que él venía ya directamente hacia mí, y apreté el gatillo. Cayó el percutor, pero no se produjo ningún fogonazo ni estampido; el agua de mar había inutilizado el cebo. Me maldije por mi descuido, preguntándome por qué no habría cambiado el cebo mucho antes, limpiando de paso las que eran mis únicas armas. De haberlo hecho, no me hubiese visto convertido, como lo estaba ahora, en una oveja que huía del matarife.

Pese a estar herido, resultaba prodigioso ver con qué rapidez se movía, con el pelo gris sobre la cara, y esta, a causa de la prisa y la furia, enrojecida como una bandera roja. No tenía tiempo ni, a decir verdad, ganas de probar la otra pistola, pues estaba convencido de que no me serviría de nada. Había una cosa que estaba bien clara: no debía limitarme a retirarme ante él, ya que entonces me acorralaría en las amuras del mismo modo que momentos antes lo hiciera en la popa. Una vez acorralado allí, nueve o diez pulgadas de acero ensangrentado constituirían mi última experiencia terrenal antes de pasar a la eternidad. Apoyé las palmas de las manos en el palo mayor, que era bastante grueso, y esperé, con todos los nervios en tensión.

Viendo que pretendía esquivarle, también él se detuvo; transcurrieron unos instantes llenos de fintas por su parte y de los correspondientes movimientos por la mía. Parecía el juego que tantas veces había jugado en casa, alrededor de las rocas de la ensenada de la Colina Negra; pero nunca antes, podéis estar seguros, mi corazón había latido con tanta violencia durante el juego. Con todo, como digo, era un juego de niños, así que me creí capaz de aguantar ante un marinero de edad avanzada que tenía una herida en el muslo. De hecho, mi valor empezaba a crecer hasta tales extremos que incluso me permití el lujo de dedicar unos cuantos pensamientos a cómo iba a terminar el encuentro; y, si bien vi con toda certeza que lograría resistir durante un buen rato, no concebí esperanza alguna de que a la larga consiguiese escapar con vida.

Pues bien, en esas estábamos, cuando la *Hispaniola*, de repente, tocó fondo, vaciló un instante en la arena y finalmente, rápida como una centella, se inclinó del lado de babor, hasta que la cubierta quedó en un ángulo de cuarenta y cinco grados y una cierta cantidad de agua penetró por los imbornales y quedó formando un charco entre la cubierta y el antepecho.

En cuestión de un segundo los dos fuimos derribados, rodando casi juntos por los imbornales, en tanto que el cadáver tocado con el gorro rojo, cuyos brazos seguían extendidos, se tambaleaba rígidamente detrás nuestro. Tan cerca estábamos el uno del otro que, de hecho, mi cabeza fue a dar contra el pie del timonel, con tanta fuerza que me crujieron los dientes. Pese al golpe, fui el que primero se puso en pie, pues Hands se había enredado con el cadáver. La súbita inclinación del buque impedía que se pudiera correr por cubierta, así que tuve que buscar algún otro medio de escape, y buscarlo enseguida, ya que mi enemigo estaba casi a mi lado. Con la rapidez del pensamiento, di un salto hacia los obenques de mesana, y empecé a trepar por ellos, sin pararme a recobrar el aliento hasta hallarme sentado en las crucetas.

La rapidez me había salvado, pues la espada había descargado su golpe apenas medio pie debajo de donde me encontraba durante mi huida hacia arriba; y allí se quedó Israel Hands, boquiabierto y con el rostro alzado hacia mí, encarnación perfecta de la sorpresa y del desengaño.

Ahora que disponía de un momento para mí mismo, procedí sin pérdida de tiempo a cambiar el cebo de la pistola, y luego, teniendo ya una de ellas lista para ser usada, y con el fin de asegurarme por partida doble, me puse a extraer la carga de la otra y a remplazarla por nueva munición.

Mi nueva ocupación dejó a Hands de una pieza; empezó a comprender que los dados rodaban en su contra y, tras unos momentos de evidente titubeo, también él se encaramó pesadamente a los obenques y, sosteniendo la espada entre los dientes, comenzó a ascender, lenta y penosamente. Le costaba un sinfín de tiempo y de gemidos arrastrar su pierna herida, por lo que yo tenía ya las armas dispuestas mucho antes de que hubiera llegado a una tercera parte del recorrido. Entonces, empuñando una pistola en cada mano, le espeté:

—Un paso más, señor Hands, y te volaré los sesos. Los muertos no muerden, ya lo sabes —añadí, riéndome entre dientes.

Se detuvo al instante. Por las contorsiones de su rostro comprendí que estaba tratando de pensar, y que la tarea le resultaba tan lenta y laboriosa que, al amparo de mi nuevo refugio, me eché a reír estrepitosamente. Por fin, después de tragar saliva una o dos veces, me habló sin que su rostro perdiera la misma expresión de aguda perplejidad. Para poder hablar, tuvo que sacarse la espada de la boca, pero en todo lo demás, permaneció inmutable.

—Jim —dijo—, creo que estamos en un aprieto, tú y yo, así que tendremos que hacer una tregua. Te habría atrapado de no haber sido por aquel bandazo; pero no tengo suerte, no la tengo; y me parece que tendré que rendirme, cosa que, siendo yo un marinero veterano y tú un grumete, no resulta fácil para mí, Jim.

Saboreaba yo sus palabras golosamente, sonriendo, ufano como un gallo subido a una tapia, cuando, de sopetón, su mano derecha se alzó por encima del hombro y algo surcó el aire silbando como una flecha; sentí un golpe y luego un dolor agudo, y me quedé clavado al palo por el hombro. A causa del terrible dolor y de la sorpresa del momento (no podría afirmar que lo hiciese adrede, y estoy seguro de que no apunté conscientemente) ambas pistolas se dispararon, y las dos se me cayeron de las manos. Pero no cayeron solas; con un grito ahogado, el timonel se soltó de los obenques y cayó de cabeza en el agua.

XXVII

«Pesos duros españoles»

Debido a la inclinación del buque, los palos estaban suspendidos casi por completo sobre el agua, y debajo de mi punto de apoyo en las crucetas no había sino la superficie de la bahía. Hands, que no había logrado subir tan alto, se hallaba, por consiguiente, más cerca del buque, por lo que cayó entre la borda y yo. Afloró una vez a la superficie en medio de un remolino de espuma y sangre, y después se hundió para siempre. Al cerrarse las aguas sobre él, pude verlo acurrucado en la arena limpia y luminosa del fondo, a la sombra de los costados del buque. Uno o dos peces pasaron raudamente junto a su cuerpo. A veces, a causa de los movimientos del agua, daba la impresión de que se movía un poco, como si tratase de subir a la superficie. Pero estaba bien muerto, pese a todo, ya que a la vez había recibido dos disparos y se había ahogado, quedando convertido en pasto para los peces en el mismo lugar en el que tenía planeado asesinarme.

En cuanto me di plena cuenta de ello, comencé a sentirme mal, a punto de desmayarme y aterrorizado. La sangre me resbalaba, caliente, por el pecho y la espalda. La espada parecía abrasarme por el punto donde había clavado mi hombro al mástil; daba la sensación de ser un hierro al rojo; y, con todo, no eran tales sufrimientos lo que más me afligía, ya que me creía capaz de soportarlos sin rechistar; lo peor era el horror que me inspiraba la posible caída desde las crucetas a aquellas aguas quietas y verdes, donde reposaba el cadáver del timonel.

Me aferré con ambas manos hasta que me dolieron las uñas, y cerré los ojos como si con ello quisiera ocultar el peligro. Gradualmente, mi cerebro recobró la serenidad, mi pulso se calmó hasta latir normalmente, y una vez más me sentí en posesión de mí mismo.

Lo primero que se me ocurrió fue arrancarme la espada, pero o esta estaba clavada con demasiada fuerza, o yo no fui capaz de lograrlo, por lo que desistí con un violento estremecimiento. Curiosamente, aquel mismo estremecimiento logró lo que yo no había podido hacer. De hecho, el cuchillo me había alcanzado por un pelo y me tenía clavado por un simple pellizco de la piel, de manera que el estremecimiento me libró de él. La sangre empezó a manar con mayor fuerza, eso por descontado; pero de nuevo era señor de mí mismo, clavado al mástil únicamente por la casaca y la camisa.

De estas me libré mediante un brusco tirón, y entonces, bajando por los obenques de estribor, gané nuevamente la cubierta. Por nada del mundo, consternado como me hallaba, me hubiese aventurado otra vez a encaramarme a los obenques de babor, que estaban suspendidos sobre el agua y desde los cuales, momentos antes, Israel había caído al mar.

Bajé al camarote e hice cuanto pude para curarme la herida; me dolía mucho, y seguía sangrando profusamente; pero no era ni profunda ni peligrosa, ni tampoco me escocía grandemente al mover el brazo. Entonces eché un vistazo a mi alrededor y como, en cierto sentido, el buque era mío ahora, empecé a pensar en librarlo del último de sus pasajeros: el muerto, O'Brien.

Se había precipitado, como ya he dicho, contra la borda, donde yacía al igual que un títere feo y horrible; de tamaño natural, a decir verdad, ¡pero cuán distinto del color y de la hermosura de las cosas vivas! En la postura en que se hallaba iba a resultarme fácil la tarea de deshacerme de él; y, como la costumbre de vivir aventuras trágicas había borrado en mí los últimos vestigios del miedo a los muertos, lo cogí por la cintura como a un saco de salvado y, dándole un buen empujón, lo arrojé por la borda. Cayó con un gran chapoteo; el gorro rojo le saltó de la cabeza y quedó flotando sobre la superficie; y, en cuanto se apagaron los ecos del chapoteo, pude verles, a él y a Israel, yaciendo el uno al lado del otro, agitándose ambos a causa de los trémulos movimientos de las aguas. Aunque todavía era joven, O'Brien era completamente calvo. Y allí abajo se quedó, con la calva reposando sobre las rodillas del hombre que le había matado, mientras los peces nadaban velozmente por encima de ambos.

Me hallaba ahora solo a bordo del buque; la marea acababa de cambiar. Al sol le faltaba tan poco para ponerse que ya la sombra de los pinos sobre la orilla occidental empezaba a alcanzar el otro lado del fondeadero, formando dibujos sobre la cubierta de la *Hispaniola*. Se había levantado la brisa vespertina, y aunque contenida por la colina de dos picos que se alzaba al este, hacía que el cordaje cantase quedamente, para sus adentros, mientras que las fláccidas velas se mecían de un lado a otro, crujiendo.

Empecé a darme cuenta de que el buque corría peligro, y me apresuré a arriar los foques, echándolos sobre cubierta; pero la vela mayor me resultó más difícil. Por supuesto que cuando la goleta se inclinó, la botavara había quedado colgando hacia afuera, y su punta, así como uno o dos pies de vela, se hallaba sumergida en el agua. Pensé que aquello aumentaba aún más el peligro, pero la tensión era tan fuerte que temía intervenir. Finalmente, saqué el cuchillo y corté las drizas. El extremo cayó inmediatamente y una enorme masa de lona suelta flotó sobre las aguas; y como, por mucho que tirase, no lograba mover la cargadera, aquello fue todo lo que pude hacer. En cuanto al resto, la *Hispaniola* tendría que fiarse de su propia suerte, al igual que yo.

Para entonces todo el fondeadero se hallaba sumido en la oscuridad; recuerdo que los últimos rayos del sol cayeron sobre un claro del bosque, atravesándolo y brillando como joyas sobre el manto florido que cubría los restos del buque naufragado. Comenzaba a tener frío; la marea se movía rápidamente hacia mar abierto y la goleta se asentaba más y más sobre el costado.

Gateé hacia proa y me asomé. La profundidad parecía escasa, así que, asiéndome con ambas manos a la guindaleza cortada, para contar con un postrer punto de apoyo, me dejé caer suavemente por la borda. El agua apenas me llegaba a la cintura; la arena era firme y mostraba las huellas de las pequeñas olas; lleno de ánimo, vadeé hacia la playa, dejando a la *Hispaniola* tumbada de costado, con la vela mayor flotando extendida sobre la superficie de la bahía. Casi al mismo tiempo, el sol se ocultó por completo y la brisa sopló por lo bajo en la oscuridad del crepúsculo, entre los pinos que se mecían.

Al menos, y al fin, había salido del mar, y no había regresado de él con las manos vacías. Allí yacía la *Hispaniola*, libre por fin de bucaneros y dispuesta para que nuestros propios hombres subieran a bordo y de nuevo la hicieran navegar. Nada deseaba más que reunirme con los otros en la empalizada y alardear de mis proezas. Posiblemente me merecía una buena regañina por haberme escapado, pero la reconquista de la *Hispaniola* sería una contestación decisiva, y tenía la confianza de que incluso el propio capitán Smollett confesaría que no había yo perdido el tiempo.

Así pensando, y lleno de gozo, emprendí el camino de regreso a la empalizada y a mis compañeros. Recordé que el más septentrional de los ríos que desaguaban en el fondeadero del Capitán Kidd nacía de la colina de dos picos que se alzaba a mi izquierda, y hacia allí desvié mis pasos, con la intención de cruzar la corriente por el punto donde más estrecha fuese. El bosque era bastante abierto y, siguiendo sus estribaciones más bajas, pronto doblé el recodo de aquella colina y a los pocos instantes me hallaba vadeando, con el agua hasta los tobillos, el río del que os he hablado.

Aquello me llevó cerca del lugar donde me había encontrado con Ben Gunn, el desterrado; y caminé con mayor circunspección, vigilando atentamente a diestra y siniestra. La oscuridad era prácticamente absoluta, y, al salir de la hendidura que separaba los dos picos, percibí un resplandor tembloroso en el cielo; juzgué que ello indicaba el lugar donde el hombre de la isla estaría preparándose la cena ante una rugiente hoguera. Y, pese a todo, en lo más hondo de mi corazón no pude evitar el preguntarme cómo podía comportarse de modo tan imprudente. Pues, si yo podía ver el resplandor, ¿no podría verlo también Silver desde su campamento en las márgenes del pantano?

Poco a poco, la noche fue haciéndose más negra; poco más pude hacer que guiarme lo mejor que supe hacia mi punto de destino; la colina doble detrás de mí, así como El Catalejo a mi derecha, se habían difuminado hasta hacerse casi invisibles; las estrellas eran escasas y su brillo pálido; y en el terreno bajo por el que me encontraba caminando, tropezaba con los matorrales cada dos por tres, y caía rodando en zanjas arenosas.

De repente me vi rodeado por una especie de resplandor. Alcé la mirada; un haz de pálidos rayos de luna acababa de posarse sobre la cima de El Catalejo, y al cabo de unos instantes vi algo amplio y plateado que se desplazaba a poca altura por detrás de los árboles; entonces supe que acababa de salir la luna.

Con su ayuda, recorrí rápidamente lo que me quedaba del viaje; y, ora caminando, ora corriendo, me aproximé impa-

ciente al blocao. Sin embargo, cuando penetré en el bosquecillo que crecía ante él, mi impaciencia no me impidió aflo-
rar el paso y extremar la cautela. ¡Mal hubieran terminado
mis aventuras de haber sido derribado a tiros por mis propios
compañeros!

La luna iba subiendo más y más, y su luz comenzaba a
caer aquí y allá, formando anchos claros en los lugares donde
el bosque era más abierto; y justo enfrente de mí, surgió de entre los árboles un resplandor de distinta coloración: roja y ardiente, oscureciéndose un poco de vez en cuando, como si se
tratase de las ascuas de una hoguera.

A fe mía que no tenía idea de lo que pudiera ser.

Por fin salí directamente a los bordes del claro. El extremo occidental del mismo se hallaba ya bañado por la luz de la
luna; el resto, al igual que el mismo blocao, seguían envueltos
en negras sombras, rasgadas aquí y allá por largos y plateados
rayos de luz. Al otro lado de la cabaña, una inmensa hoguera
se había consumido hasta quedar reducida a unas cuantas
brasas que ardían sin llama, despidiendo un resplandor rojo y
firme que contrastaba fuertemente con la suave palidez de la
luna. No se movía ni un alma, ni se oía otro ruido que el de
la brisa.

Me detuve, con el corazón lleno de preguntas, y tal vez
un poco de terror también. No había sido nuestra costumbre
prender grandes hogueras; de hecho, siguiendo las órdenes
del capitán, nos habíamos mostrado un tanto mezquinos en
lo que se refería a la leña; empecé, pues, a temer que algo malo
hubiese ocurrido durante mi ausencia.

Me desplacé con sigilo hacia el extremo del este, ampa-
rándome en la sombra; y al llegar a un punto apropiado, en el
que la oscuridad era si cabe más densa, crucé la empalizada.

Para aumentar aún más mi seguridad, me puse a gatas y
empecé a avanzar silenciosamente hacia una esquina de la cabaña. A medida que fui aproximándome, sentí que mi cora-

zón experimentaba un súbito alivio. No puede decirse que se trate de un ruido agradable, y yo mismo, en otras ocasiones, me he quejado a menudo de él; pero en aquellos precisos instantes para mí fue como oír música el escuchar a mis amigos roncando con tal fuerza, plácidamente dormidos. La voz de alerta de las guardias nocturnas en alta mar, aquel bello «¡Todo va bien!», nunca había sonado tan tranquilizador a mis oídos.

Mientras tanto, de una cosa no había duda: su forma de montar la guardia era infame. De haber sido Silver y sus muchachos los que ahora se acercaban reptando hacia ellos, ni un alma hubiese vuelto a ver la luz del día. Pensé que aquella negligencia era resultado de tener herido al capitán; y de nuevo me recriminé duramente por haberlos abandonado en medio de semejante peligro, siendo ellos tan pocos para montar una guardia eficaz.

Para entonces, habiendo llegado ya a la puerta, me puse en pie. Dentro de la cabaña todo estaba a oscuras, por lo que mis ojos no pudieron distinguir nada. En cuanto a ruidos, se oía el ininterrumpido zumbido de los que roncaban, así como algún que otro ruidillo, una especie de estremecimiento o picoteo, cuya causa no supe explicarme de ninguna manera.

Entré tanteando la oscuridad con los brazos extendidos ante mí. Pensé, al mismo tiempo que soltaba una risita por lo bajo, que podía tenderme en mi sitio y disfrutar de la expresión de sorpresa que asomaría al rostro de mis compañeros por la mañana, cuando al despertar me encontrasen allí.

Mi pie golpeó algo que cedió ante él: era la pierna de uno de los durmientes, el cual dio media vuelta y lanzó un gruñido, pero sin despertarse.

Y entonces, de sopetón, una voz chillona rasgó la oscuridad:

—¡Pesos duros españoles! ¡Pesos duros españoles! ¡Pesos duros españoles!

Y así sucesivamente, sin pausa alguna, como el tableteo de un molinillo.

¡El loro verde de Silver, el Capitán Flint! Era a él a quien había oído picotear un pedazo de corteza; era él, mejor guardián que cualquier ser humano, quien acababa de anunciar mi presencia con su pesado estribillo.

No tuve tiempo de reaccionar. Al oírse los agudos chillidos del loro, los durmientes se despertaron y se levantaron de un salto, a la vez que, tras soltar un fuerte juramento, la voz de Silver exclamó:

—¿Quién va ahí?

Di media vuelta, dispuesto a huir por piernas; choqué violentamente con alguien, retrocedí y fui a caer de lleno en brazos de un segundo individuo, el cual, por su parte, los cerró, sujetándome fuertemente.

—Trae una antorcha, Dick —dijo Silver, una vez asegurada mi captura.

Y uno de los hombres abandonó la cabaña de troncos para regresar al poco rato con un tizón encendido.

SEXTA PARTE

EL CAPITÁN SILVER

XXVIII

El campo enemigo

El rojo resplandor del tizón, al iluminar el interior del blocao, me mostró mis peores temores convertidos en realidad. Los piratas se hallaban en posesión de la cabaña y los pertrechos que en ella había; estaban el barril de coñac, el cerdo salado y el pan, igual que antes; y, lo que hizo que mi horror aumentase diez veces más, no había ni rastro de prisioneros. No pude menos que pensar que todos habrían perecido, y sentí un vivo dolor en el corazón por no haber estado allí para perecer junto a los demás.

Había seis bucaneros en total; ninguno más había quedado con vida. Cinco de ellos estaban de pie, enrojecidos y abotargados, despertados inesperadamente cuando se hallaban en el primer sueño de la borrachera. El sexto se había limitado a incorporarse a medias, apoyándose en el codo; mostraba una palidez de muerte, y el vendaje ensangrentado que le rodeaba la cabeza indicaba que había resultado herido hacía poco, y que le habían vendado hacía aún menos rato. Me acordé del hombre que, habiendo recibido un tiro durante la gran batalla, había huido internándose en el bosque; no me cupo duda de que me hallaba ante él.

El pájaro seguía sentado en su sitio, componiéndose el plumaje, sobre el hombro de John el Largo. Este mismo me pareció algo más pálido que de costumbre, y con una expresión más severa de la que estaba yo habituado a ver en él. Llevaba aún el traje de excelente paño con el cual había cumplido su misión, pero que ahora estaba maltrecho por el uso, lleno de manchas de arcilla y de rasgaduras producidas por los punzantes zarzales del bosque.

—Así que aquí tenemos a Jim Hawkins —dijo—. ¡Rayos y truenos! Has venido a hacernos una visita de cumplido, ¿eh? ¡Vaya, vaya, muy amable de tu parte!

Y así diciendo, se sentó en el barril de coñac y se puso a cargar su pipa.

—Préstame el eslabón, Dick —dijo, y luego, en cuanto hubo encendido la pipa, añadió—: Está bien, muchacho; coloca el tizón en la pila de leña. En cuanto a ustedes, caballeros, ya pueden sentarse... no hace falta que se levanten en presencia de Jim Hawkins. Él sabrá excusarles, no lo duden. De manera, Jim —prosiguió, apretando el tabaco en la cazoleta—, que has venido a verme. ¡Qué agradable sorpresa le has dado al pobre y viejo John! Me di cuenta de que eras listo en el momento en que te eché la vista encima; pero esto de ahora no me lo había imaginado; puedes creerme.

Como puede suponerse, no contesté a nada de todo aquello que me dijo.

Me había colocado de espaldas a la pared, y allí permanecía, mirando a Silver frente a frente, en actitud que, al menos eso esperaba, denotaba gran entereza, siquiera fuese por fuera, pero con el corazón atenazado por el más negro de los desánimos.

Silver dio una o dos chupadas a su pipa, con gran compostura, y luego volvió a hablar:

—Ya que estás aquí, Jim, te voy a decir lo que pienso de ti. Siempre me has caído bien, sí, pues eres un chico animoso, y el vivo retrato de mí mismo cuando tenía tu edad y era joven y guapo. Siempre deseé que te unieras a nosotros y recibieras tu parte, para que pudieras vivir como un caballero hasta el fin de tus días. Y ahora, muchacho, no te queda más remedio que hacerlo. El capitán Smollett es un excelente marino, y así lo proclamaré algún día, pero algo inflexible en lo que hace a la disciplina. «El deber es el deber» dice; y tiene razón. Así que no te acerques al capitán. En cuanto al doctor, se ha puesto totalmente en tu contra... «miserable desagradecido» te llamó; así que, en resumidas cuentas, la situación en que te hallas es esta: no puedes regresar con los tuyos, ya que no te aceptarán entre ellos; y, a menos que tú solo formes la tripulación de un tercer buque, cosa que resultaría algo solitaria, tendrás que unirte al capitán Silver.

Hasta aquí todo iba bien. Mis amigos, por lo visto, seguían con vida y, si bien creía en parte que la afirmación de Silver era cierta, es decir, que mis camaradas estaban enfurecidos ante mi deserción, lo que oí fue antes motivo de alivio que de aflicción.

Nada digo acerca del hecho de que te tenemos en nuestras manos —prosiguió Silver—; aunque ello es bien cierto, tenlo por seguro. Soy acérrimo partidario de discutir las cosas, pues nunca he visto que de las amenazas saliera nada bueno. Si te atrae la idea, Jim, te unirás a nosotros; y, en caso contrario, eres libre de decir que no... libre, compañero. ¡Y que reviente si jamás marinero alguno habló más claramente!

—¿Debo contestar, pues? —pregunté con voz temblorosa.

Durante toda la conversación había notado sobre mí la amenaza de la muerte; ardían mis mejillas y el corazón latía dolorosamente en mi pecho.

—Muchacho —dijo Silver—, nadie te está presionando. Tómate tu tiempo. Ninguno de nosotros va a darte prisa, compañero; verás, el tiempo transcurre tan placenteramente en tu compañía...

—Pues entonces —dije, sintiéndome algo más valiente—, si debo escoger, declaro que tengo derecho a saber qué sucede, por qué estáis vosotros aquí y dónde se hallan mis amigos.

—¿Que qué sucede? —repitió uno de los bucaneros, soltando un gruñido—. ¡Ah, afortunado el que lo sepa!

—¿Me harás el favor de cerrar tus escotillas en tanto no te hablen, amigo mío? —le espetó Silver con truculencia al bucanero.

Y acto seguido, volviendo a su anterior tono de amabilidad, procedió a darme respuesta:

—Ayer por la mañana, señor Hawkins —dijo—, durante la guardia de cuartillo, se presentó el doctor Livesey con bandera de tregua. Y va y me dice: «Capitán Silver, tiene perdida la partida. El buque se ha ido». Bueno, puede que hubiéramos estado bebiendo y cantando un poco para matar el tiempo; no diré que no. Cuando menos, ninguno de nosotros se había dado cuenta. Entonces nos fijamos y vimos que el viejo buque se había largado. ¡Rayos y truenos! Jamás en mi vida he visto a un hatajo de idiotas más perplejos que mis hombres; puedes estar seguro de ello si te digo que yo el que más. «Pues bien —me dice el doctor—. Hagamos un trato». Hicimos un trato, él y yo, y aquí nos tienes: pertrechos, coñac, blocao, la leña que tuviste la precaución de cortar y, en cierto modo, la totalidad del bendito buque, desde las crucetas a la quilla. En cuanto a ellos, se largaron y no sé dónde están.

Nuevamente se puso a chupar tranquilamente su pipa.

—Y para que no se te meta en la mollera —prosiguió— que tú te hallabas incluido en el trato, he aquí las últimas palabras que se pronunciaron: «¿Cuántos son ustedes?» —pregunté—. «Cuatro —me contestó—. Cuatro, y uno de nosotros está herido. En cuanto a ese muchacho, no sé dónde se habrá metido, maldito sea —me dijo—. Ni me importa. Estamos hartos de él.» Esas fueron sus palabras.

—¿Eso es todo? —pregunté.

—Bueno, es todo lo que debes oír, hijo mío —replicó Silver.

—¿Y ahora debo escoger?

—Y ahora debes escoger, tenlo por seguro —dijo Silver.

—Bueno —dije—, pues no soy tan imbécil que no sepa lo que debo buscar. ¡Que suceda lo peor!, no me importa. He visto morir a demasiada gente desde que te conocí. Pero hay una o dos cosas que debo decirte —dije, y para entonces me sentía totalmente excitado—; y la primera de ellas es esta: estáis en un brete; el buque, perdido; el tesoro, igual; y otro tanto con los hombres. Todo tu negocio se ha ido a paseo. Y si te interesa saber quién lo hizo... pues ¡fui yo! Yo estaba metido en el barril de manzanas la noche que avistamos tierra, y te oí, John, y a ti también, Dick Johnson, y a Hands, que ahora está en el fondo del mar, y antes de que hubiese transcurrido una hora, ya había dado cuenta de cada una de vuestras palabras. Y en cuanto a la goleta, yo fui el que cortó las amarras, y el que dio muerte a los hombres que dejaste a bordo, y yo fui el que la llevó adonde no volveréis a verla jamás ninguno de vosotros. Así, que quien puede reírse soy yo; yo soy el que ha llevado la voz cantante desde el comienzo de este asunto, y no me dais más miedo que el que me da una mosca. Matadme, si queréis, o respetad mi vida. Pero os diré una cosa, solo una: si respetáis mi vida, lo pasado pasado está y cuando os juzguen por piratería, haré lo posible por salvaros. Vosotros sois quienes debéis escoger. Cometed un nuevo asesinato y ningún bien os haréis con ello; o bien dejadme con vida y tendréis un testigo que podrá salvaros del patíbulo.

Me interrumpí, pues, os lo aseguro, estaba sin resuello, y, ante mi sorpresa, ninguno de ellos hizo el menor movimiento; en vez de ello, se quedaron mirándome fijamente, como borregos. Y mientras seguían mirándome, tomé otra vez la palabra:

—Y ahora, señor Silver —dije—, creo que eres el mejor de todos los que aquí estáis, y si las cosas vinieran a peores, te agradecería que le hicieses saber al doctor de qué modo me he comportado.

—Lo tendré en cuenta —dijo Silver, con un acento tan curioso que, aunque en ello me fuera la vida, no hubiese podido decir si se estaba riendo de mi petición o si se había visto impresionado favorablemente por mi valor.

—Y yo añadiré algo —exclamó el viejo marinero de rostro color caoba, llamado Morgan, al que había visto en la taberna de John el Largo, en los muelles de Bristol—. Fue él quien reconoció a Perro Negro.

—Pues yo diré algo más —agregó el cocinero de a bordo—. ¡Rayos y truenos! Fue este mismo muchacho el que falsificó el mapa de Billy Bones. ¡Desde el principio hasta el fin, nos hemos estrellado contra Jim Hawkins!

—¡Pues ahí va! —exclamó Morgan, soltando un juramento.

Y se puso en pie de un salto, sacando el cuchillo, con la agilidad de un chico de veinte años.

—¡Alto ahí! —gritó Silver—. ¿Quién eres tú, Tom Morgan? ¿Acaso te has creído que eres el capitán? ¡Ya te enseñaré yo! ¡Maldita sea! No lo intentes o irás a parar adonde han ido muchos hombres antes que tú, durante estos últimos treinta años: unos a colgar de una verga y otros de cabeza al mar, a ser pasto de los peces. Nunca ha habido un hombre que me plantase cara y viviera luego para contarlo, Tom Morgan; puedes estar seguro.

Morgan se detuvo, pero de entre los demás se alzó un áspero murmullo.

—Tom tiene razón —dijo uno.

—Ya soporté que me mandasen lo suficiente —agregó otro—. ¡Que me cuelguen si te lo voy a aguantar a ti, John Silver!

—¿Alguno de ustedes, caballeros, desea vérselas conmigo? —preguntó Silver con voz que era más bien un rugido, inclinándose hacia delante, sin bajar del barril y con la pipa todavía encendida en la mano derecha—. Decidme lo que queréis, que no sois tontos, muchachos. Quien se lo busque recibirá lo suyo. ¿He vivido todos estos años para que un hijo de perra venga a cruzarse en mi camino? Ya sabéis cómo; todos sois caballeros de fortuna, según decís. Pues bien, estoy listo. Que coja un sable quien se atreva, y veré de qué color son sus entrañas, pese a mi muleta, antes de que se apague mi pipa.

Ninguno se movió; ninguno dijo nada.

—Conque así sois, ¿eh? —añadió, volviéndose a poner la pipa entre los labios—. Pues bien, sois un hatajo de payasos, eso es lo que sois. No servís para luchar, no señor. Tal vez sepáis comprender el inglés de nuestro rey Jorge, ¿eh? Pues oídme: yo soy el capitán porque he sido elegido. Yo soy vuestro capitán porque soy el mejor de todos, porque os llevo una buena milla marítima de ventaja. No querréis luchar como lo harían unos caballeros de fortuna; entonces, ¡rayos y truenos!, me vais a obedecer. ¡Vaya si lo haréis! Me cae bien ese muchacho; nunca he visto otro mejor que él. Es más hombre que cualquier par de los que estáis aquí, ratas inmundas, y esto es lo que os digo: ¡ay de aquel que se atreva a ponerle la mano encima!... Eso es lo que os digo, y ya podéis tenerlo por seguro.

Después de aquello se produjo una larga pausa. Permanecí de pie contra la pared, con el corazón latiéndome violentamente contra el pecho, como un martillo pilón, aunque empezaba a ver un débil rayo de esperanza. Silver se recostó contra la pared, con los brazos cruzados, la pipa en la comisura de los labios, tan tranquilo como si hubiese estado en la iglesia; y, con todo, su mirada se desplazaba furtivamente de un lado a otro, vigilando con el rabillo del ojo a sus indisciplinados seguidores. Estos, por su parte, fueron agrupándose poco a poco en el extremo opuesto del blocao, desde donde llegaba a mis oídos el sibilante sonido de sus cuchicheos. Uno tras otro alzaron la cabeza, y la luz roja de la antorcha iluminaba fugazmente sus rostros crispados; pero no era hacia mí, sino hacia Silver hacia quien se desviaban sus miradas.

—Parece que tenéis mucho que decir —observó Silver, lanzando un escupitajo al aire—. ¡Vamos, desembuchad, que yo lo oiga, o cerrad el pico!

—Con su permiso, señor —replicó uno de los hombres—; se salta usted a la torera algunas de las reglas; tal vez tendrá la bondad de respetar las demás. Esta tripulación está descontenta; esta tripulación no soporta que la traten a palos; esta tripulación tiene sus derechos como cualquier otra, si me permite decirlo. Y, según las reglas establecidas por usted mismo, creo que podemos hablar entre nosotros. Le pido licencia, señor, reconociendo que es usted ahora nuestro capitán; pero reclamo mi derecho a salir de aquí para celebrar consejo.

Y haciendo un complicado saludo marinero, aquel sujeto, hombre larguirucho, de aspecto enfermizo y ojos amarillentos, de unos treinta y cinco años, se dirigió con paso tranquilo hacia la puerta y salió de la cabaña. Uno tras otro, los demás siguieron su ejemplo, cada uno saludando al capitán al pasar por su lado, al tiempo que pronunciaban algunas palabras más de disculpa.

—Va de acuerdo con las reglas —dijo uno.

—Consejo en el castillo de proa —dijo Morgan.

Y así, haciendo alguna que otra observación, salieron todos, dejándonos solos a Silver y a mí, con la antorcha.

Al instante el cocinero de a bordo se quitó la pipa de la boca.

—Ahora presta atención, Jim Hawkins —musitó con voz firme que apenas resultaba audible—; estás a pocos pasos de la muerte y, lo que es peor, de la tortura. Pretenden deshacerse de mí. Pero, tenlo por seguro, estaré a tu lado pase lo que pase. No era esa mi intención, al menos hasta que hablaste claro. Estaba poco menos que desesperado por haber perdido tan cuantioso botín y, por si fuera poco, por la posibilidad de terminar en la horca. Pero entonces me doy cuenta de que eres un buen chico y me digo: «Ponte al lado de Hawkins, John, y Hawkins estará de tu lado. Tú eres su última baza y, ¡rayos y truenos!, lo mismo es él para ti». Así que me digo: «Lucharemos espalda contra espalda. ¡Tú salvas a tu testigo y él te salvará el pescuezo!».

Comencé a comprenderle vagamente.

—¿Quieres decir que todo está perdido? —pregunté.

—¡Vaya si lo está! —respondió—. ¡Sin buque, sin pescuezo... así andan las cosas! Le eché una ojeada a la bahía, Jim, y vi que la goleta no estaba... Bueno, soy hombre curtido, pero me sentí desfallecer. En cuanto a esa pandilla y su consejo, son un hatajo de imbéciles cobardes. Te salvaré la vida... si es que puedo. Pero mira, Jim, es cuestión de favor con favor se paga... tú salvarás a John el Largo del «columpio».

Me quedé perplejo; parecía tan imposible lo que me estaba pidiendo... él, el viejo bucanero, el que había sido el cabecilla desde buen principio.

—Lo que pueda hacer lo haré —dije.

—¡Trato hecho! —exclamó John el Largo—. Hablas con valentía y, ¡qué demonios!, me queda una oportunidad.

Se acercó cojeando a la antorcha, que estaba apoyada por la base en el montón de leña, y encendió de nuevo la pipa.

—Entiéndeme, Jim —dijo al volver junto a mí—. Tengo una cabeza sobre los hombros, sí. Ahora estoy del lado del caballero. Sé que tienes el buque sano y salvo en alguna parte. No sé cómo te las arreglarías, pero me consta que así es. Me imagino que Hands y O'Brien se ablandarían. Nunca les di mucho crédito a esos dos. Ahora escúchame. No voy a hacer preguntas, ni quiero que me las hagan. Sé cuándo se ha perdido la partida, lo sé muy bien; y sé reconocer al muchacho que tiene entereza. Ah, ese eres tú... ¡tú y yo, juntos, hubiésemos podido hacer grandes cosas!

Se sirvió en un cacillo un poco del coñac que contenía el barril.

—¿Quieres probarlo, compañero? —preguntó, y al decirle que no, dijo—: Bueno, yo sí tomaré un poquito, Jim. Necesito un buen calafateado, pues vamos a tener trifulca. Y, hablando de trifulca, ¿por qué me dio el mapa el doctor, Jim?

Mi cara expresó una sorpresa tan natural que comprendió que no había necesidad de hacer más preguntas.

—Ah, pues me lo dio —dijo—. Y hay algo oculto en ello, sin duda... algo debajo de ello, con toda seguridad, Jim... sea bueno o malo.

Y tomó otro sorbo de coñac, sacudiendo su rubia cabezota igual que el hombre que espera lo peor.

XXIX

Otra vez la señal negra

El consejo de los bucaneros había durado ya cierto tiempo cuando uno de ellos volvió a entrar en la cabaña y, después de repetir el mismo saludo, que a mí me pareció un tanto irónico, suplicó que le prestásemos la antorcha unos instantes. Silver accedió con pocas palabras, y el emisario se retiró otra vez, dejándonos a los dos a oscuras.

—Algo se avecina, Jim —dijo Silver, que para entonces había adoptado un tono de lo más amistoso y familiar.

Me volví hacia la aspillera más cercana y miré al exterior. Las brasas de la gran hoguera se habían apurado casi por completo, y ahora brillaban tan apagadas y mortecinas que comprendí por qué los conspiradores necesitaban la antorcha. Se hallaban agrupados a medio camino entre la cabaña y la empalizada; uno de ellos sostenía la antorcha; otro estaba arrodillado en medio del corro, y vi que en su mano brillaba la hoja desnuda de un cuchillo, lanzando destellos multicolores a la luz de la luna y de la antorcha. Los otros estaban algo encogidos hacia delante, como si estuvieran observando los manejos del de en medio. Pude ver que aparte del cuchillo tenía un libro en la mano, y seguía preguntándome cómo habría llegado a su poder algo tan incongruente, cuando el hombre que estaba postrado de rodillas volvió a levantarse y todo el grupo comenzó a moverse hacia la cabaña.

—Ahí vienen —dije.

Y volví a mi anterior posición, pues me parecía por debajo de mi dignidad el que advirtieran que les había estado observando.

—Pues que vengan, muchacho... que vengan —dijo Silver alegremente—. Aún me queda un tiro en la recámara.

Se abrió la puerta y los cinco hombres, formando un grupo compacto, dieron unos pasos al interior, empujando hacia delante a uno de ellos. En otras circunstancias, habría resultado cómico verlo avanzar tan despacio, titubeando cada vez que iba a dar un paso al frente, pero con la mano derecha extendida hacia delante, cerrada.

—Acércate, muchacho —le dijo Silver—. No voy a comerte. Dame eso, compañero. Conozco las reglas, sí, y no voy a atacar a una embajada.

Alentado por aquellas palabras, el bucanero avivó un poco el paso y, tras entregarle algo en mano a Silver, echó marcha atrás con mayor rapidez, reuniéndose con sus compañeros.

El cocinero de a bordo miró lo que le acababan de entregar.

—¡La señal negra! Ya me lo figuraba —comentó—. ¿De dónde habréis sacado el papel? ¡Caramba, mira qué bien! Lo habéis recortado de la Biblia. ¿Y quién es el imbécil que ha recortado la Biblia?

—¡Ay, ay! —exclamó Morgan—. Ya os lo decía yo, ¿no? Os dije que no sacaríamos nada bueno de eso.

—Bueno, por lo visto ya habéis resuelto el asunto entre vosotros —prosiguió Silver—. Me parece que ahora os ahorcarán a todos. ¿Quién es el bobalicón que tenía una Biblia?

—Dick la tenía —dijo uno.

—Conque Dick, ¿eh? Entonces Dick ya puede empezar a rezar —dijo Silver—. Ya se le ha terminado la buena suerte al tal Dick, tenedlo por seguro.

Pero en aquel momento el tipo larguirucho de ojos amarillentos terció en la conversación.

—Deja ya de hablar así, John Silver —dijo—. Esta tripulación, reunida en consejo, ha decidido entregarte la señal negra, como está mandado; dale la vuelta, como está mandado, y verás lo que hay escrito al dorso. Entonces podrás hablar.

—Gracias, George —replicó el cocinero—. Tú siempre tuviste buen ojo para el negocio, y te sabes las reglas al dedillo, George; lo cual me agrada mucho. Bueno, veamos, ¿qué dice aquí? ¡Ah! «Depuesto»... Conque esas tenemos, ¿eh? Muy bien escrito, de eso no hay duda; juraría que es letra de imprenta. ¿Es tu letra, George? Vaya, vaya, te estás convirtiendo en el cabecilla de esta tripulación. Dentro de poco serás su capitán. No me sorprendería ni pizca. ¿Quieres hacerme el favor de pasarme esa antorcha? Esta pipa no tira.

—¡Basta! —exclamó George—. Ya no puedes seguir engañando a esta tripulación. Eres hombre gracioso, al menos eso crees; pero se acabó. Así que tal vez nos hagas la amabilidad de bajarte de ese barril y participar en la votación.

—Creía que habías afirmado conocer las reglas —replicó Silver despreciativamente—. Cuando menos, si tú no las conoces, yo sí; y espera... sigo siendo tu capitán, ¿comprendes?... hasta que hayáis expresado vuestras quejas y yo replicado a ellas; mientras tanto, vuestra señal negra no vale nada. Después, ya veremos.

—¡Oh! —exclamó George—. Veo que no tienes ningún temor. Pero estamos todos de acuerdo, sí. Primeramente, has hecho que este viaje resultase un desastre... aunque serás muy capaz de negarlo. En segundo lugar, dejaste que el enemigo se largase tranquilamente de esta trampa, y a cambio de nada. ¿Por qué querían salir? No lo sé; pero está bien claro que querían. En tercer lugar, no quisiste que les atacásemos mientras se retiraban. Ah, te hemos calado, John Silver, quieres tomarnos el pelo; pues por ahí andas desencaminado. Y finalmente, en cuarto lugar, está el asunto de este chico.

—¿Y eso es todo? —preguntó John Silver sin inmutarse.

—Todo y de sobras —replicó George—. A todos nos colgarán por tu culpa.

—Pues bien, escuchadme, voy a contestar a los cuatro puntos uno tras otro. Conque hice que el viaje resultase un desastre, ¿eh? Pues bien, todos sabéis lo que yo quería; y todos sabéis que, de haberse llevado a cabo, esta noche estaríamos todos a bordo de la *Hispaniola,* todos vivos y coleando, y atiborrados de buen pastel de ciruelas, con el tesoro a buen recaudo en la bodega, ¡rayos y truenos! Pues bien, ¿quién se cruzó en mi camino? ¿Quién me forzó la mano, siendo como era el legítimo capitán? ¿Quién me entregó la señal negra el día que desembarcamos, haciendo que empezara el baile? ¡Ah, bonito baile! En eso estoy de acuerdo... bailaremos muy bien al extremo de una soga en la dársena de las Ejecuciones en Londres, sí, señor. Pero ¿quién fue? ¡Toma, pues fue Anderson, y Hands, y tú George Merry! Y tú eres el último mono a bordo de este buque, y tienes la desfachatez de mil demonios de pretender suplantarme como capitán... ¡tú que nos hundiste a todos! ¡Por todos los diablos! ¡Esto es el colmo!

Silver hizo una pausa y por la expresión que observé en el rostro de George y de sus compinches comprendí que sus palabras no habían caído en saco roto.

—¡Eso en lo que se refiere al primer punto! —exclamó el acusado, secándose el sudor de la frente, pues había hablado con tal vehemencia que la casa entera se estremecía—. Os doy mi palabra de que me da asco hablar con vosotros. No tenéis ni sentido ni memoria, y dejo a la imaginación la tarea de averiguar dónde estarían las madres que os permitieron embarcaros. ¡Mira que embarcarse! ¡Bucaneros! Sastres es lo que deberíais ser.

—Sigue, John —dijo Morgan—. Habla para que te oigan los demás.

—¡Ah, sí, los demás! —replicó John—. Bonito grupo forman, ¿no es verdad? Dices que este viaje ha sido un desastre. ¡Ah, demonios! ¡Si fueses capaz de usar la mollera, te darías cuenta de hasta qué punto lo ha sido! Estamos tan cerca del patíbulo que, con solo pensarlo, se me pone tieso el pescuezo. Puede que ya los hayas visto, colgados de cadenas, con los pájaros revoloteando a su alrededor y los marineros señalándolos mientras iban marea abajo. «¿Quién es aquel?», pregunta uno. «¿Aquel? ¡Sopla, pues es John Silver! Le conocía bien», responde otro. Y puedes oír cómo chirrían las cadenas mientras uno flota en busca de la siguiente boya, tratando de asirse a ella. Pues bien, así es más o menos cómo nos encontramos, todos los hijos de madre que aquí estamos, gracias a él, y a Hands, y a Anderson, y a todos los demás imbéciles redomados que me acompañáis. Y si quieres que te hable del cuarto punto, y de este muchacho, pues, ¡rayos y truenos!, ¿acaso no es nuestro rehén? ¿Es que vamos a desperdiciar un rehén? No, no y no; pudiera ser nuestra última baza, no me sorprendería nada. ¿Matar a este muchacho? No seré yo quien lo haga, compañeros. ¿Y sobre el tercer punto? Ah, bueno, hay mucho que decir sobre el tercer punto. Tal vez no le des mucha importancia a que cada día venga a visitarte un verdadero doctor colegiado, John, con la cabeza rota como tienes... O tú, George Merry, que apenas hace seis horas saltabas de fiebre, y que tienes los ojos del color de cáscaras de limón en este mismo momento. Y puede que tampoco supieras que va a venir un buque de rescate, ¿verdad que lo ignorabas? Pues así es, y no falta mucho para que llegue, por cierto, y entonces ya veremos a quién le hace gracia contar con un rehén. En cuanto al segundo punto, sobre por qué hice un trato... pues, tú te arrastraste de rodillas ante mí, pidiéndome que lo hiciera... de rodillas, ¿me oyes?, y hecho una piltrafa...

y te habrías muerto de hambre si no lo hubiese hecho... ¡Pero eso es solo una minucia! Pues escucha... ¡por esto lo hice!

Y arrojó al suelo un papel que reconocí al instante... no era otra cosa que el mapa dibujado sobre papel amarillento, con tres cruces rojas, que había hallado yo, envuelto en hule, en el fondo del cofre del capitán. Mi imaginación no alcanzaba a adivinar por qué el doctor se lo habría entregado a él.

Pero, si aquello resultaba inexplicable para mí, hay que decir que la aparición del mapa resultó algo increíble para los amotinados supervivientes. Saltaron sobre él como gatos sobre un ratón. El mapa pasó de mano en mano; se lo quitaban unos a otros; y a juzgar por los juramentos y las exclamaciones y las risitas infantiles que acompañaban al examen del papel, hubieseis pensado, no ya que estaban palpando el mismísimo oro, sino que ya se habían hecho a la mar con él y se hallaban fuera de todo peligro.

—Sí —dijo uno—, eso es de Flint, no cabe duda. «J. F.», y con una raya y un ballestrinque dibujados debajo; así es como solía firmar.

—¡Muy bonito! —exclamó George—. ¿Pero cómo vamos a largarnos con él, si no tenemos buque?

De repente, Silver se levantó de un salto y, apoyándose con una mano en la pared, dijo:

—Te lo advierto, George. Una palabra más de esta índole y te reto en duelo. ¿Que cómo? ¡Y yo qué sé! Eso me lo deberías decir tú... tú y los demás, los que me hicisteis perder mi goleta, con vuestra intromisión, ¡así ardáis en el infierno! Pero no, no podéis decírmelo; tenéis menos inventiva que una cucaracha. Pero, eso sí, sabes hablar con educación, George Merry, y lo harás cuando te dirijas a mí; tenlo por seguro.

—Me parece justo —dijo el viejo Morgan.

—¡Justo! ¡Pues claro que lo es! —dijo el cocinero de a bordo—. Vosotros perdisteis el buque; yo encontré el tesoro.

¿Quién vale más, en vista de eso? Y ahora dimito, ¡así me parta un rayo! Ya podéis elegir como capitán a quien os dé la gana. Yo ya me he cansado de serlo.

—¡Silver! —exclamaron—. ¡Barbacoa para siempre! ¡Que Barbacoa sea nuestro capitán!

—Conque esas tenemos, ¿eh? —exclamó el cocinero—. George, me temo que tendrás que esperar a que se presente otra ocasión, amigo mío; y tente por afortunado que no sea yo hombre vengativo. Nunca lo fui, nunca. Y ahora, compañeros de a bordo, ¿qué hay de esta señal negra? Ya no sirve de mucho, ¿no os parece? Dick ha tentado a la suerte y ha estropeado su Biblia, y sanseacabó.

—Será mejor que bese el libro; todavía hay tiempo, ¿no? —dijo Dick, gruñendo, pues se le veía claramente inquieto ante la maldición que se había cernido sobre su cabeza.

—¡Una Biblia recortada! —repuso Silver burlonamente—. Ni hablar de ello. Te servirá de tanto como el besar un libro de canciones. No obliga a nada.

—¿De veras que no obliga? —exclamó Dick, con cierta alegría—. Pues me parece que aun así vale la pena conservarla.

—Toma, Jim... aquí tienes una curiosidad para ti —dijo Silver, arrojándome el papel.

Se trataba de un círculo del tamaño de una moneda de una corona aproximadamente. Una de las caras estaba en blanco, ya que había sido recortado de la última hoja del libro; la otra contenía uno o dos versículos del Apocalipsis; y las siguientes palabras, entre las demás, me llamaron la atención poderosamente:

«Fuera están los perros y los asesinos».

La cara impresa había sido ennegrecida con ceniza, que empezaba ya a saltar y a mancharme los dedos; por el otro lado, y utilizando el mismo procedimiento, habían escrito una única palabra:

«Depuesto».

Tengo aquella curiosidad a mi vera en estos momentos; pero ya no queda en ella ni rastro de lo escrito, solo un simple arañazo, como el que pudiera haber hecho alguien con la uña del pulgar.

Aquello señaló el fin de las actividades de aquella noche. Poco después, tras haber circulado la bebida, nos echamos todos a dormir, en tanto que la manifestación de la venganza de Silver consistió en colocar a George Merry de centinela, amenazándole con la muerte si no cumplía fielmente su deber.

Transcurrió mucho rato antes de que pudiera pegar ojo, y sabe el Cielo que tenía materia suficiente para reflexionar en el hombre a quien había dado muerte aquella tarde, en la situación peligrosísima en que me veía metido y, sobre todo, en el notable juego que, según podía ver, Silver estaba desarrollando en aquellos momentos: mantener a los amotinados unidos con una mano, mientras que con la otra, recurriendo a todos los medios, fuesen posibles o imposibles, hacía la paz por su parte y trataba de salvar su miserable vida. Silver durmió pacíficamente, roncando estrepitosamente; y, sin embargo, mi corazón sentía pena por él, por malvado que fuese, al pensar en los tenebrosos peligros que le cercaban y en la vergonzosa muerte en el patíbulo que le aguardaba.

XXX

Bajo palabra de honor

Me despertó —a decir verdad, nos despertó a todos, pues pude ver que incluso el centinela hacía un esfuerzo por recobrar su postura erguida, medio caído como estaba contra el dintel de la puerta— una voz clara y cordial que nos estaba llamando desde la orilla del bosque.

—¡Los del blocao! —exclamó—. Soy el doctor.

Y era el doctor. Aunque me alegró oír su voz, en mi alegría se mezclaban otros sentimientos. Recordé con turbación mi conducta insubordinada y furtiva; y al ver en qué clase de aprieto me había metido, entre qué compañeros, así como los peligros que me rodeaban, me sentí demasiado avergonzado para mirarle a la cara.

Sin duda se habría levantado en plena noche, pues el día apenas comenzaba a despuntar; y cuando corrí hacia la aspillera para mirar al exterior, le vi de pie, como antes viera a Silver, hundido hasta media pierna en la baja neblina de la mañana.

—¡Ah, es usted, doctor! ¡Muy buenos días tenga! —exclamó Silver, que en un momento se había despertado por completo y rebosaba afabilidad—. ¡A eso llamo yo madrugar; sí, señor! ¿Y no dice el refrán que a quien madruga Dios le ayuda? George, amigo mío, muévete un poco y ayuda al doctor a subir a bordo. Todos están bien... sus pacientes, la mar de bien, y contentísimos.

Así siguió parloteando, de pie en la cima de la loma, con la muleta bajo el codo y una mano en la pared de la cabaña de troncos; la viva imagen del John de antes, tanto por la voz, los modales y la expresión.

—Tenemos una pequeña sorpresa para usted, señor —prosiguió—. Tenemos aquí a un joven desconocido... ¡je, je! Un nuevo tripulante y huésped, señor. Y parece en plena forma, afinado como un violín; durmió como un sobrecargo, eso hizo... al lado de John, costado contra costado, toda la noche.

El doctor Livesey se hallaba ya al otro lado de la empalizada, bastante cerca del cocinero; y pude oír cómo se le alteraba la voz al preguntar:

—¿No será Jim?

—El mismo que viste y calza: Jim —le dijo Silver.

El doctor se detuvo en el acto, aunque no dijo nada, y transcurrieron unos segundos antes de que pudiera reemprender la marcha.

—Vaya, vaya —dijo por fin—. El deber es lo primero; el placer vendrá después, como tal vez diría usted mismo, Silver. Vamos a ver a esos pacientes suyos.

Momentos después entraba en el blocao y, dirigiéndome un serio saludo con la cabeza, procedió a realizar su trabajo entre los enfermos. No parecía albergar aprensión alguna, aunque sin duda estaría al tanto de que su vida dependía de un pelo hallándose como se hallaba entre aquella pandilla de rufianes traicioneros. Charló con sus pacientes como si estuviera haciendo una tranquila visita profesional a una plácida familia inglesa. Su modo de actuar, supongo, surtía efecto en los hombres, ya que estos se comportaban para con él como si nada hubiese pasado, igual que si siguiera siendo el médico de a bordo y ellos simples marineros leales.

—Va usted progresando, amigo mío —le dijo al sujeto de la cabeza vendada—; y si hubo alguna vez alguien que escapase por un pelo, ese alguien es usted; debe de tener la cabeza dura como el hierro. Bueno, George, ¿qué tal va eso? Tiene buen color, ciertamente; caramba, hombre, ¿y su hígado? ¿Es que lo tiene del revés? ¿Se tomó aquella medicina? ¿Se la tomó, muchachos?

—Sí, sí, señor; se la tomó —contestó Morgan.

—Es que, veréis, puesto que soy el doctor de los amotinados o, como yo prefiero llamarlo, el doctor de la cárcel —les dijo el doctor Livesey, empleando su tono de voz más amable—, me parece cosa de puntillo el que por mi culpa no se le pierda un solo hombre al rey Jorge, al que Dios bendiga, ni al patíbulo.

Los bandidos se miraron unos a otros, pero se tragaron la chanza sin decir ni pío.

—Dick no se siente bien, señor —dijo uno.

—¿De veras? —replicó el doctor—. A ver, acércate, Dick, déjame ver la lengua. ¡Caramba, lo raro sería que se encontrase bien! ¡Con la lengua de este hombre bastaría para hacer huir despavoridos a los franceses! Es otra fiebre.

—Ya entiendo —dijo Morgan—; eso es por estropear Biblias.

—Eso es, como tú dices, por ser un burro sin remedio —replicó el doctor—, y por no tener suficiente sentido común para distinguir el aire limpio del venenoso, y la tierra seca de un pantano vil y pestilente. Me parece lo más probable, aunque, por supuesto, se trata de una mera opinión, que tendrás que pasarlas negras antes de verte libre de esta malaria. ¡Mira que acampar en una ciénaga...! Me sorprende usted, Silver. Es usted menos tonto que muchos otros, incluyéndoles a todos; pero, por lo que veo, no tiene ni idea de lo más elemental acerca de cómo conservar la salud.

—Bueno —añadió más tarde, una vez hubo administrado las dosis correspondientes a cada uno de los pacientes, que tomaron lo recetado con una humildad realmente divertida, más propia de alumnos de un asilo que de sanguinarios amotinados y piratas—. Bueno, basta ya por hoy. Y ahora, si me hacen el favor, desearía tener una conversación con ese muchacho.

Y señaló hacia mí con la cabeza, como sin darle importancia a la cosa.

George Merry se hallaba en la puerta, escupiendo y atragantándose con algún medicamento de mal sabor; pero, al oír la primera palabra de la propuesta del doctor, se volvió rápidamente y, soltando un juramento, gritó:

—¡No!

Silver descargó una fuerte palmada con la mano abierta sobre el barril.

—¡Silencio! —rugió, mirándole con la fiereza de un verdadero león—. Doctor —prosiguió, recobrando su tono habitual—, precisamente estaba pensando en eso, pues sé que le tíene usted afecto al chico. Nos sentimos todos humildemente agradecidos por su bondad y, como puede usted ver, hemos puesto nuestra fe en usted, y nos tomamos sus potingues como si se tratase de grog. Y, además, me parece que se me ha ocurrido un plan que nos irá bien a todos. Hawkins, ¿me darás tu palabra de honor de joven caballero pues, aunque de pobre cuna, eso es lo que eres: un joven caballero; me darás tu palabra de honor, como decía, de que no soltarás amarras?

Gustosamente se la di.

—Entonces, doctor —dijo Silver—, salga usted de la empalizada, deténgase a unos pasos de ella y entonces bajaré con el chico hasta allí, y, según me parece, podrán hablar los dos a través de las aspilleras. Que tenga usted muy buenos días señor, y nuestros respetos para el caballero Trelawney y para el capitán Smollett.

La explosión de descontento, que solo la mirada asesina de Silver había logrado contener, volvió a producirse en cuanto el doctor hubo salido de la cabaña. Silver fue acusado de llevar un doble juego... de tratar de firmar la paz por separado, de sacrificar los intereses de sus cómplices y víctimas y, en suma, de hacer exacta y precisamente lo que en realidad estaba haciendo. A mí me parecía tan obvio, en este caso, que no acertaba a imaginarme cómo se las iba a arreglar para calmar sus iras. Pero era el doble de listo que los otros, y la victoria obtenida la noche anterior le había dado una gran preponderancia sobre la mente de sus compañeros. Les lanzó todos los improperios que podríais imaginaros; les dijo que era necesario que yo hablase con el doctor; les pasó el mapa por las narices; les preguntó si podían permitirse el lujo de romper lo pactado precisamente el mismo día en que iban a emprender la búsqueda del tesoro.

—¡Por mil diablos, no! —gritó—. ¡Ya lo romperemos cuando llegue el momento oportuno! Hasta entonces, embaucaré a ese doctor aunque tenga que limpiarle las botas con coñac.

Y acto seguido les ordenó encender el fuego, y salió renqueando, apoyándose en la muleta, con una mano en mi hombro, dejándoles hechos un mar de confusiones, antes callados por su verbosidad que por su capacidad de convencerlos.

—Despacio, muchacho, despacio —dijo—. Podrían echársenos encima si observaran el menor síntoma de apresuramiento por nuestra parte.

Con gran deliberación, pues, cruzamos la arena hacia el sitio donde nos aguardaba el doctor, al otro lado de la empalizada, y en cuanto estuvimos lo suficientemente cerca para que él nos oyese, Silver se detuvo.

—Me hará usted el favor de tomar nota de esto también, doctor —dijo—; y ya le explicará el muchacho cómo le salvé la vida, y cómo ello me costó perder mi graduación de capitán, ya puede darlo por seguro, doctor. Cuando un hombre navega tan ceñido al viento como lo hago yo, señor, jugándose el último soplo de aliento que le queda en el cuerpo, seguro que no le parecerá a usted demasiado el concederle una palabra amable, ¿verdad, señor? Por favor no olvide que ya no se trata solo de mi vida, sino que la del muchacho está también en juego; y me hará usted justicia, doctor, me dará un poco de esperanza para ir tirando... Por piedad se lo pido.

Silver era otro hombre, ahora que estaba allí abajo, de espaldas a sus compinches del blocao; parecía que se le habían hundido las mejillas y le temblaba la voz; nunca hubo alma que hablase con mayor sinceridad.

—Caramba, John, no irá usted a tener miedo, ¿eh? —preguntó el doctor Livesey.

—¡No soy ningún cobarde, doctor! ¡De veras que no!

¡No *tanto*! —dijo, chasqueando los dedos—. Si lo fuera, no lo diría. Pero le confesaré la verdad: me pongo a temblar cuando pienso en el patíbulo. Usted es un hombre bueno y sincero... ¡nunca lo he visto mejor! Y no olvidará que me he portado bien, aunque recuerde que también he hecho cosas malas. Así que me aparto, ¿ve?, y le dejo a usted a solas con Jim. Y tome nota de eso también, pues no es poco lo que hago.

Y así diciendo, se echó un poco para atrás, hasta que quedó fuera del alcance de nuestras palabras; entonces se sentó en el tocón de un árbol y empezó a silbar, dando la vuelta de vez en cuando sobre el asiento para verme mejor a mí, a veces, y al doctor, otras veces, así como a sus díscolos rufianes de vez en cuando, que iban de un lado para otro dentro del recinto, desde la hoguera, que estaban ocupados en encender de nuevo, y la cabaña, de la que sacaban cerdo y pan para prepararse el desayuno.

—De manera, Jim —dijo el doctor con tristeza—, que estás aquí. Lo que hayas sembrado, muchacho, tendrás que recogerlo. Sabe el Cielo que no soy capaz de recriminarte por ello; pero esto sí te lo diré, te guste o no: cuando el capitán

Smollett estaba bien, no te atreviste a escapar; pero en cuanto estuvo indispuesto, y por lo tanto incapacitado para impedírtelo... ¡Por san Jorge, fue una cobardía atroz!

Confieso que en aquel momento rompí a llorar.

—Doctor —dije—, no me lo eche en cara. Ya lo he hecho yo lo bastante. Mi vida está en peligro de todos modos; de hecho, ya estaría muerto de no haber sido por la intervención de Silver. Y créame, doctor, soy capaz de afrontar la muerte, y me atrevo a decir que la merezco, pero temo a la tortura. Si llegan a torturarme...

—Jim —me interrumpió el doctor, cuya voz había cambiado por completo—. Jim, no puedo soportarlo. Salgamos huyendo a toda prisa.

—Doctor —le dije—, le he dado mi palabra.

—¡Ya lo sé, ya lo sé! —exclamó el doctor—. No podemos remediarlo, Jim. Lo echaré a mis espaldas, *holus bolus*, la culpa y la vergüenza, muchacho; pero no puedo permitir que te quedes aquí. ¡Salta! Un salto y estarás libre, y correremos como gamos en busca de la salvación.

—No —contesté—; sabe usted muy bien que usted mismo no lo haría; ni usted, ni el caballero, ni el capitán; no voy a hacerlo yo, pues. Silver depositó su confianza en mí; yo le di mi palabra y debo regresar. Pero no me ha dejado terminar, doctor. Si llegan a torturarme, puede que se me escape alguna palabra acerca del paradero del buque; pues fui yo quien, gracias en parte a la suerte y en parte al riesgo que corrí, me lo llevé a la caleta del Norte, allá en la playa del sur, un poco más abajo de donde llega la pleamar. Cuando esta llegue a la mitad, la *Hispaniola* se pondrá a flote.

—¡El buque! —exclamó el doctor.

Rápidamente la narré mis aventuras, que oyó sin decir palabra.

—Hay algo de fatalidad en todo esto —observó en cuanto hube terminado—. Siempre eres tú quien nos salva la vida;

¿y acaso crees que vamos a permitir que pierdas la tuya? Mal pago sería este, muchacho. Tú descubriste el complot; tú encontraste a Ben Gunn... la mejor hazaña que jamás hiciste o harás aunque vivas hasta los noventa años. ¡Por Júpiter! Y, hablando de Ben Gunn: es el demonio en persona. ¡Silver! —gritó—. ¡Silver! Voy a darle un consejo —prosiguió, mientras el cocinero se nos acercaba—: no tenga demasiada prisa en buscar ese tesoro.

—Verá, señor, hago lo posible, pero eso no lo es —dijo Silver—. Solo buscando el tesoro, si me permite decirlo, puedo salvar mi vida y la del muchacho; puede estar seguro de ello.

—Bueno, Silver —repuso el doctor—. Si es así, le diré algo más: cuidado con la tormenta cuando dé con él.

—Señor —dijo Silver—, le digo de hombre a hombre que esto es demasiado y demasiado poco. Lo que usted anda buscando, el porqué dejó el blocao, la razón de que me diera el mapa, todas estas cosas no las sé, ¿no es así? Y, con todo, he hecho lo que me ordenaba, y lo he hecho a ciegas, ¡sin recibir una sola palabra esperanzadora! Pero no, esto es demasiado. Si no quiere decirme claramente lo que significa esto, dígalo, y entonces abandonaré el timón.

—No —dijo el doctor, con gesto pensativo—. No tengo derecho a decirle más; no es mi propio secreto, ¿comprende, Silver? De serlo, le doy mi palabra de que se lo diría. Pero iré tan lejos como me atreva, y un poco más incluso; porque me temo que el capitán me afeitará la peluca, y no creo equivocarme. Y, primeramente, le daré un poquito de esperanza: Silver, si ambos salimos con vida de esta boca del lobo, haré lo que esté en mi mano para salvarle, salvo cometer perjurio.

El rostro de Silver estaba radiante.

—Más no podría decirme, señor, estoy seguro; ni que fuese usted mi propia madre.

—Bueno, esta es mi primera concesión —agregó el doctor—. La segunda consiste en un consejo: haga que el muchacho no se aparte de su lado, y cuando necesite ayuda, pídala. Yo me encargaré de proporcionársela, y esto le demostrará si hablo por hablar o no. Adiós, Jim.

Y el doctor Livesey me estrechó la mano a través de la empalizada, saludó a Silver con la cabeza y echó a andar a buen paso en dirección al bosque.

XXXI

La búsqueda del tesoro: la indicación de Flint

—Jim —dijo Silver cuando nos quedamos solos—; si yo te salvé la vida, tú salvaste la mía, y eso no lo olvidaré. He visto cómo el doctor te instaba a huir con él... lo he visto por el rabillo del ojo; y también he visto que le decías que no, igual que si lo hubiese oído. Jim, eso dice mucho en tu favor. Este es el primer destello de esperanza que he tenido desde que fracasó el ataque, y a ti te lo debo. Y ahora, Jim, tenemos que emprender la dichosa búsqueda del tesoro, con «órdenes selladas» y todo, y no me gusta nada; y nosotros dos debemos permanecer juntos, espalda contra espalda, y así salvaremos el pescuezo pase lo que pase.

Justo en aquel momento uno de los que estaban al lado de la hoguera nos llamó diciendo que el desayuno estaba preparado, y no tardamos en hallarnos sentados en la arena, comiendo galleta y cerdo frito. Habían encendido una hoguera lo bastante grande como para asar un buey, y el calor era tan intenso que solamente podían aproximarse a ella por barlovento, e incluso así no sin tomar las debidas precauciones. Dejándose llevar por el mismo afán derrochador, habían preparado el triple de comida del que seríamos capaces de consumir, y uno de ellos, soltando una risa hueca, arrojó las sobras al fuego, que se avivó y rugió al recibir aquel combustible inesperado. Jamás en mi vida vi hombres más despreocupados por el mañana; su forma de actuar solo tenía un nombre: imprevisión. Y entre la comida desperdiciada y los centinelas que se dormían en sus puestos comprendí que, aunque eran lo bastante valientes para lanzarse a la lucha y jugárselo todo, aquellos hombres resultaban completamente inútiles para emprender una campaña prolongada.

Ni siquiera Silver, que, con el Capitán Flint posado sobre su hombro, iba comiendo tranquilamente su desayuno, tuvo una palabra de crítica para la falta de previsión de sus compinches. Y ello me sorprendió mucho, pues, a mi modo de ver, jamás se había mostrado tan sagaz como en aquellos momentos.

—¡Ay, compañeros —dijo—, qué suerte tenéis de contar con Barbacoa para que piense por vosotros con esta cabeza mía! Conseguí lo que quería, sí. Ellos tienen el buque, por supuesto. Que dónde lo tienen, eso aún no lo sé; pero en cuanto demos con el tesoro, tendremos que movernos y averiguarlo. Y entonces, compañeros, nosotros, como tenemos los botes, nos saldremos con la nuestra.

Y así siguió hablando, con la boca llena de tocino caliente; y así les hizo recobrar la esperanza y la confianza al mismo tiempo que, según mis crecientes sospechas, recobraba las suyas también.

—En cuanto al rehén —prosiguió—, esta ha sido su última charla con los que tanto quiere. Yo ya he averiguado lo que quería, y eso gracias a él; pero se acabó ya. Lo llevaré atado a una cuerda cuando busquemos el tesoro, pues nos conviene guardarlo como si fuese de oro, no fuera el caso de que sufriéramos algún percance, ¿comprendéis? Pero una vez nos hayamos apoderado del tesoro, y hayamos zarpado a bordo de la goleta como buenos compañeros, bueno, pues entonces es cuando hablaremos del señor Hawkins, y le daremos su parte, sin duda, por todas sus amabilidades.

No era de extrañar que los hombres se encontrasen de

buen humor en aquellos momentos. Por mi parte, me sentía horriblemente desanimado. En el supuesto de que le saliera bien el plan que acababa de tramar, Silver, que ya era traidor por partida doble, no vacilaría en adoptarlo. Seguía teniendo un pie en ambos campos, y no había duda alguna de que preferiría la riqueza y la libertad en compañía de los piratas a un simple zafarse de la horca, que era lo mejor que le era dado esperar de nosotros.

Pero incluso si las cosas se presentaban de tal modo que se viera obligado a seguir fiel al doctor Livesey, incluso después, ¡qué peligros nos aguardaban! ¡Qué momentos íbamos a vivir cuando las sospechas de sus seguidores se convirtieran en certeza, obligándonos a él y a mí a luchar para salvar la vida... él, lisiado, y yo, un muchacho... contra cinco marineros fornidos y ágiles!

Añadid a esta doble aprensión el misterio que seguía cerniéndose sobre el comportamiento de mis amigos; su inexplicable abandono de la empalizada; su inexplicable cesión del mapa; o, lo que era aún más difícil de comprender, la última advertencia que el doctor le había hecho a Silver: «Cuidado con la tormenta cuando dé con él»; y entonces os daréis perfecta cuenta del poco sabor que hallé en mi desayuno, y de con qué inquietud en el corazón emprendí la marcha tras mis captores en busca del tesoro.

Teníamos una facha de lo más extraña, suponiendo que alguien nos hubiese visto, vestidos con harapos marineros, armados hasta los dientes. Silver llevaba dos mosquetes, uno colgado por delante y otro por detrás, aparte del enorme sable de abordaje que llevaba al cinto y una pistola en cada uno de los bolsillos de su casaca de faldones cuadrados. Para completar tan extraño aspecto, el Capitán Flint iba posado en su hombro, parloteando incoherentemente y soltando palabras propias de las gentes de la mar. Yo llevaba una cuerda atada a la cintura, y caminaba sumisamente tras el cocinero de a bordo, que llevaba el extremo suelto de la cuerda, ora en la mano que le quedaba libre, ora entre los dientes. Me hubieseis tomado nada menos que por un oso bailarín.

Los demás hombres iban cargados de las más diversas formas: algunos llevaban picos y palas (pues eran aquellos los primeros pertrechos que habían desembarcado de la *Hispaniola*); otros iban cargados con la carne de cerdo, el pan y el coñac para la comida del mediodía. Pude observar que todas las provisiones y pertrechos procedían de nuestro aprovisionamiento, y entonces comprendí la verdad que encerraban las palabras pronunciadas por Silver la noche anterior. De no haber hecho un pacto con el doctor, él y sus amotinados, abandonados por el buque, se habrían visto forzados a subsistir a base de agua y del producto de sus expediciones de caza. El agua les hubiera sabido a poco; además, los marineros no suelen ser buenos tiradores y, por si todo esto fuera poco, viendo que andaban tan escasos de provisiones, era de presumir que no andarían sobrados de pólvora tampoco.

Pues bien, equipados de aquel modo, emprendimos la marcha, incluyendo el sujeto de la cabeza vendada, que ciertamente hubiese debido quedarse tranquilamente en algún lugar a la sombra, y nos dirigimos con paso tambaleante hacia la playa, donde nos aguardaban los dos botes. Incluso estos mostraban las huellas de la ebria insensatez de los piratas; uno de ellos tenía partido el banco transversal, y ambos aparecían del todo revueltos, sin que nadie se hubiese preocupado de achicar el agua. Para mayor seguridad, debíamos llevárnoslos a los dos, y así, dividiéndonos en dos grupos, empezamos a surcar las aguas del fondeadero.

Mientras bogábamos, se produjeron ciertas discusiones en torno al mapa. La cruz roja, por supuesto, resultaba demasiado grande para servirnos de guía; y los términos en que estaba redactada la nota del dorso, como veréis seguidamente, dejaban lugar a cierta ambigüedad. Decían, como probablemente recordará el lector, lo siguiente:

> Un árbol grande en el saliente de El Catalejo, un punto en dirección N hacia N.NE.
> Isla del Esqueleto, E.SE. hacia E.
> Diez pies.

Así, pues, el principal punto de referencia consistía en un árbol grande. Ahora bien, enfrente mismo de nosotros, el fondeadero se hallaba rodeado por una meseta de doscientos a trescientos pies de altura, unida por el norte a la ladera septentrional de El Catalejo, y volviéndose a alzar, más hacia el sur, formando la escarpada elevación llamada la colina de Mesana. La parte superior de la meseta se hallaba cubierta por un espeso bosque de pinos de diversa altura. Cada dos por tres, un pino de distinta especie se alzaba cuarenta o cincuenta pies por encima de los demás, por lo que cuál de ellos era el «árbol grande» indicado por el capitán Flint habría que decidirlo sobre el terreno, recurriendo a la lectura de la brújula.

Y con todo, pese a que así estaban las cosas, apenas habíamos recorrido la mitad del camino cuando cada uno de los hombres que iban en los botes ya había escogido su propio árbol favorito, y solo John el Largo, encogiéndose de hombros, permanecía tranquilo, diciéndoles a los demás que esperasen hasta que hubiésemos llegado.

Remábamos sin prisas, siguiendo las indicaciones de Silver, que no deseaba que los marineros se cansasen antes de lo debido; y, tras una travesía bastante larga, desembarcamos en la desembocadura del segundo de los ríos, el que bajaba por una hendidura boscosa de El Catalejo. Desde allí, doblando hacia la izquierda, empezamos a escalar la ladera hacia la meseta.

Al principio, nuestro avance se vio notablemente obstaculizado por el terreno, duro y fangoso, y por lo enmarañado de la vegetación; mas poco a poco empezamos a notar que la colina se hacía más empinada y pedregosa bajo nuestros pies, en tanto que cambiaban las características del bosque, que crecía en un orden más abierto. A decir verdad, aquella parte de la isla a la que nos estábamos aproximando era de lo más agradable. Brezos sumamente aromáticos y multitud de arbustos floridos sustituían casi por entero a la hierba. Aquí y allá se alzaban bosquecillos de verdes mirísticas, moteados por las rojas columnas y la amplia sombra de los pinos; y las primeras mezclaban su fragancia con el aroma de los segundos. El aire, asimismo, era fresco y vigorizante, lo cual, bajo los ardientes rayos del sol, representaba un maravilloso frescor para nuestros sentidos.

El grupo se desplegó en abanico, gritando y saltando de un lado para otro. Más o menos en el centro, y bastante rezagados con respecto a los demás, Silver y yo íbamos avanzando; yo, atado a la cuerda; él, caminando dificultosamente, resoplando profundamente, por la resbaladiza grava. De hecho, cada dos por tres tenía que echarle una mano, o hubiese perdido pie y caído de espaldas colina abajo.

Así llevábamos recorrida casi media milla, y nos acercábamos ya a la cresta de la meseta, cuando el sujeto que se hallaba más hacia la izquierda empezó a lanzar grandes gritos, como si estuviera aterrorizado. Grito tras grito llegaba a nuestros oídos, mientras los otros echaban a correr hacia él.

—No es posible que haya encontrado el tesoro —dijo el viejo Morgan pasando presurosamente por nuestra derecha—, pues tiene que estar más arriba.

Efectivamente, como vimos al llegar a aquel punto, se trataba de algo muy distinto. Al pie de un pino bastante grande, envuelto en verdes plantas trepadoras, que incluso le habían levantado algunos de los huesos de menor tamaño, yacía un esqueleto humano, cubierto por algunos harapos. Creo que durante unos breves instantes se nos heló el corazón a todos.

—Era un marinero —dijo George Merry, que, más atrevido que el resto, se había acercado al esqueleto y estaba examinando los harapos—. Cuando menos, eso es excelente paño marinero.

—Sí, sí —dijo Silver—, me parece lo más probable; no creo que fueses a encontrar un obispo por estos parajes, ¿eh? ¿Pero qué forma es esta de yacer un montón de huesos? No resulta natural.

Y en efecto, al echar un segundo vistazo, pareció imposible que el cadáver se hallase en una postura natural. Mas, a causa de cierto desorden (obra, tal vez, de los pájaros que en él se habían cebado, o de la lenta planta trepadora que gradualmente había envuelto sus restos) el hombre yacía en posición perfectamente recta, con los pies señalando en una dirección y las manos, alzadas por encima de la cabeza, como disponiéndose a zambullirse, apuntando directamente en sentido contrario.

—Se me acaba de meter una idea en esta vieja mollera —comentó Silver—. Aquí está la brújula; aquí está el extremo superior de la isla del Esqueleto, sobresaliendo como un diente. A ver, ¿queréis tomar la posición siguiendo la dirección de esos huesos?

Así se hizo. El cadáver señalaba en línea recta hacia la isla, en tanto que la brújula señalaba debidamente E.SE. hacia el E.

—¡Ya me lo figuraba! —exclamó el cocinero de a bordo—. Esto de aquí es una indicación. Siguiendo hacia arriba, en línea recta, alcanzaremos la Estrella Polar y los preciosos dólares. Mas, ¡rayos y truenos!, se me hielan las entrañas al pensar en Flint. Esta es una de sus bromas, no me cabe duda. Él y los otros seis estuvieron aquí; él los mató a todos, uno tras otro; y a este lo arrastró hasta aquí y lo tendió a modo de indicación, ¡así me aspen! Los huesos son alargados y el cabello era rubio. ¡Sí, este sería Allardyce! ¿Te acuerdas de Allardyce, Tom Morgan?

—Sí, sí —respondió Morgan—; me acuerdo de él; me debía dinero, sí, y además se llevó mi cuchillo a tierra.

—Hablando de cuchillos —dijo otro—; ¿por qué no está el suyo tirado por aquí? Flint no era hombre dado a registrarle los bolsillos a un marinero; y me imagino que los pájaros no lo habrán tocado.

—¡Por Satanás, es cierto! —exclamó Silver.

—Pues aquí no queda nada —dijo Merry, que seguía palpando los huesos—; ni una moneda de cobre, ni una cajita de tabaco. Eso no me parece natural.

—¡En verdad que no lo es! —confirmó Silver—; ni natural ni bonito. ¡Maldición, compañeros! Que si Flint estuviera vivo, mal lugar sería este para todos nosotros. Seis eran ellos, y seis somos nosotros; y ahora no son más que huesos.

—Yo lo vi muerto con estas portillas mías —dijo Morgan—. Billy me lo mostró. Aquí estaba tumbado, con los ojos cubiertos con sendas monedas de un penique.

—Muerto... sí, no hay duda de que está muerto y enterrado —dijo el tipo del vendaje—; pero si alguna vez hubo algún espíritu errante, sería el de Flint. ¡Vaya, que murió de mala manera, sí!

—Sí, así fue —observó otro—. A veces se enfurecía; otras gritaba pidiendo su ron; o cantaba. «Quince hombres» era la única canción que conocía, compañeros; y os lo digo sinceramente: desde entonces jamás me ha gustado oírla de nuevo. Hacía un calor tremendo, la ventana estaba abierta y yo podía oír claramente la canción de marras... y eso que estaba luchando ya con la muerte.

—Vamos, vamos —dijo Silver—; basta de hablar así. Ha muerto y los muertos no andan; de eso estoy seguro. Al menos no andan de día, tenedlo por cierto. Pensad que por exceso de precaución se murió el gato. ¡Adelante a por los doblones!

Nos pusimos en marcha, desde luego; pero a pesar del caliente sol y de que nos hallábamos en plena luz del día, los piratas dejaron de correr por separado y de lanzar gritos a través del bosque. En vez de ello, se mantenían juntos y hablaban con el aliento entrecortado. El terror al bucanero muerto había hecho mella en sus espíritus.

XXXII

La búsqueda del tesoro: la voz entre los árboles

Debido en parte a la influencia deprimente de aquel hallazgo, y en parte para que descansaran Silver y los enfermos, el grupo entero se sentó en el suelo al llegar a la cima de la meseta.

Como esta se inclinaba levemente hacia el oeste, el lugar donde nos detuvimos nos proporcionaba una amplia panorámica a uno y otro lado. Ante nosotros, por encima de las copas de los árboles, veíamos el cabo de los Bosques, donde rompían las olas; por detrás, no solo divisábamos el fondeadero y la isla del Esqueleto, sino que veíamos claramente, más allá del banco de arena y de las tierras bajas del este, una gran extensión de mar abierto. Por encima de nosotros se alzaba El Catalejo, que por algunas partes mostraba pinos aislados, mientras que por otras ostentaba las negras manchas de profundos precipicios. No se oía otro ruido que el lejano rumor del oleaje, que subía hasta nosotros por todos los lados, y el chirriar de innumerables insectos en los matorrales. Ni un hombre, ni una vela en el mar; la misma grandeza del panorama acrecentaba la sensación de soledad.

Silver, sin levantarse del suelo, hizo unas cuantas comprobaciones con la brújula.

—Hay tres «árboles grandes» —dijo—, más o menos en línea recta desde la isla del Esqueleto. El saliente de El Catalejo supongo que se refiere a aquel punto bajo que hay allí.

Va a ser cosa de niños encontrar el tesoro. Casi estoy por comer antes de emprender la búsqueda.

—Pues yo no me siento muy tranquilo —gruñó Morgan—. Pensando en lo que hizo Flint... casi me parece que yo fui la víctima.

—Ah, hijo mío —dijo Silver—, ya puedes agradecerle a tu buena estrella que Flint muriese.

—¡Era un diablo horrendo! —exclamó un tercer pirata, estremeciéndose—. ¡Y con aquel color azulado que tenía en la cara...!

—Eso era a causa del ron —añadió Merry—. ¡Azul! Claro que estaba azul. ¡Has dado con la palabra justa!

Desde que habían encontrado el esqueleto y comenzado a pensar de aquella forma, sus voces se habían ido haciendo cada vez más bajas, hasta el punto de que el sonido de su conversación apenas quebraba el silencio del bosque. De repente, de en medio de los árboles que teníamos enfrente, una voz aguda y trémula entonó la conocida canción:

Quince hombres tras el cofre del muerto,
¡oh, oh, oh, y una botella de ron!

Nunca he visto hombres tan atemorizados como los piratas en aquellos momentos. Como por arte de encantamiento, el color se esfumó del rostro de los seis; algunos se pusieron en pie de un salto; otros se agarraron a sus compañeros; Morgan se arrastró por el suelo.

—¡Es Flint, por...! —gritó Merry.

La canción había enmudecido con la misma brusquedad con que había empezado... diríase que se había interrumpido en mitad de una nota, como si alguien hubiese tapado con la mano la boca del cantor. Viniendo de tan lejos a través de la atmósfera clara y soleada, pasando entre las verdes copas de los árboles, a mí me había parecido alegre y dulce;

tanto más extraño, pues, el efecto que causara entre mis compañeros.

—Vamos —dijo Silver, esforzándose por pronunciar la palabra a través de sus labios cenicientos—. ¡Basta ya! No me gusta empezar de esta forma y no sé de quién era esa voz; pero se trata de alguien que nos está gastando una broma pesada... alguien de carne y hueso, tenedlo por seguro. ¿Listos para partir?

A medida que hablaba iba recobrando el valor, así como parte del color del rostro. Los otros ya habían empezado a prestar atención a sus palabras de aliento, y se estaban recuperando del sobresalto cuando de nuevo se oyó la misma voz... aunque esta vez no cantaba sino que profería una débil y distante llamada, que el eco repetía aún más débilmente por las quebradas de El Catalejo.

—¡Darby M'Graw! —gemía la voz, pues estas son las palabras que mejor describen su sonido—. ¡Darby M'Graw! Darby M'Graw!

Y así una y otra vez; y luego se hacía un poco más fuerte y, soltando un juramento que no voy a repetiros, añadía:

—¡Vete a popa a por el ron, Darby!

Parecía que los bucaneros hubiesen echado raíces en el suelo; los ojos se les salían de las órbitas. Hacía rato ya que se había apagado el eco de la voz, pero ellos seguían mirando fijamente hacia delante, en silencio, amedrentados.

—¡Se acabó! —dijo uno de ellos, ahogando un grito—. ¡Vámonos!

—¡Esas fueron sus últimas palabras! —gimió Morgan—. ¡Las últimas que pronunció antes de expirar a bordo!

Dick había sacado su Biblia y rezaba febrilmente. Había sido criado como Dios manda, el tal Dick, antes de hacerse a la mar y rodearse de malas compañías.

Con todo, Silver no se daba por vencido. Podía oír cómo le castañeteaban los dientes; pero todavía no se había rendido.

—Ninguno de los que estamos en esta isla oyó jamás hablar de Darby —musitó—. Nadie salvo nosotros en este preciso instante.

Y seguidamente, haciendo un tremendo esfuerzo, agregó:

—¡Compañeros de a bordo! He venido a hacerme con el tesoro y ni hombre ni demonio me lo van a impedir. Jamás le tuve miedo a Flint cuando vivía y, ¡por todos los diablos!, le plantaré cara ahora que está muerto. Hay setecientas mil libras a menos de un cuarto de milla de aquí. ¿Cuándo se vio que un caballero de fortuna volviera la popa a semejante montón de dinero? ¿Y por culpa de un viejo marinero borracho que, por si fuera poco, está muerto?

Pero no se vio entre sus seguidores ningún indicio de que estuvieran recobrando el valor; hubiérase dicho, antes bien, que su terror aumentaba ante la irreverencia de aquellas palabras.

—¡Ándate con ojo, John! —dijo Merry—. No te enfrentes a un espíritu.

En cuanto a los demás, estaban demasiado aterrorizados para contestar. Hubiesen echado a correr en todas direcciones de haberse atrevido; pero el miedo los mantenía unidos, y cerca de John, como si la osadía de este les sirviera de ayuda. John, por su parte, casi se las había arreglado para dominar su flaqueza.

—¿Un espíritu? Puede que sí —dijo—. Pero hay una cosa que no está clara a mi modo de ver: el eco. Ahora bien, jamás se ha visto que un espíritu tuviera sombra; pues, entonces, ¿qué demonios hace con eco? En verdad que me gustaría saberlo. Eso no es natural, ¿no os parece?

A mí se me antojó que su argumento era bastante flojo. Pero nunca se sabe qué es lo que afectará a los supersticiosos y, ante mi pasmo, George Merry dio muestras de sentirse aliviado en gran manera.

—Pues, así es —dijo—. No se puede negar que tienes una

cabeza sobre los hombros, John. ¡Todos a sus puestos, compañeros! Me parece que andábamos siguiendo un rumbo equivocado. Aunque, ahora que lo pienso, la voz se parecía a la de Flint, es verdad, pero no tenía el mismo tono autoritario, después de todo. Se parecía más a la de otra persona... a ver, sí, a la de...

—¡Rayos y truenos, a la de Ben Gunn! —bramó Silver.

—¡Ay, eso es! —exclamó Morgan, incorporándose sobre las rodillas—. ¡Era la de Ben Gunn!

—Pues no tiene demasiado sentido, ¿verdad? —preguntó Dick—. Ben Gunn no está presente, no más de lo que está Flint.

Pero los marineros de mayor edad recibieron su observación con desprecio.

—¡Qué más da! —exclamó Morgan—. ¿Quién le teme a Ben Gunn, esté vivo o muerto?

Resultaba algo extraordinario contemplar de qué modo habían recobrado el ánimo, al tiempo que el color natural volvía a sus rostros. Al cabo de pocos instantes charlaban con gran animación, deteniéndose de vez en cuando para aguzar el oído; y poco después, al no oírse ningún otro ruido, se echaron las herramientas al hombro y emprendieron la marcha de nuevo, encabezados por Merry, que llevaba la brújula de Silver con el objeto de no desviarse de la línea recta que partía de la isla del Esqueleto. Había dicho la verdad: vivo o muerto, nadie le temía a Ben Gunn.

Solo Dick seguía empuñando la Biblia, mirando a su alrededor mientras avanzaba, con expresión temerosa; pero nadie le secundó, y Silver incluso se burló de sus precauciones.

—¡Ya te lo dije! —exclamó—. ¡Ya te dije que habías echado a perder tu Biblia! Si no te sirve para jurar sobre ella, ¿de qué supones que le va a servir a un espíritu? ¡De nada!

Y, deteniéndose un instante, apoyado en la muleta, chasqueó sus gruesos dedos.

Pero Dick no se dejaba consolar; a decir verdad, pronto comprendí que el muchacho se estaba poniendo enfermo; acelerada por el calor, por el agotamiento y por el susto, la fiebre que predijera el doctor Livesey estaba aumentando vertiginosamente a todas luces.

Resultaba fácil caminar por la cima, pues el terreno estaba muy despejado; íbamos un poco de bajada, ya que, como he dicho antes, la meseta se inclinaba levemente hacia el oeste. Los pinos, grandes y pequeños, crecían muy separados entre sí; e incluso entre los matorrales de mirísticas y azaleas había amplios espacios abiertos que se cocían al sol. Dirigiéndonos como nos dirigíamos hacia el noroeste de la isla, cruzándola de parte a parte, íbamos acercándonos, por un lado, a las estribaciones de El Catalejo, mientras que, por otro, cada vez divisábamos mayor extensión de la bahía occidental donde otrora me viese yo zarandeado a bordo del *coracle*.

Llegamos al primero de los árboles grandes que, por su posición, resultó no ser el que andábamos buscando. Igual sucedió con el segundo. El tercero se alzaba en el aire hasta casi doscientos pies, por encima de un matorral bajo; era un verdadero gigante vegetal, con una roja columna tan ancha como una casita de campo, y proyectando tanta sombra a su alrededor que hubiese podido maniobrar una compañía entera bajo ella. Debía de ser muy visible desde el mar, tanto por el este como por el oeste, por lo que cabía la posibilidad de que se le hubiese indicado en el mapa a guisa de punto de referencia.

Mas no era su tamaño lo que impresionaba a mis compañeros, sino el saber que setecientas mil libras de oro yacían enterradas en alguna parte debajo de su sombra. La imagen de tanto dinero se tragó todos sus temores de antes a medida que iban aproximándose al árbol. De sus ojos salían llamaradas; sus pies se hacían más rápidos y ligeros; tenían toda el alma envuelta en aquella fortuna, en aquella vida entera de derroche y placer que les estaba aguardando a cada uno de ellos.

Silver avanzaba, vacilante y gruñendo, con ayuda de la muleta; las aletas de la nariz se ensanchaban y juraba como un poseso cuando las moscas iban a posarse en su ardiente y lustroso semblante; tiraba furiosamente de la cuerda que me tenía atado a él, y, de vez en cuando, volvía sus ojos hacia mí lanzándome una mirada asesina. Ciertamente, no hacía ningún esfuerzo por ocultar sus pensamientos; y ciertamente yo podía leerlos como si los tuviera en letra impresa ante mí. Ante la inmediata proximidad del oro, todo lo demás había caído en el olvido; su promesa y la advertencia del doctor pertenecían ya al pasado; y no me cupo duda de que esperaba hacerse con el tesoro, localizar la *Hispaniola,* embarcar en ella y, al amparo de la noche, degollar a todas las personas honradas que había en la isla, haciéndose luego a la mar como tenía pensado hacer desde buen principio, cargado de crímenes y riquezas.

La inquietud y el temor que me inspiraban aquellas reflexiones me impedían seguir avanzando con la misma rapidez con que lo hacía aquel grupo de buscadores de tesoros. Tropezaba cada dos por tres, y era entonces cuando Silver tiraba con mayor violencia de la cuerda, al tiempo que me lanzaba sus miradas asesinas. Dick, que se había quedado rezagado y marchaba ahora a la retaguardia del grupo, iba balbuciendo simultáneamente plegarias y maldiciones, a medida que su fiebre iba subiendo. También aquello contribuía a mi intranquilidad y, para colmo, me perseguía el pensamiento de la tragedia que en otro tiempo había desarrollado en aquella meseta, cuando el diabólico bucanero de rostro azulado —el mismo que muriera en Savannah, entre cánticos y gritos reclamando bebida— había dado muerte, con sus propias manos, en aquel mismo lugar, a sus seis cómplices. Aquel bosquecillo que ahora se veía tan plácido debía de haber resonado con los gritos de agonía de las víctimas, y al pensar en ello me pareció que los gritos seguían sonando en mis oídos.

Nos hallábamos ya al borde del bosquecillo.

—¡Hurra, camaradas! ¡Todos a una! —gritó Merry, y echó a correr a la cabeza de los demás.

Y de pronto, apenas a diez yardas por delante de nosotros, los vimos detenerse, al tiempo que se alzaba un grito ahogado. Silver redobló la marcha, golpeando el suelo con la puntera de la muleta como un poseso; y en un instante, también él y yo nos paramos en seco.

Ante nosotros se abría una gran excavación, no muy reciente, pues los bordes se habían corrido hacia dentro y del fondo brotaba la hierba. Vimos que en el interior había el mango de un pico partido en dos y, esparcidas por todos lados, las tablas de varias cajas de embalaje. En una de estas, marcada con un hierro candente, vi la palabra «Walrus»: el nombre del buque de Flint.

Estaba todo claro como el agua. El escondrijo había sido descubierto y saqueado; ¡las setecientas mil libras habían desaparecido!

XXXIII

La caída de un caudillo

Jamás se ha visto mayor decepción en este mundo. Cada uno de los seis hombres se quedó inmovilizado, como si un rayo le hubiese caído encima. Pero, en el caso de Silver, los efectos del golpe se disiparon casi al instante. Cada uno de sus pensamientos se había adelantado, raudo cual un caballo de carreras, hacia aquel dinero; pues bien, en un segundo tiró de las riendas, sin perder la cabeza, recobró el ánimo y cambió sus planes antes de que los otros tuvieran tiempo de percatarse de su decepción.

—Jim —susurró—; toma esto y prepárate para la que se va a armar.

Y me pasó una pistola de doble cañón.

Al mismo tiempo, empezó a moverse discretamente hacia el norte, y le bastaron unos pasos para dejar una hondonada entre nosotros dos y los otros cinco. Entonces me miró y asintió con la cabeza, como queriendo decir:

—Estamos acorralados.

Y, en verdad, eso es lo que yo pensaba. Su actitud era ahora de lo más amigable, y me causó tal repugnancia ver aquel constante cambiar de talante que no pude contenerme y, susurrando, le dije:

—De manera que has vuelto a cambiar de bando, ¿eh?

No le quedó tiempo para contestarme. Los bucaneros,

prorrumpiendo en juramentos y exclamaciones, empezaron a saltar, uno tras otro, dentro del hoyo, poniéndose a excavar con las manos desnudas, arrojando las tablas a un lado. Morgan encontró una moneda de oro. La levantó al tiempo que profería un chorro ininterrumpido de juramentos. Era una moneda de dos guineas, y durante unos breves instantes fue pasando de mano en mano.

—¡Dos guineas! —gritó Merry, agitándola en dirección a Silver—. Esas son tus setecientas mil libras, ¿verdad? Tú eres el hombre de los pactos, ¿eh? Tú eres el que nunca se equivoca, ¿verdad? ¡Maldito cabezota!

—Seguid cavando, muchachos —dijo Silver, con la más descarada insolencia—, que no me extrañaría que encontraseis alguna fruta comestible.

—¡Ah, sí! —gritó Merry—. ¿Habéis oído, compañeros? Os voy a decir algo: ese sujeto estaba al tanto del asunto desde el principio. Miradle la cara y veréis cómo lo lleva escrito en ella.

—Ah, ya veo, Merry —comentó Silver—; vuelves a aspirar a ser el capitán, ¿eh? No hay duda de que eres un chico emprendedor.

Pero esta vez todo el mundo estaba incondicionalmente a favor de Merry. Comenzaron a salir del hoyo, lanzando miradas furiosas tras de sí. Con todo, observé algo que nos era favorable: salieron todos por el lado opuesto a donde se hallaba Silver.

Pues bien, así estábamos: dos a un lado, cinco al otro, y el hoyo entre ambos bandos, sin que ninguno de estos se atreviera a descargar el primer golpe. Silver no hacía el menor movimiento, limitándose a observarles atentamente, muy erguido en la muleta, y tan tranquilo como siempre. Era un sujeto valiente, de eso no había duda.

Por fin Merry, al parecer, creyó que un discursito ayudaría a solventar el asunto.

—Muchachos —dijo—, solo son dos hombres; uno de ellos es el viejo lisiado que nos ha traído hasta aquí, metiéndonos en un buen embrollo; el otro es ese cachorro cuyo corazón pienso arrancar de cuajo. Ahora bien, muchachos...

Estaba levantando el brazo y la voz, con la evidente intención de iniciar la carga. Pero justo en aquel momento..., ¡pam! ¡pam! ¡pam!...: tres tiros de mosquete surgieron del bosquecillo. Merry cayó de cabeza al hoyo; el hombre del vendaje giró como una peonza y cayó de costado cuan largo era, muerto, aunque retorciéndose todavía; y los otros tres giraron sobre sus talones y echaron a correr despavoridos.

En un abrir y cerrar de ojos, John el Largo descargó los dos cañones de su pistola sobre Merry, que trataba de salir del hoyo, y cuando este alzó los ojos hacia él, a punto ya de expirar, le dijo:

—George, me parece que te he ajustado las cuentas.

En aquel mismo momento, el doctor, Gray y Ben Gunn se unieron a nosotros, tras salir del bosquecillo de mirísticas con los mosquetes todavía humeantes.

—¡Adelante! —gritó el doctor—. ¡Rápido, muchachos, a por ellos! Hay que empujarlos hasta los botes.

Y echamos a correr a gran velocidad, a veces hundiéndonos hasta el pecho entre los matorrales.

Os diré que Silver trataba desesperadamente de no quedar rezagado. Lo que aquel hombre hizo, saltando sobre su muleta hasta que los músculos del pecho parecían a punto de reventar, jamás ha sido igualado por ningún hombre sano; y lo mismo opina el doctor. Pero sucedió que se hallaba ya a treinta yardas por detrás de nosotros, y a punto de caer agotado, cuando llegamos al borde de la meseta.

—¡Doctor! —gritó—. ¡No hay ninguna prisa!

Por supuesto que no la había. Pudimos ver a los tres supervivientes, que se hallaban en una parte más despejada de la meseta y corrían en la misma dirección de donde habían venido: directamente hacia la colina de Mesana. Nos hallábamos ya entre ellos y los botes; así que los cuatro nos sentamos a recobrar el aliento, en tanto que John el Largo, secándose el sudor de la cara, se aproximaba lentamente a nosotros.

—¡Muchísimas gracias, doctor! —dijo—. Llegó justo a tiempo de salvarnos a Jim y a mí. ¡Así que eres tú, Ben Gunn! —agregó—. ¡Buena pieza estás hecho!

—Soy Ben Gunn, sí —replicó el desterrado de la isla, retorciéndose como una anguila a causa del azoramiento. Y —añadió tras una larga pausa—, ¿cómo está usted, señor Silver? Dice que muy bien, gracias...

—Ben, Ben —murmuró Silver—; ¡pensar que tú me has ganado!

El doctor mandó a Gray a por uno de los picos, abandonado por los amotinados al huir; y luego, mientras bajábamos tranquilamente por la ladera, en dirección al lugar donde aguardaban los botes, procedió a relatarnos someramente lo que había acontecido. La narración interesó vivamente a Silver; y Ben Gunn, el desterrado medio idiota, resultó ser el héroe de la misma, desde el principio hasta el fin.

Durante sus largos y solitarios vagabundeos por la isla, Ben había dado con el esqueleto; él era quien lo había movido. También había encontrado el tesoro y lo había desenterrado (suyo era el pico roto que yacía en el hoyo). A base de numerosos y fatigosos viajes, lo transportó sobre sus espaldas desde el pie del pino elevado hasta una gruta que él conocía y que se hallaba en la colina de dos picos, en el ángulo nordeste de la isla, y allí estaba depositado a buen recaudo desde dos meses antes de la llegada de la *Hispaniola*.

Cuando el doctor consiguió sacarle aquel secreto, la tarde después del ataque, y cuando, a la mañana siguiente, vio que el fondeadero estaba desierto, se había dirigido a Silver para entregarle el mapa, que para entonces ya no servía de nada, así como los pertrechos, pues la gruta de Ben Gunn estaba bien provista de carne de cabra, puesta en salazón por él mismo. Le había entregado todo cuanto Silver deseaba, con tal de poder trasladarse impunemente desde la empalizada hasta la montaña de dos picos, donde estarían a salvo de la malaria y podrían vigilar el dinero.

—En cuanto a ti, Jim —dijo—, me dolió el corazón, pero hice lo que me pareció más conveniente para quienes cumplieron con su deber; y si tú no te hallabas entre ellos, ¿de quién era la culpa?

Aquella misma mañana, averiguando que yo iba a verme envuelto en el terrible desengaño que había preparado para los amotinados, se había ido a todo correr hasta la gruta y, dejando al caballero allí para que cuidase del capitán, se había llevado consigo a Gray y al desterrado, cruzando la isla en diagonal con el fin de apostarse al lado del pino. Pronto, sin embargo, comprendió que nuestro grupo le llevaba la delantera, por lo que Ben Gunn, que tenía alas en los pies, por así decirlo, fue enviado de avanzadilla, con el objeto de que él solo hiciese cuanto pudiera. Entonces se le había ocurrido al doctor la idea de aprovecharse del carácter supersticioso de sus antiguos compañeros de a bordo; y la cosa le había salido tan bien que, al llegar los buscadores de tesoros a la cima de la meseta, el doctor y Gray les estaban aguardando ya, emboscados entre los árboles.

—Ah —dijo Silver—, estuve de suerte al tener a Hawkins conmigo. Hubiese usted permitido que despedazasen al viejo John sin pensárselo dos veces, doctor.

—Ni una sola vez —repuso el doctor Livesey alegremente.

Acabábamos de llegar junto a los botes. El doctor, blandiendo el pico, destruyó uno de ellos, y luego subimos todos al otro y zarpamos en dirección a la caleta del Norte.

Nos separaba de ella una distancia de ocho o nueve millas. Silver, aunque ya estaba medio muerto de fatiga, fue colocado junto a uno de los remos, como el resto de nosotros, y pronto nos encontramos surcando raudamente el mar en calma. No tardamos en pasar el estrecho y doblar la punta del sudeste de la isla, la misma que, hacía cuatro días, habíamos doblado llevando la *Hispaniola* a remolque.

Al pasar por delante de la montaña de dos picos, pudimos avistar la negra boca de la gruta de Ben Gunn, así como una figura que, apoyada en un mosquete, se hallaba ante ella. Era el caballero; le saludamos agitando un pañuelo y lanzando tres hurras, a los que la voz de Silver se unió con tanto calor como la de cualquiera de los otros.

Y tres millas más allá, justo dentro de la entrada de la caleta del Norte, ¿qué fue lo que nos encontramos? ¡Pues a la mismísima *Hispaniola*, que navegaba a la deriva! La última pleamar la había puesto a flote y, si se hubiese levantado un buen ventarrón, o si hubiese habido una corriente fuerte, como la había en el fondeadero del sur, nunca la hubiéramos vuelto a encontrar o, de haberlo hecho, habría estado embarrancada, sin esperanzas de que volviese a flotar. Pero daba el caso de que los desperfectos eran de poca importancia, aparte de los sufridos por la vela mayor. Se aprestó otra áncora, que fue arrojada a una braza y media de profundidad. Bogamos hacia la caleta del Ron, el punto más cercano al lugar donde Ben Gunn guardaba el tesoro; y entonces Gray, él solito, regresó con el bote a la *Hispaniola*, donde montaría guardia durante la noche.

De la playa surgía una leve pendiente que iba a parar a la misma entrada de la gruta. Ante ella nos recibió el caballero. Conmigo se mostró cordial y amable, sin decir nada acerca de mi escapada, ya fuese para recriminarme o para alabarme. Al recibir el cortés saludo de Silver, se le enrojeció un tanto el rostro.

—John Silver —dijo—, es usted un villano y un impostor

prodigioso... un impostor monstruoso, señor. Me dicen que no debo llevarlo ante la Justicia. Pues bien, no lo haré. Pero los muertos, señor, cuelgan de su cuello como piedras de molino.

—Muchísimas gracias, señor —repuso John el Largo, volviendo a saludarle.

—¡No se atreva a saludarme! —exclamó el caballero—. Lo que hago es abandonar vergonzosamente mi deber. ¡Apártese!

Acto seguido entramos todos en la gruta, que era grande y aireada, con un pequeño manantial y un estanque de agua limpia, sobre el que colgaban unos helechos. El suelo era de arena. Ante una gran hoguera se hallaba acostado el capitán Smollett; y en un rincón apartado, iluminado débilmente por el resplandor tembloroso de las llamas, vi grandes pilas de monedas y de cuadriláteros formados por barras de oro. Aquello era el tesoro de Flint, el mismo que hasta tan lejos nos había llevado, y que había costado ya la vida a diecisiete de los tripulantes de la *Hispaniola.* ¿Cuántas más habría costado el amasarlo; cuánta sangre y dolor, cuántos buques habrían sido echados a pique; cuántos hombres habrían paseado por la plancha con los ojos vendados; cuántos cañonazos se habrían disparado; cuánta vergüenza y mentiras y crueldad? Tal vez no hubiese ser humano capaz de responder a todo aquello. Y, con todo, seguían en la isla tres sujetos —Silver, el viejo Morgan y Ben Gunn— que habían tenido parte en aquellos crímenes, ya que cada uno de ellos había esperado en vano recibir su parte del botín.

—Entra, Jim —dijo el capitán—. Eres un buen chico a tu manera, Jim; pero no creo que tú y yo volvamos a embarcamos juntos. Para mi gusto, te han tenido demasiado mimado desde la cuna. ¿Estás ahí, John Silver? ¿Qué te trae por aquí, hombre?

—Vuelvo a mi deber, señor —repuso Silver.

—¡Ah! —exclamó el capitán.

Y eso fue todo lo que dijo.

¡Qué cena la de aquella noche, rodeado de amigos! ¡Y qué comida nos dimos con la carne salada preparada por Ben Gunn, acompañada de algunas exquisiteces y una botella de vino añejo procedentes de la *Hispaniola*! Nunca, estoy seguro, hubo gente más alegre o feliz. Y también estaba Silver, sentado un tanto aparte, casi a oscuras, pero comiendo con gran apetito, atento a levantarse en cuanto hacía falta alguna cosa, incluso uniéndose discretamente a nuestras risas... el mismo marinero de modales suaves, corteses y obsequioso, del viaje de ida.

XXXIV

El final

A la mañana siguiente nos pusimos a trabajar temprano, pues trasladar aquella gran masa de oro a través de casi una milla de terreno hasta la playa y, desde allí, bogar tres millas más hasta alcanzar la *Hispaniola,* resultaba una tarea considerable para un grupo tan reducido. Los tres sujetos que seguían sueltos por la isla no nos causaron demasiadas molestias: un solo centinela apostado en la colina bastó para asegurarnos de que no íbamos a ser atacados por sorpresa y, además, estábamos convencidos de que ya habrían tenido más que suficiente de pelea.

Así, pues, hicimos el trabajo con presteza. Gray y Ben Gunn iban y venían en el bote, mientras el resto, durante su ausencia, apilábamos el tesoro en la playa. Dos de los lingotes, colgados del extremo de una cuerda, constituían una buena carga para un hombre crecido; una carga bajo la cual resultaba agradable ir avanzando despacio. En cuanto a mí, como no servía de mucho para el transporte, me pasé el día entero ocupado en la gruta, empaquetando el dinero acuñado en los sacos de pan.

Resultaba una colección heterogénea, similar a la de Billy Bones por la diversidad de procedencias de las monedas, pero tanto más grande y variada que me parece que jamás he pasado un rato mejor que el que dediqué a clasificarlas. Las había inglesas, francesas, españolas, portuguesas, jorges y luises de oro, doblones y guineas dobles, monedas de oro portuguesas y cequíes, el retrato de todos los reyes habidos en Europa durante los últimos cien años, extrañas monedas orientales estampadas con dibujos que parecían trozos de cuerda o fragmentos de telaraña, monedas redondas y monedas cuadradas, y monedas perforadas por el centro, como si tuvieran que llevarse alrededor del cuello... Creo que casi todas las variedades de monedas del mundo habían hallado lugar en aquella colección. Y en lo que se refiere a su número, estoy seguro de que había tantas como hojas muertas en otoño, hasta el punto de que me dolía la espalda de tanto agacharme y los dedos de tanto clasificarlas.

Aquel trabajo se prolongaba día tras día, y al llegar la noche toda una fortuna se hallaba ya estibada en la bodega, y, pese a ello, otra se hallaba aguardando a la mañana siguiente; y durante todo aquel tiempo nada supimos de los tres amotinados supervivientes.

Finalmente, creo que fue en la tercera noche, el doctor y yo estábamos dando un paseo por la colina, por la parte desde donde se divisan las tierras bajas de la isla, cuando de la espesa oscuridad que había más abajo el viento nos trajo un ruido que era mitad griterío y mitad cánticos. Fue solo de un modo fugaz que llegó a nuestros oídos; luego, volvió a reinar el mismo silencio.

—¡Que el Cielo les perdone! —exclamó el doctor—. ¡Son los amotinados!

—Están borrachos como cubas, señor —dijo la voz de Silver detrás nuestro.

Silver, hay que decirlo, gozaba de entera libertad y, a pesar de los desaires que recibía a diario, daba la impresión de volver a considerarse hombre privilegiado e indispensable. A decir verdad, resultaba notable ver cómo soportaba tales desaires, y con qué invariable cortesía trataba constantemente de congraciarse con todo el mundo. Pese a todo, creo que ninguno de nosotros le trataba mejor de lo que hubiéramos tratado a un perro; a menos que fuese Ben Gunn, que seguía albergando un miedo terrible hacia su antiguo cabo de mar, o yo, pues tenía realmente un motivo para estarle agradecido; aunque, pese a ello, supongo que tenía igualmente motivos para despreciarle más que cualquiera de los demás, pues le había visto maquinar una nueva traición en la meseta. Así, pues, la respuesta del doctor fue algo desabrida.

—Borrachos o delirantes —dijo.

—Tiene usted razón, señor —replicó Silver—; aunque poco nos importa a usted y a mí.

—Supongo que no se atrevería usted a pedirme que le calificase de ser humanitario —repuso el doctor, con una mirada de desprecio—, por lo que puede que mis sentimientos le sorprendan, capitán Silver. Pero, si tuviera la seguridad de que están delirando, del mismo modo que la tengo de que uno de ellos padece las fiebres, dejaría nuestro campamento y, arriesgando el pellejo cuanto hiciera falta, iría a ayudarles en la medida de mis posibilidades.

—Con su permiso, señor, haría usted muy mal —dijo Silver—. Perdería usted su preciosa vida, téngalo por seguro. Yo estoy de su parte ahora, por completo, y no me gustaría ver nuestro grupo mermado y mucho menos tratándose de usted, a quien tanto le debo. Pero esos hombres de allí abajo serían incapaces de mantener su palabra... no, ni siquiera suponiendo que desearan mantenerla; y lo que es más, no podrían creer que usted sí sería capaz.

—No —dijo el doctor—. Ya sabemos que solo usted mantiene la palabra dada.

Pues bien, más o menos aquellas fueron las últimas noticias que tuvimos de los tres piratas. Solo una vez oímos un disparo de mosquete muy a lo lejos, y supimos que andarían cazando. Se celebró consejo y se decidió que debíamos abandonarlos en la isla, lo cual, debo confesarlo, alegró en gran manera a Ben Gunn y recibió la calurosa aprobación de Gray. Dejamos un buen aprovisionamiento de pólvora y munición, la mayor parte de la carne de cabra en salazón, unos cuantos medicamentos y algunas otras cosas necesarias: herramientas, ropa, una vela de repuesto, una o dos brazas de soga y, por deseo expreso del doctor, un hermoso regalo de tabaco.

Puede decirse que aquello fue lo último que hicimos en la isla. Antes ya habíamos dejado el tesoro a bordo, y cargado agua suficiente para el viaje, así como lo que sobraba de la carne de cabra por si sufríamos algún percance. Y por fin, una hermosa mañana, levamos ancla y salimos de la caleta del Norte, ondeando el mismo pabellón que había izado el capitán en la empalizada y bajo el cual había luchado.

Seguramente los tres sujetos nos estarían vigilando más atentamente de lo que creíamos, como no tardamos en comprobar. En efecto, al atravesar el estrecho, tuvimos que acercarnos mucho a la punta del sur y allí les vimos a los tres, arrodillados en el banco de arena, con los brazos alzados en actitud de súplica. Nos llegó al corazón a todos el dejarlos abandonados en tan apurada situación; pero no podíamos arriesgarnos a que hubiese otro motín. Además, llevarlos con nosotros a casa para que acabasen en el patíbulo hubiese sido un rasgo de amabilidad un tanto cruel. El doctor les llamó diciéndoles que les habíamos dejado algunos pertrechos, y dónde los hallarían. Pero ellos siguieron llamándonos por nuestros nombres, rogándonos por el amor de Dios que tuviéramos piedad de ellos, que no les abandonásemos en semejante lugar hasta la muerte.

Finalmente, viendo que el buque mantenía su derrota, alejándose rápidamente del alcance de sus voces, uno de ellos —no sé exactamente cuál— se puso en pie bruscamente y, tras lanzar una imprecación, se echó el mosquete al hombro y disparó un tiro que pasó silbando por encima de la cabeza de Silver, yendo luego a atravesar la vela mayor.

En vista de aquello, nos pusimos a cubierto de las amuradas, y cuando volvimos a asomarnos, ya no estaban en el banco de arena, y este mismo casi se había perdido de vista a causa de la creciente distancia. Aquello, al menos, se había terminado, y antes del mediodía, vi con gozo indescriptible cómo la más alta de las rocas de la isla del tesoro se fundía con la azul inmensidad del mar.

Andábamos tan escasos de gente que todos los que estábamos a bordo teníamos que echar una mano. Solo el capitán permanecía echado en un colchón, a popa, desde donde daba sus órdenes; pues, si bien se había repuesto considerablemente, seguía necesitando descansar. Pusimos proa hacia el más cercano de los puertos de la América española, ya que no podíamos arriesgarnos a emprender el viaje de regreso sin antes reforzar la tripulación. Y sucedió que, entre vientos variables y un par de galernas más, estábamos todos agotados antes de tocar puerto.

Anclamos justo al ponerse el sol en un golfo bellísimo, rodeado de tierra por casi todas partes, y casi inmediatamente nos vimos rodeados de barcas cargadas de negros e indios mejicanos, y mestizos, que vendían fruta y verduras y se ofrecían para zambullirse de cabeza a cambio de unas monedas. La contemplación de tantos rostros afables, especialmente los de los negros, el sabor de los frutos tropicales y, sobre todo, las luces que comenzaban a brillar en la ciudad, hicieron un contraste sumamente encantador con la oscura y sangrienta estancia en la isla; y el doctor y el caballero, llevándome con ellos, bajaron a tierra para pasar allí las primeras horas de la noche. Allí se encontraron con el capitán de un navío de guerra inglés; entablaron conversación con él, subimos a bordo de su buque y, en suma, lo pasamos tan bien que ya estaba despuntando el día cuando regresamos a la *Hispaniola*.

Ben Gunn se hallaba solo en cubierta y en cuanto subimos a bordo empezó, en medio de unas contorsiones prodigiosas, a hacernos una confesión. Silver se había marchado. Y él, Ben, había sido cómplice en su huida, hecha a bordo de una de las barcas de tierra, hacía ya algunas horas. Ahora nos aseguraba que lo había hecho solamente para proteger nuestras vidas, las cuales, no había duda, «hubiesen corrido grave peligro si aquel hombre de la pata de palo hubiera permanecido a bordo». Pero no era eso todo. El cocinero de a bordo no se había ido con las manos vacías. Sin ser visto, se había metido por uno de los respiraderos en la bodega, apoderándose de un saco de monedas, cuyo valor ascendía tal vez a trescientas o cuatrocientas guineas, con el fin de que le sirvieran de ayuda en sus posteriores vagabundeos.

Creo que a todos nos agradó el vernos libres de él por tan poco precio.

Bien, para acortar esta larga historia, os diré que contratamos unos cuantos marineros de refresco, tuvimos una buena travesía hasta casa, y la *Hispaniola* llegó a Bristol justo en el momento en que el señor Blandly empezaba a pensar en aparejar el buque de rescate. Solo regresaban cinco de los hombres que zarparan en ella. «La bebida y el diablo se llevaron al resto», con saña; aunque, para ser sincero, nuestro caso no era tan malo como el del otro buque de la canción:

> *Pero un solo hombre de la tripulación sobrevivió*
> *de los setenta y cinco que se hicieron a la mar.*

Todos recibimos una buena parte del tesoro, que utilizamos sabia o tontamente, según nuestro modo de ser. El capitán Smollett ya se ha retirado del mar. Gray no solo ahorró su dinero, sino que, viéndose asaltado súbitamente por el deseo de ascender, se puso a estudiar su profesión, y ahora es primer oficial y socio armador de un excelente buque de aparejo completo; casado, además, y padre de familia. En cuanto a Ben Gunn, recibió mil libras, que se gastó o perdió en tres semanas o, para ser más exactos, en diecinueve días, ya que al llegar el vigésimo día iba mendigando por la calle. Luego le dieron un puesto de guarda rural, exactamente lo que se temía en la isla, y sigue viviendo en el campo, siendo muy popular entre los muchachos campesinos, aunque a veces lo hagan objeto de sus burlas, y mostrando unas notables dotes para el canto en la iglesia los domingos y fiestas de guardar.

De Silver no hemos vuelto a tener noticias. Aquel formidable navegante con una pata de palo ha desaparecido por fin de mi vida; pero me atrevería a decir que se reunió con su vieja negra y que tal vez sigue en vida, habitando cómodamente en compañía de la negra y del Capitán Flint. Así hay que esperarlo, supongo, ya que son muy escasas sus probabilidades de gozar de comodidad en el otro mundo.

Los lingotes de plata y las armas siguen enterrados, que yo sepa, allí donde los dejó Flint; y, en lo que se refiere a mí, allí seguirán, podéis estar seguros. Ni con bueyes ni con sogas me harían volver a aquella isla maldita; y los peores sueños que jamás padezco son aquellos en los que oigo romper las olas en sus costas, o cuando me incorporo sobresaltado en el lecho al oír la aguda voz del Capitán Flint que resuena en mis oídos:

—¡Pesos duros españoles! ¡Pesos duros españoles!

Apéndices

Apéndice A:
R. L. Stevenson,
«mi primer libro» (1894)

[*En agosto de 1894 Stevenson publicó por primera vez esta crónica de la génesis de* La isla del tesoro, *que plantea casi tantas preguntas como respuestas, en la revista* The Idler.]

Distaba mucho de ser mi primer libro, pues no soy solo novelista. Pero soy perfectamente consciente de que mi patrón, el Gran Público, contempla el resto de mi obra con indiferencia, cuando no con aversión. Si se acuerda de mí, lo hace en relación con esa familiar e indeleble referencia, y cuando me piden que hable de mi primer libro, sin duda alguna se alude a mi primera novela.

Tarde o temprano, de algún modo, tenía que escribir una novela. Me parece vano preguntar el motivo. Los hombres nacen con distintas manías. Desde mi más tierna infancia, la mía fue convertir una serie de sucesos imaginarios en un juguete, y en cuanto pude escribir, me hice buen amigo de los fabricantes de papel. Resma tras resma deben de haberse consumido en la escritura de *Rathillet, The Pentland Rising,**

---

* [Nota de Stevenson] *Ne pas confondre*. No piensen en el fino panfleto verde publicado por Andrew Elliot, por el que los caballeros de Inglaterra están dispuestos a pagar desorbitadas sumas (como he comprobado con asombro en las listas de libros), sino en su predecesor, un voluminoso romance histórico sin una pizca de valor, actualmente borrado de la faz de la tierra.

The King's Pardon (también conocido como *Park Whitehead*),
Edward Daven, *A Country Dance* y *A Vendetta in the West*;[1]
y es un consuelo recordar que esas hojas son ahora cenizas y
han sido devueltas a la tierra. Solo he enumerado unas cuantas de mis desafortunadas tentativas, de hecho, únicamente las que alcanzaron cierto volumen, e incluso esas abarcan
una larga serie de años. *Rathillet* la acometí antes de los quince, *The Vendetta* a los veintiuno, y la sucesión de derrotas se
mantuvo sin interrupción hasta que tuve treinta y uno. Para
entonces había escrito algunos libritos, ensayos y relatos breves; había recibido palmaditas en la espalda y me habían pagado por mis obras, aunque no lo suficiente para vivir de mi escritura. Tenía buena reputación; era un hombre de éxito. Me
pasaba los días dedicado al trabajo, la futilidad del cual a veces
hacía que me ardieran las mejillas: invertía todas mis energías
en esa ocupación y, sin embargo, no podía ganarme la vida. Y
aun así, ante mí refulgía un ideal inalcanzable: a pesar de haberlo intentado con denuedo no menos de diez o doce veces,
todavía no había escrito una novela. Todas —todas mis creaciones— habían avanzado un poco y luego se habían detenido inexorablemente como el reloj de un colegial. Era comparable a un jugador de cricket que lleva muchos años en el
deporte pero no ha hecho ninguna carrera. Cualquiera puede

[1] [Todas las notas que siguen, numeradas, así como el encabezado en
cursiva de este texto, son de John Sutherland.] Stevenson repasa una lista de
obras de aprendizaje —principalmente biografías y libros de historia escocesa— que posteriormente quemó por no considerarlas dignas. El panfleto
de Andrew Elliot que aconseja no confundir (*ne pas confondre*) con un romance histórico con el mismo título era un ensayo sobre la matanza de inconformistas que tuvo lugar en 1666, cuya impresión privada fue costeada
por sus orgullosos padres. Louis era un colegial de dieciséis años cuando se
publicó su «primer» libro. Andrew Elliot fue el impresor. El presente ensayo, «Mi primer libro», fue publicado poco después de su muerte, cuando
Stevenson ya era enormemente famoso y los coleccionistas buscaban con
avidez artículos de valor.

escribir un relato breve —uno malo, quiero decir— si tiene dedicación, papel y tiempo suficiente, pero no todo el mundo puede aspirar a escribir siquiera una mala novela. Es la extensión lo que mata. El novelista reconocido puede coger y dejar su novela, dedicarle unos días en vano, y no escribir más que lo que se apresura a tachar. No así el principiante. La naturaleza humana tiene ciertas cualidades; el instinto —el instinto de conservación— impide que cualquier hombre (alentado y respaldado por la conciencia de no haber obtenido ninguna victoria previa) soporte los infortunios del trabajo literario sin éxito más allá de un período que se mide en semanas. Tiene que haber algo que alimente la esperanza. El principiante debe tener el viento a favor, debe gozar de una racha de suerte, debe estar en una de esas horas en las que las palabras vienen y las frases se equilibran solas PARA EMPEZAR SIQUIERA. Y una vez que se ha empezado, ¡qué terrorífico panorama hasta que el libro está terminado! Durante mucho tiempo el viento no debe cambiar, la racha debe seguir activa; durante mucho tiempo debes mantener la misma calidad de estilo; durante mucho tiempo tus monigotes deben permanecer siempre vivos, siempre coherentes, siempre vigorosos. Recuerdo que en aquel entonces solía contemplar cada novela de tres volúmenes con una suerte de veneración, como una proeza, tal vez no literaria, pero sí al menos de resistencia física y moral y de un valor digno de Áyax.[2]

El año señalado fui a vivir con mi padre y mi madre en Kinnaird, por encima de Pitlochry. Caminaba por los páramos rojizos y a la orilla del riachuelo dorado. El aire saludable y puro de nuestras montañas nos animaba, si es que no nos inspiraba, y mi mujer y yo planeamos entonces la creación de un

---

[2] En la *Ilíada*, de Homero, Áyax es el héroe griego cuyo valor solo es superado por Aquiles. Es más generoso en el combate con el héroe troyano Héctor que con Aquiles; de ahí el énfasis de Stevenson en su «resistencia moral».

volumen conjunto de relatos lógicos, para el que ella escribió «The Shadow on the Bed» y yo redacté «El fantasma de Janet», así como un primer esbozo de «Los hombres dichosos».[3] Adoro el aire de mi tierra, pero él no me adora a mí, y ese delicioso período terminó con un resfriado, un sarpullido provocado por los insectos y una migración a través de Strathairdle y Glenshee a Castleton de Braemar. Allí soplaba mucho el viento y llovía en proporción; el aire de mi tierra era más riguroso que la ingratitud humana,[4] y tuve que pasar gran parte del tiempo entre las cuatro paredes de una casa conocida lúgubremente como «cabaña de la difunta señorita McGregor». Y ahora admirad el dedo del destino. Había un colegial en la casa de la difunta señorita McGregor que estaba de vacaciones y muy necesitado de «algo intrincado con lo que ocupar su mente». No tenía aspiraciones literarias; era el arte de Rafael el que recibía sus fugaces votos, y con la ayuda de pluma y tinta y una caja de acuarelas de un chelín pronto

---

[3] El cuento escocés «El fantasma de Janet» se publicó en 1881, en torno a la misma época que la versión por entregas de *La isla del tesoro*. «Los hombres dichosos» (el título hace referencia, irónicamente, a las peligrosas rocas de la costa de Escocia que han dado al traste con muchos barcos) se publicó por primera vez en 1882, entre la publicación por entregas y la publicación en libro de *La isla del tesoro*. El cuento de fantasmas de Fanny Stevenson «The Shadow on the Bed» se ha perdido. Su posible significado marital ha sido tratado por Wayne Koestenbaum en «Shadow on the Bed: Dr Jekyll, Mr Hyde, and the Labouchère Amendment», *Critical Matrix*, marzo de 1988, pp. 35-55. Es de suponer que con «relatos lógicos» Stevenson se refería a historias con un argumento consistente.

[4] Alusión a «Como gustéis», de Shakespeare (II, vii, 174-176):

> Sopla, sopla, viento invernal;
> tu maldad no es tan grande
> como la ingratitud humana.

Irónicamente, la familia Stevenson no vivía en la cabaña de la señorita McGregor en invierno, sino en lo que en Esocia pasa por verano.

convirtió una de las habitaciones en una galería de pintura. Mi función más inmediata respecto a esa galería consistía en ser el galerista, pero a veces me relajaba un poco, me juntaba con el artista (por así decirlo) ante el caballete y pasaba la tarde con él en generosa emulación haciendo dibujos de colores. En una de esas ocasiones, dibujé el mapa de una isla.[5] Estaba muy elaborado y (en mi opinión) bellamente pintado. Su contorno me atrajo de una manera difícil de expresar; tenía unos puertos que me deleitaban como sonetos, y con la inconsciencia de lo predestinado, titulé mi creación *La isla del tesoro*. Me han dicho que hay personas a las que no les gustan los mapas, cosa que me resulta difícil de creer. Los nombres, las formas de los bosques, el curso de los caminos y los ríos, las huellas de hombres prehistóricos todavía visibles en lo alto de las montañas y el fondo de los valles, los molinos y las ruinas, los estanques y los transbordadores, un menhir o un círculo druídico en el brezo; se trata de una fuente inagotable de interés para cualquier hombre con ojos en la cara o un mínimo de imaginación. Ningún niño puede por menos de recordar haber apoyado la cabeza en la hierba, haber mirado el bosque infinitesimal y haber visto cómo se poblaba de ejércitos de duendes. De un modo parecido, cuando contemplé mi mapa de la «isla del tesoro», los futuros personajes del libro empezaron a aparecer entre árboles imaginarios, y sus rostros morenos y armas relucientes asomaron y me apuntaron desde rincones inesperados, mientras pasaban de aquí para allá, luchando y buscando el tesoro, en esos escasos centímetros cuadrados de proyección plana. Cuando quise darme cuenta tenía unos papeles delante y estaba escribiendo una lista de capítulos. ¡Con qué frecuencia he hecho eso, y la cosa no ha prosperado! Pero esa empresa parecía poseer elemen-

---

[5] No se sabe con seguridad si el mapa original lo dibujó Stevenson o su hijastro Sam. Véase Introducción, p. 30.

tos de éxito. Sería un relato para niños; no hacía falta psicología ni una escritura exquisita, y tenía a un niño a mano como piedra de toque. Las mujeres estaban excluidas. Yo no sabía gobernar un bergantín (que es lo que la *Hispaniola* debería haber sido), pero pensé que podría convertirlo en una goleta sin exponerme al escarnio público. Y entonces se me ocurrió una idea para John Silver que me prometía no poca diversión: tomar a un amigo al que admiro (que es muy posible que el lector conozca y admire tanto como yo),[6] despojarlo de sus mejores cualidades y de las gracias supremas de su temperamento, dejarlo sin nada más que su fuerza, su coraje, su agudeza y su magnífica genialidad, y tratar de expresar todo eso con los términos culturales de una tela tosca. Semejante operación de cirugía psíquica es una forma común de «crear un personaje»; de hecho, tal vez la única. Podemos incorporar a la figura peculiar que cruzó cien palabras con nosotros ayer en el camino, pero ¿lo conocemos? A nuestro amigo, con su infinita diversidad y flexibilidad, lo conocemos, pero ¿podemos añadirlo a la historia? Al primero le podemos injertar cualidades secundarias e imaginarias, posiblemente todas malas; al segundo, cuchillo en mano, debemos cortarle y podarle la arborescencia innecesaria de su carácter, pero del tronco y las pocas ramas que queden debemos al menos estar seguros.

Una fría mañana de septiembre, al calor de un fuego vivo y con la lluvia tamborileando en la ventana, empecé *El cocinero de a bordo*, que era el título original. He empezado (y terminado) varios libros, pero no recuerdo haberme sentado a escribir uno con más complacencia. No es ninguna sorpresa: la fruta robada dicen que sabe mejor. Me enfrento ahora a un episodio doloroso. Sin duda el loro perteneció un día a Robinson Crusoe. Sin duda el esqueleto está tomado de Poe. No le doy importancia a esas cosas; son detalles y nimieda-

---

[6] Es decir, W. E. Henley. Véase Introducción, nota 37.

des, y ningún hombre puede aspirar a tener el monopolio de los esqueletos o a acaparar todas las aves parlantes. La empalizada, me han dicho, es de *Masterman Ready*.[7] Puede ser, me trae sin cuidado. Esos provechosos escritores han cumplido los versos del poeta: al partir, tras de sí dejan sus huellas en las arenas del tiempo,[8] huellas que tal vez otro... ¡y yo fui ese otro! Es la deuda que tengo con Washington Irving la que pesa sobre mi conciencia, y es justo que así sea, pues creo que el plagio casi nunca pasó de ahí. Hace unos años cogí por casualidad *Cuentos de un viajero* con vistas a recopilar una antología de prosa, y el libro me dejó paralizado: Billy Bones, su cofre, la compañía del salón, el espíritu interior y buena parte de los detalles materiales de mis primeros capítulos estaban todos allí, eran propiedad de Washington Irving. Pero no tenía ni idea de ello cuando estaba sentado escribiendo junto al fuego, embargado de lo que creía la euforia de una inspiración algo pedestre; ni tampoco día a día, después de comer, cuando leía en voz alta el trabajo de la mañana a mi familia. Me parecía de lo más original; parecía que me perteneciera como mi ojo derecho. Había contado a un niño entre mi público, pero descubrí que había dos. Mi padre se entusiasmó enseguida con todo el romanticismo y la puerilidad de su carácter original. Sus propias historias, con las que se fue a la cama cada noche de su vida, trataban siempre de barcos, posadas de camino, ladrones, marineros viejos y comercian-

[7] Novela náutica de Frederick Marryat publicada en 1841. Más abajo se hacen constar deudas concretas.

[8] Alusión al famoso verso del poema de Henry Wadsworth Longfellow «El salmo de la vida», 1838:

> *Las vidas de los hombres grandes nos recuerdan*
> *que podemos sublimar las nuestras,*
> *y al partir, tras de sí dejan*
> *sus huellas en las arenas del tiempo.*

tes aventureros antes de la era del vapor. Nunca terminó ninguna de esas historias; ¡tuvo la fortuna de no necesitarlo! Pero en *La isla del tesoro* reconoció algo afín a su imaginación; tenía la expresividad que a él le gustaba, y no solo escuchaba con regocijo el capítulo diario, sino que intervino como colaborador. Cuando llegó el momento de que el cofre de Billy Bones fuera registrado, debió de pasarse la mayor parte del día preparando en el dorso de un sobre un inventario de su contenido, que yo seguí al pie de la letra; y el nombre del «viejo barco de Flint» —el *Walrus*— fue concedido obedeciendo su petición particular. Y quién se dejó caer por allí entonces, *ex machina*, si no el doctor Japp, como el príncipe disfrazado que hace caer el telón tras la paz y la felicidad en el último acto. Y es que traía en su bolsillo, no un cuerno ni un talismán, sino un editor: había recibido el encargo de mi viejo amigo, el señor Henderson,[9] de descubrir a nuevos escritores para *Young Folks*.[10] Incluso el empuje imparable de una familia unida capituló ante la desconsideración de imponer los miembros mutilados de *El cocinero de a bordo* a nuestro invitado. Así y todo, como tampoco queríamos de ninguna manera interrumpir nuestras lecturas, la historia fue reiniciada desde el principio y relatada solemnemente para el doctor Japp. Desde entonces tengo muy buena opinión de su facultad crítica, pues cuando nos dejó llevaba el manuscrito en su baúl de viaje.

Así pues, lo tenía todo a mi favor: simpatía, ayuda y ahora un compromiso seguro. Además, había elegido un estilo muy sencillo. Comparado con el casi contemporáneo de «Hombres dichosos», un lector podía decantarse por el de una obra y otro, por el de la otra: se trata de una cuestión de temperamento, tal vez de estado de ánimo, pero ningún experto pue-

[9] Véase Introducción, pp. 24-25.
[10] Japp lo negaría más adelante. Véase Introducción, p. 16 y nota 15.

de pasar por alto que uno es mucho más difícil y el otro mucho más fácil de mantener. Parece como si un literato con experiencia pudiera comprometerse a escribir tantas páginas al día de *La isla del tesoro* manteniendo su pipa encendida. Pero, ¡diablos!, ese no fue mi caso. Durante quince días mantuve el ritmo y escribí quince capítulos. Y entonces, en los primeros párrafos del decimosexto, se me fue de las manos ignominiosamente. Tenía la boca vacía, de mi pecho no brotaba una sola palabra de la historia, ¡y las pruebas de imprenta del principio me estaban esperando en el Hand and Spear![11] Mientras las corregí pasé la mayor parte del tiempo solo, caminando por el brezo de Weybridge las mañanas de otoño cubiertas de rocío, muy satisfecho con lo que había hecho, y más horrorizado de lo que puedo expresar con palabras ante lo que me quedaba por hacer. Tenía treinta y un años, era el cabeza de familia, había perdido la salud; nunca había podido pagarme mis gastos, ni había ganado doscientas libras al año; hacía muy poco mi padre había comprado y destruido todos los ejemplares de un libro que había sido considerado un fracaso: ¿sería ese el fiasco definitivo?[12] Ciertamente estaba al borde de la desesperación, pero apreté los dientes y durante el viaje a Davos, donde iba a pasar el invierno, tomé la decisión de pensar en otras cosas y enfrascarme en las novelas de M. de Boisgobey.[13]

---

[11] Stevenson se alojó en la posada Hand and Spear, en Weybridge, durante su viaje de Escocia a Suiza en septiembre de 1881. Estaba esperando a que Fanny se reuniera con él. En aquel entonces, el autor estaba seriamente «bloqueado» en la redacción de su novela por entregas. Véase Introducción, p. 17.

[12] El libro destruido al que Stevenson hace referencia es *El emigrante por gusto*. Véase Introducción, nota 20.

[13] Es decir, se enfrascó en literatura barata. Fortuné du Boisgobey (1821-1891) fue un escritor francés de novelas de detectives y crímenes al estilo de las del más respetado Émile Gaboriau (1823-1873). Boisgobey publicó cinco novelas de misterio durante los meses que Stevenson estaba teniendo problemas para escribir *La isla del tesoro*.

Cuando llegué a mi destino, me senté una mañana ante el relato inacabado y hete aquí que empezó a fluir como si fuera cháchara. Y en una segunda oleada de feliz laboriosidad, otra vez a un ritmo de un capítulo por día, terminé *La isla del tesoro*. Tenía que ser transcrita con la mayor exactitud posible, mi mujer estaba enferma, el chico era el único de los fieles que me quedaba, y John Addington Symonds[14] (a quien mencioné tímidamente lo que me tenía ocupado) me miraba con recelo. En aquel entonces él tenía muchas ganas de que yo escribiera sobre los caracteres de Teofrasto:[15] tan extravagantes pueden ser los juicios de los hombres más sabios. Pero desde luego Symonds difícilmente era el confidente al que acudir en busca de simpatía por una historia para niños. Era amplio de miras, «un hombre completo», si tal cosa existe, sin embargo, el solo nombre de mi empresa no le inspiraba más que capitulaciones de sinceridad y solecismos de estilo. Pues no andaba del todo descaminado.

La isla del tesoro —fue el señor Henderson quien suprimió el primer título, *El cocinero de a bordo*— se publicó en la revista como estaba previsto, donde apareció en el innoble centro, sin grabados,[16] y no llamó la más mínima atención. No

[14] John Addington Symonds (1840-1893) fue un austero estudioso literario especialmente interesado en el Renacimiento europeo. Víctima de una enfermedad crónica, vivía la mayor parte del tiempo en Davos, y cuando tuvo esta conversación con Stevenson estaba trabajando en su gigantesco estudio sobre el Renacimiento italiano.

[15] El sabio griego Teofrasto (c. 371-287 a.C.) se asocia con unos recursos literarios llamados «caracteres»: tipos de carácter esbozados con unos cuantos trazos vivaces. Los caracteres de Teofrastro fueron muy imitados en el Renacimiento, y su influencia lejana se puede apreciar en escritores como Ben Jonson, Tobias Smollett y Charles Dickens.

[16] Muy a pesar de Stevenson, *La isla del tesoro* no fue publicada como pieza principal en *Young Folks*, ni siquiera después de doce años. Y tampoco tuvo ilustraciones en cada entrega, como las novelas principales. Véase Introducción, p. 18. La siguiente historia de Stevenson para *Young Folks*, *La Flecha Negra* (1883), fue la novela principal y contó con «grabados».

me importó. Me gustaba la historia por el mismo motivo por el que a mi padre le gustaba el principio: tenía una expresividad que me atraía. Además, estaba no poco orgulloso de John Silver; y aún hoy sigo admirando a ese aventurero cautivador y formidable. Y lo más importante, había logrado un hito; había terminado una historia y había escrito «Fin» en el manuscrito, como no había hecho desde *Pentland Rising*, cuando era un muchacho de dieciséis años que todavía no había entrado en la universidad. En verdad, fue el resultado de una serie de afortunados accidentes: si el doctor Japp no hubiera venido de visita, si la historia no hubiera brotado de mí de forma tan singular, habría quedado de lado como sus predecesoras y habría seguido un camino sinuoso y sin lamentos hasta el fuego. Los puristas pueden insinuar que habría sido mejor. Yo no opino lo mismo. La novela parece haber dado mucho entretenimiento, y proporcionó (o fue el medio para proporcionar) fuego, comida y vino a una familia que lo merecía y por la que me intereso. No hace falta que diga que me refiero a la mía.

Pero las aventuras de *La isla del tesoro* todavía no habían llegado a su fin. Las había escrito a partir del mapa. El mapa era la parte principal de la trama. Por ejemplo, había llamado a un islote «isla del Esqueleto», sin saber a lo que me refería, buscando solo la expresividad inmediata, y para justificar ese nombre entré en la galería del señor Poe y robé la indicación de Flint. Y de la misma forma, como había creado dos puertos, envié la *Hispaniola* de viaje con Israel Hands. Llegó el momento en que se decidió reeditar la novela, y envié mi manuscrito, acompañado del mapa, a los señores Cassell. Recibí las pruebas y las corregí, pero no supe nada del mapa. Escribí preguntándoles: me dijeron que no lo habían recibido, y me quedé pasmado. Una cosa es dibujar un mapa al azar, añadirle una escala en una esquina a la buena ventura y escribir una historia de acuerdo con esas medidas. Y otra muy distinta tener que examinar un libro entero, hacer un inventario de todas las alusiones contenidas en él y, con la ayuda de un compás, trazar laboriosamente un mapa que concuerde con los datos. Yo lo hice, y el mapa volvió a dibujarse en el despacho de mi padre, embellecido con veleros y ballenas resoplando. Mi propio padre contribuyó con su habilidad para imitar distintos tipos de letra y FALSIFICÓ la firma del capitán Flint y los derroteros de Billy Bones. Pero de algún modo para mí nunca fue la isla del tesoro.

He dicho que el mapa constituía la mayor parte de la trama. Podría afirmar perfectamente que era toda la trama. Unas cuantas reminiscencias de Poe, Defoe y Washington Irving, un ejemplar de *Los bucaneros* de Johnson,[17] el nombre del «cofre del muerto» extraído del *At Last*, de Kingsley,[18] algunos recuerdos de travesías en canoa en alta mar y el mapa, con su infinita y elocuente capacidad de inspiración, constituyeron todos mis materiales. Tal vez no sea habitual que un mapa ocupe un papel tan destacado en una historia, pero siempre es importante. El autor debe conocer su paisaje como la palma de su mano, ya sea real o imaginario; las distancias, los puntos cardinales, el lugar por el que sale el sol, el comportamiento de la luna, todo debe estar fuera de duda. ¡Y mira que la luna es engorrosa! En *Aventuras y desventuras del príncipe Otto*[19]

---

[17] Es decir, capitán Charles Johnson, *Historia general de los robos y asesinatos de los más famosos piratas* (1724). Durante mucho tiempo se pensó que Johnson era el seudónimo de Daniel Defoe, pero hoy día se sabe que no fue así. Para más información sobre el abundante uso que Stevenson hizo de Johnson en la segunda mitad de *La isla del tesoro*, véase Apéndice B, apartado 7.

[18] Libro de viajes de Charles Kingsley que describía sus travesías por el Caribe, publicado en 1871. Para más información sobre su importancia concreta en *La isla del tesoro*, véase Apéndice B, apartado 4.

[19] En la novela de Stevenson *Aventuras y desventuras del príncipe Otto* (1885) hay numerosas referencias a la luna. Supongo que se dio el «batacazo» en una frase del capítulo cuarto: «Los comerciantes eran muy bulliciosos y alegres; tenían la cara como la luna del noroeste». La luna sale por el este y se esconde por el oeste.

tuve problemas con la luna, así que en cuanto me señalaron los errores que había cometido, adopté una precaución que recomiendo a todo el mundo: no escribir jamás sin un almanaque. Con un almanaque, el mapa de una región y los planos de todas las casas, ya sean trazados en papel o memorizados en el acto, un hombre puede aspirar a evitar algunos de los posibles errores más garrafales. Con el mapa delante, el escritor difícilmente permitirá que el sol se ponga por el este, como hace en *El anticuario*.[20] Con el almanaque en la mano, difícilmente permitirá que dos jinetes, apremiados por un asunto de lo más urgente, empleen seis días, de las tres de la mañana del lunes hasta bien entrada la noche del sábado, en un viaje de unos ciento cincuenta o ciento sesenta kilómetros, y antes de que termine la semana, y todavía a lomos de los mismos rocines, recorran ochenta kilómetros en un día, como se puede leer en la inimitable novela *Rob Roy*.[21] Y desde luego es aconsejable, aunque en absoluto necesario, evitar esos batacazos. Pero soy de la opinión —la superstición, si se prefiere— de que quien es fiel a su mapa y lo consulta y se inspira en él, cada día y cada hora, obtiene una ayuda positiva, y no solo inmunidad contra los accidentes. La historia tiene sus raíces allí, crece en ese suelo, posee una columna vertebral propia detrás de las palabras. Es preferible que la región sea real y que el escritor haya recorrido cada centímetro de ella y conozca cada etapa del camino. Pero incluso con los lugares imaginarios, hará bien al principio trazando un mapa; a medida que lo estudie, aparecerán relacio-

[20] En una dramática escena en una playa de la novela de Walter Scott (1816), el sol se pone en la costa oriental de Escocia. Curiosamente, Scott no hizo el más mínimo esfuerzo por corregir el error en las reediciones de la novela.

[21] La proeza de la equitación sobre la que Stevenson se muestra tan gentilmente sarcástico se encuentra en los capítulos 18 y 19 de *Rob Roy* (1817), de Walter Scott.

nes en las que no había pensado, descubrirá evidentes, aunque insospechados, atajos y huellas para sus mensajeros; e incluso cuando toda la trama no se base en un mapa, como fue el caso de *La isla del tesoro*, encontrará en él una mina de sugerencias.

Apéndice B:
ENIGMAS Y MISTERIOS

En el texto de *La isla del tesoro* hay elementos que desafían una simple nota al pie y por muchas vueltas que el lector les dé siguen siendo insolubles... aunque fascinantes. Lo que viene a continuación es una selección de esos enigmas, algunos importantes y otros no tanto.

1. ¿CUÁNTOS AÑOS TIENE JIM?

Cualquiera pensaría que tiene la misma edad que «S. L. O.», el «caballero americano» al que fue dedicada *La isla del tesoro* en 1883, cuando se publicó la versión en libro. Sam [Lloyd] Osbourne (nacido en abril de 1868) tenía solo trece años (pero aparentaba dos años menos, según el doctor Japp[1]) en agosto de 1881, cuando él y Stevenson tramaron la historia en Braemar. Pero uno podría pensar que trece años son muy pocos para algunas de las proezas viriles de Jim: asesinar a Israel Hands, por ejemplo, o empuñar el sable y las pistolas de un hombre en el sangriento asedio a la empalizada. Por otra par-

---

[1] Véase Japp, *Robert Louis Stevenson: A Record, an Estimate, and a Memorial*, Scribner's, Nueva York, 1905, p. 16: «Entonces tenían con ellos a un chico de once o doce años, Samuel Lloyd Osbourne».

te, quince años (que es la edad que S. L. O. tenía en 1883) habrían sido demasiados para ser un «grumete» o para esconderse sin ser visto gracias a su cuerpo todavía no desarrollado del todo en un barril de manzanas.

Stevenson hizo una interesante enmienda entre el texto del capítulo 28 publicado por entregas en 1881 y el del libro publicado en 1883. En la versión de *Young Folks*, Jim responde a las amenazas de muerte de sus captores: «Matadme si queréis. Quien puede reírse soy yo. Soy el responsable de todas vuestras desgracias, y no cumplo los quince hasta mi próximo cumpleaños». Cuando revisaba la obra para la publicación en libro, Stevenson eliminó la única referencia del texto a la edad de Jim: catorce para quince. No es difícil entender el motivo; deseaba envolver a su héroe de una protectora nube de vaguedad. Jim puede tener trece o casi quince, dependiendo de las exigencias de la narración en cada momento.

2. La mujer negra (invisible) de John Silver el Largo

La esposa negra de John el Largo se menciona en dos ocasiones pero no se la ve nunca, ni siquiera en la extensa escena que tiene lugar en Bristol en la taberna El Catalejo (capítulo 7). Es de suponer que se encuentra en la cocina, fregando jarras. Bristol era un puerto de paso inglés para el tráfico de esclavos africanos, por lo que su pigmentación no habría resultado extraña entre la chusma del muelle, donde está la taberna de Silver. Los motivos de Stevenson para inventarse a la señora Silver y no ofrecerle ni una breve aparición son un misterio.

¿Cómo acabó Silver con ella? ¿Fue, tal vez, un botín de un barco negrero que el *Walrus* capturó en alta mar? ¿La compró en el mercado de esclavos de Savannah? Aparece descrita como «vieja», y Silver es un cincuentón lozano. Se nos dice (en la página 274) que su «rubia cabezota» todavía no ha encanecido.

¿Significa eso que es más joven que su «vieja»? ¿Cuánto tiempo llevan como marido y mujer? A Silver le amputaron la pierna «cerca de la cadera», una zona sensible. Entonces, ¿la funesta bala de cañón le privó de algo más? ¿Es ella simplemente una empleada doméstica? ¿Está realmente casado Silver con ella? Resulta difícil imaginarse a la pareja en la iglesia. Por supuesto, la ceremonia pudo haberla oficiado el capitán Flint o cualquier otro comandante a bordo del barco. ¿O, lo más probable, están amancebados? ¿Es ella una sirvienta fiel de Silver?

De las opciones enumeradas, yo optaría por que la mujer negra de Silver fue comprada en Savannah. Esa ciudad de Georgia no fue la primera elección de Stevenson para dejar encallada a la tripulación del *Walrus* de Flint. En *Young Folks*, y en una carta de agosto de 1881 a Henley citada en la Introducción (p. 29), el capitán muere borracho de ron entre su tripulación también borracha (menos el abstemio Silver) en Cayo Hueso, en Florida. Entonces, ¿a qué viene el cambio de lugar? A que Savannah es uno de los principales mercados de esclavos del Sur. La demanda de mano de obra de las plantaciones de algodón de Georgia era insaciable, y había un floreciente negocio de importación y venta al detalle de carne negra. El mestizaje era habitual. La querida negra de un pirata habría sido tan corriente como una pata de palo en Savannah.

En su carta a Livesey desde Bristol (capítulo 7), el caballero Trelawney supone que Silver y su parienta están casados. También da a entender, curiosamente, que John el Largo está dominado por su mujer, cosa que explicaría su disposición a embarcarse en el arduo viaje a la isla del tesoro como humilde cocinero de a bordo. Sin embargo, es una posibilidad dudosa. John el Largo puede estar dominado por su loro, pero por su mujer... jamás.

Una cosa es segura: Silver confía en ella sin reservas. Ella es la que cuida de sus ahorros ilegítimos (una suma que según él asciende a 2.900 libras). Ella es la que vende El Catalejo, lo que hace pensar que es legalmente competente y socia plena del negocio.

Según nos dicen, la mujer negra se ha reunido con Silver (y el loro; véase p. 349) dondequiera que planeen pasar sus prósperos años de retiro.

La negra señora Silver proyecta una sombra extraña, fascinante e irritantemente débil, sobre la narración. Sospecho que Stevenson —que cuando llegó a la mitad de su historia no tenía la más mínima idea de cómo iba a terminarla— mantenía a esa señora oscura en reserva para posibles desarrollos argumentales. «Un tiro en la recámara», como diría Silver. Resultó que finalmente no la necesitó, y la mujer negra se quedó en la recámara.

Hay otro factor importante. Stevenson era muy consciente de estar escribiendo una historia para jóvenes, sobre todo «chicos». Se quejó a W. E. Henley del escollo que suponía no poder incluir en su narración las palabras que usan los marinos en el mundo real. «Bucaneros sin tacos; ladrillos sin paja. Pero hay que tener en cuenta a los jóvenes y sus afectuosos padres.»[2] Asimismo, los afectuosos padres no querían que el material de lectura de sus hijos contuviera sexo. Aparte de la dócil y en gran medida también invisible madre de Jim, no hay un solo personaje femenino en *La isla del tesoro*. Todos los historiadores están de acuerdo en que los piratas no eran unos monjes. Y tomaban rutinariamente a jóvenes de color como concubinas. Es un hecho registrado en «The Last Buccaneer» (1857), de Charles Kingsley, un poema todo lo erótico que un clérigo victoriano como el reverendo Kingsley podía atreverse a escribir:

Oh, Inglaterra es un lugar agradable para los ricos y poderosos,
pero es un lugar cruel para los pobres como yo;

[2] *Letters*, 3.225.

no volveré a ver un puerto de marineros
como la agradable isla de Aves, en el mar de las Antillas.

Había cuarenta barcos veloces y recios en Aves,
todos bien guarnecidos de armas pequeñas y cañones alrededor;
y mil hombres creaban leyes justas y liberales
para elegir a sus valientes capitanes y obedecerles fielmente.

Por eso zarpamos contra los españoles con sus montones de plata y oro
arrancados con crueles torturas a los ancianos indios;
asimismo los capitanes mercantes, con corazones duros como piedras,
azotan a los hombres, los pasan por la quilla y los matan de hambre.

Oh, las palmeras crecían altas en Aves y la fruta brillaba como el oro,
y los colibríes y loros eran un espectáculo precioso;
y las doncellas negras huían veloces del cautiverio
a recibir a los galantes marineros que venían del mar.

Oh, qué dulce era oír la brisa que soplaba hacia el interior,
columpiarse fumando buen tabaco en una red entre los árboles,
con una muchacha negra abanicándote mientras escuchabas el rugido
de las olas del arrecife que nunca llegaban a la costa.

Pero la Sagrada Escritura dice que todas las cosas buenas tienen su fin,
así que los barcos del rey zarparon a Aves y nos castigaron.
Luchamos todo el día como perros, pero franquearon las barreras de
[noche,
y huí en piragua gravemente herido en la batalla.

Nueve días floté famélico con una muchacha negra a mi lado
y por mucho que intenté animarla, la pobrecilla murió;
pero cuando estaba agonizando, un velero de Bristol llegó
y me devolvió a Inglaterra a rogar hasta mi muerte.

Ahora soy viejo y me voy a ir, aunque no sé adónde;
me consuela saber que no puede ser peor que este cruel mundo.

Si fuera un ave marina volaría a través del mar de las Antillas
a la agradable isla de Aves para contemplarla una vez más.

Stevenson sentía predilección por los escritos de Kingsley desde su infancia. En «Mi primer libro» reconoce su afición a ellos, así como en las primeras páginas de su novela. En el relato esbozado en este poema y en *La isla del tesoro* se pueden apreciar muchos elementos familiares. Pero la «muchacha negra» está ausente por completo en la historia de Stevenson. Y, sospechamos, para apagar cualquier pensamiento lúbrico en sus jóvenes lectores, Stevenson hace hincapié repetidamente en que la mujer de Silver es «vieja».

3. ¿POR QUÉ STEVENSON NO AHORCA A JOHN SILVER EL LARGO?

Desde la primera edición de *La isla del tesoro*, los lectores se han quejado de que Silver salga impune y pueda irse a vivir holgadamente con su mujer y su loro de sus ganancias ilícitas. En el curso de la novela somos testigos de tres brutales asesinatos cometidos por este personaje. ¿Por qué Stevenson no envía al autor de esa masacre al muelle de las ejecuciones, como se merece?

Se nos ocurren dos explicaciones. La primera es que Silver tiene su origen en el amigo íntimo cojo de Stevenson, W. E. Henley. Es verdad que no fue una bala de cañón, sino un bacilo tuberculoso, lo que motivó la amputación de la extremidad de Henley, pero como el escritor le confesó, Silver estaba totalmente inspirado por su «fuerza mutilada»[3]. ¿Quién sería tan cruel de matar a su mejor amigo, incluso en la ficción?

---

[3] Como se ha apuntado en la Introducción, Stevenson le confesó en una carta a su amigo, el escritor cojo W. E. Henley, que «fue el verte en acción con tu fuerza mutilada y tu carisma dominante, lo que engendró a John Silver» (*Letters*, 4.129).

Y más cuando ese amigo padecía una discapacidad tan grave.

El otro motivo pudo haber sido más frío. Como indica la carta del 25 de agosto a Henley (véase Introducción, p. 29), Stevenson se mostraba optimista con respecto a los réditos («monedas») que *La isla del tesoro* le reportaría. Si la historia del cocinero de a bordo tenía éxito, quería tener la oportunidad de escribir una secuela. ¿No escribieron Defoe y Ballantyne secuelas muy rentables de *Robinson Crusoe* y *La isla de coral*? ¿Podrían haberlo hecho si hubieran matado prematuramente a Robinson, Jack, Peterkin y Ralph?

Resultó que a *La isla del tesoro* no le fue tan bien en *Young Folks*, y los lectores no pidieron nuevas aventuras de John Silver el Largo, al menos escritas por Stevenson.

4. ¿«QUINCE HOMBRES»? ¿UN «COFRE DEL MUERTO»?

Una saloma fúnebre resuena a lo largo de toda *La isla del tesoro*: «Quince hombres tras el cofre del muerto, / ¡oh, oh, oh, y una botella de ron! / Pero un solo hombre de la tripulación sobrevivió / de los setenta y cinco que se hicieron a la mar. / La bebida y el diablo se llevaron al resto, / ¡oh, oh, oh, y una botella de ron!».

Los estudiosos han buscado en vano el origen de ese estribillo en cancioneros náuticos. Como Stevenson le dijo a Henley (véase Introducción, p. 29), la letra era exclusiva de la tripulación del capitán Flint y «La saloma [...] es por completo de mi invención».[4] ¿Qué significa la canción? Está claro cuál es su finalidad aparente. Los marineros del *Walrus*, con el pecho pegado a las barras del cabrestante, cantan para concentrar la energía («¡oh, oh, OH!») mientras levan anclas antes de zarpar.

[4] *Letters*, 6.56.

Stevenson nos dice que tomó el «cofre del muerto» del primer capítulo del libro de viajes de Charles Kingsley *At Last* (1841, véase Apéndice A), donde hace referencia a una de las «innumerables» islas Vírgenes del Caribe descubiertas por Colón:

> Las llamó así en honor a la santa y sus míticas once mil vírgenes. Lamentablemente, desde entonces los bucaneros ingleses les han puesto nombres menos poéticos. El Gorro del Holandés, Jerusalén Destruida, El Cofre del Muerto, la isla del Ron, etc., señalan una época y una raza más prosaicas, pero todavía más terribles, aunque de ningún modo más perversas y brutales que los conquistadores españoles, cuyos descendientes sembraron la destrucción en el siglo XVII.[5]

Está claro que la novela de Kingsley sobre esos mismos conquistadores, *Rumbo a Poniente* (1855), proporcionó el decorado marítimo de *La isla del tesoro*. Pero *At Last* no nos ayuda a entender mejor la saloma de Flint.

En su edición de *La isla del tesoro*, Peter Hunt propone una fuente plausible para la canción inventada por Stevenson: «Se dice que el pirata Barbanegra [...] abandonó a los amotinados allí [en el Cofre del Muerto], *c.* 1717, y que quince sobrevivieron».[6] Sin embargo, Wikipedia (cuyas entradas sobre piratas y piratería son fiables) pone objeciones a esa especulación: «Como las primeras referencias conocidas a esa historia son del siglo XX, se trata casi con toda certeza de bulos derivados de la canción de Robert Louis Stevenson «El cofre del muerto», que apareció por primera vez en su novela *La isla del tesoro*, en 1883».[7]

[5] *Letters*, 6.56.
[6] Hunt, p. 205.
[7] Véase http://en.wikipedia.org/wiki/Dead_Chest_Island,_British_Virgin_Islands.

Desafortunadamente, sigue siendo un enigma sin resolver, todavía más enojoso considerando que las dos frases que más recuerdan los lectores de la novela son «Oh, oh, oh, y una botella de ron» y «¡Pesos duros españoles, pesos duros españoles!».

5. ¿Quién fue el dueño del loro antes de John Silver el Largo?

«Ese pájaro tiene quizá doscientos años, Hawkins» (p. 128),[8] informa Silver con satisfacción a Jim. Echando mano abundantemente de la *Historia general de los robos y asesinatos de los más famosos piratas* del capitán Johnson, Stevenson hizo que Silver le inventase a la mascota del pirata una espeluznante procedencia:

> Ha navegado con England, el gran capitán England, el pirata. Ha estado en Madagascar, y en Malabar, en Surinam, en Providencia y en Portobelo. Estuvo presente cuando el rescate de los galeones cargados de plata que habían sido echados a pique. Allí fue donde aprendió eso de los pesos duros españoles [...] Presenció el abordaje del *Virrey de las Indias*, a la altura de Goa. (p. 128)

El capitán England saqueó las costas de Madagascar y Malabar entre 1717 y 1720. La plata a la que Silver se refiere se perdió con los galeones españoles hundidos en el mar en 1714. Fue extraída en 1716, y posteriormente saqueada por piratas ingleses.

---

[8] Según el sitio web http://pet-parrots.com/Parrots/green-parrot.html, la esperanza de vida de los loros verdes oscila entre los cincuenta y los setenta y cinco años de edad. La trayectoria de dos siglos del Capitán Flint puede ser un cuento chino de John el Largo.

Así pues, ¿quién fue el dueño del pájaro entre la muerte del capitán England en 1720 y el presente de la narración? Silver todavía no ha cumplido los cincuenta. El tiempo narrativo (si hacemos caso de la inscripción del mapa de Flint) no puede situarse antes de finales de la década de 1750.

Podemos suponer que el capitán Flint se hizo con el pájaro cuando, tras el motín de su tripulación en 1720, el capitán England fue despojado del mando. Y siguiendo con esa línea de especulación, Silver, a su vez, se hizo con el loro durante el saqueo de la casa del difunto Flint, en Savannah.

Otro enigma menor es por qué a esas alturas del relato, cuando pasa perfectamente de incógnito, Silver revela a Jim que es en realidad un pirata y no un hombre de la Marina británica que ha servido valientemente a las órdenes del almirante Hawke.

6. ¿Cuándo y dónde escribe Jim?

Los últimos párrafos de *La isla del tesoro* hacen pensar que la acción transcurre poco después del regreso de la *Hispaniola* a Inglaterra cargada de tesoros y que Jim está otra vez con su madre en el Almirante Benbow, convertido en el posadero más rico de Devon. Stevenson se cuida muy bien de precisarlo, tal vez pensando en retomar la historia en una secuela. ¿Por qué hace que el caballero y el doctor le pidan a Jim que deje la narración? Es de suponer que para evitar cualquier pregunta delicada de las autoridades a fin de averiguar cómo se han hecho ricos de la noche a la mañana y certificar que su oro no es un «tesoro hallado», en cuyo caso debería ser confiscado.

En el capítulo 11, mientras incita al motín a bordo de la *Hispaniola*, Silver rememora su vida en el mar. Perdió su pierna izquierda, recuerda, mientras servía como pirata con Flint (en el «viejo *Walrus*»). El cirujano que amputó la extremidad despedazada de Silver (habría sido cortada con una sierra sin anestesia y sumergida en brea hirviendo para cauterizar el muñón) sirvió más adelante con los «hombres de Roberts» y fue «ahorcado como un perro, y su cadáver quedó colgado secándose al sol» en el castillo del Corso; un puesto avanzado británico en la costa occidental de África.

Stevenson tomó ese detalle objetivo (el dato del cadáver «secándose al sol» es literal) de la *Historia general de los robos y asesinatos de los más famosos piratas* (Londres, 1724), del capitán Charles Johnson. El cirujano que cortó la pierna de Silver debió de ser, como Johnson hace constar en su obra, Peter Scudamore.[9] Fue ahorcado en 1722, lo que significa que Silver posiblemente se sometió a la amputación a bordo del barco unos años antes de esa fecha, en torno a 1719 y 1720. Como Silver (y Johnson) señala, Scudamore no estaba sirviendo entonces con Flint, sino como doctor de a bordo a las órdenes del capitán Bartholomew Roberts (quien también fue ejecutado en el castillo del Corso).

Silver recuerda que escapó al destino de Roberts. No sabemos cómo. Fue, según recuerda, «el *Cassandra* el que nos llevó a todos a casa, sanos y salvos, después de que England se apoderase del *Virrey de las Indias*» (p. 132). El *Cassandra* fue un barco de las Indias Orientales capturado en 1720 por el pirata John Taylor, cuyo barco quedó inutilizado durante el en-

---

[9] Para una interesante crónica de la vida, la carrera y la muerte de Scudamore, véase http://www.skidmoregenealogy.com/images/OccPap_no._1pdf.

frentamiento. Stevenson tomó todo ese material histórico de Johnson.

Eso significa que el *Walrus* también había sido hundido en combate con los barcos de las Indias Orientales, como la embarcación de Taylor, y que el *Cassandra* dejó a los supervivientes de su tripulación en Savannah (en Inglaterra, o en cualquier puerto administrado por británicos, habrían sido ahorcados y dejados secar al sol como el desafortunado Scudamore). Sin duda eso debió de ocurrir en algún momento después de que Silver perdiera la pierna en combate. Las pruebas apuntan a que la herida se produjo en torno a 1719 y 1720.

Silver termina de repasar su trayectoria señalando que nunca había navegado con Howell Davis, el predecesor de Roberts en el *Royal Fortune*. Davis (como Johnson hace constar) murió en 1719. Pero al parecer Silver sí sirvió (antes de alistarse con Flint) con el capitán England, bajo cuyo mando logró ahorrar nada menos que 900 libras como parte de presa. Más tarde amasó la enorme suma de 2.000 libras a las órdenes de Flint. Si a eso le sumamos la propiedad absoluta del Catalejo, el señor Silver era un hombre muy rico.

La trayectoria de Silver es muy gráfica, pero cronológicamente imposible. Otros episodios del relato determinan que la acción transcurre a finales de la década de 1750 o principios de la de 1760. El mapa, por ejemplo, está fechado por Flint (que seguía vivito y coleando en ese momento) el «20 de agosto de 1750». El doctor Livesey (quien ya hacía mucho que se había retirado) es un viejo soldado que «result[ó] herido en Fontenoy» (p. 175): es decir, en la batalla contra los franceses que tuvo lugar en 1745. Y lo más contradictorio de todo, el propio Silver le dice al caballero Trelawney que perdió la pierna sirviendo con el almirante Hawke en 1747. Eso es casi treinta años después de la otra versión de la pérdida de su extremidad.

Silver se jacta de tener escasos cincuenta años. Aunque podría haber servido con Hawke, no podría haber servido, ni siquiera como grumete, con los capitanes Roberts, Taylor o England.

Así pues, ¿cómo se explica el contradictorio esquema temporal de *La isla del tesoro*? Hay una explicación plausible. Stevenson se lanzó a escribir la obra a mediados de agosto de 1881. El día 25, como indica la carta a Henley (véase Introducción, p. 29), ya tenía varios capítulos escritos y al menos dos tercios de la trama en su mente. La acción principal, en esa primera concepción de la novela, transcurría en torno a 1760. Al menos dos capítulos ambientados en esa época ya iban camino de la editorial y de la imprenta.

Durante la última semana de agosto, Stevenson pidió al siempre servicial Henley que le enviase el mejor libro sobre piratas que pudiera encontrar. Ese libro, decidió (correctamente) Henley, sería la *Historia general de los robos y asesinatos de los más famosos piratas*, de Johnson.

Dado el tiempo necesario para comprar ese antiguo ejemplar y enviarlo por correo (no parece que Henley visitara Braemar), el libro no pudo estar en manos de Stevenson hasta principios de septiembre, como mínimo. Las referencias y préstamos empiezan a aparecer uno detrás de otro en los capítulos 10 y 11: es decir, las historias del loro, del Capitán Flint y de Silver. El nombre Israel Hands, que surge de las páginas de Johnson, llamó especialmente la atención a Stevenson. Lo introdujo, junto con el astuto personaje, en el capítulo 10.

El problema era que el libro de Johnson (que se creía que había sido escrito por Daniel Defoe con seudónimo) se publicó en 1724, y por fuerza trata de piratas existentes antes de esa fecha. Para utilizar sus abundantes recursos, Stevenson tuvo que forzar la cronología ostensiblemente.

De ese modo quedó atrapado tanto en la década de 1750 como en un período treinta años anterior. John Silver el Largo está enmarcado en dos épocas distintas. Pero ¿qué importa eso? Se trataba de un libro para jóvenes, no para la Real Academia de la Historia. ¿Qué más les daba a los jóvenes si el sable pirata había sido blandido en 1720 o treinta años antes? Stevenson se tomó libertades similares con la historia en *La Flecha Negra* (publicada también en *Young Folks*) e introdujo una desafiante nota a pie de página en la que reconocía sus inexactitudes con un implícito «¿Y qué?». La misma pregunta resuena con relación a la imposible trayectoria de John Silver el Largo.

ÍNDICE DE CONTENIDOS